南山南 北山北

何云波 著

湘潭大学出版社

图书在版编目（CIP）数据

南山南北山北 / 何云波著. -- 湘潭 : 湘潭大学出版社, 2021.12
ISBN 978-7-5687-0709-1

Ⅰ. ①南… Ⅱ. ①何… Ⅲ. ①散文集—中国—当代
Ⅳ. ① I267

中国版本图书馆 CIP 数据核字 (2021) 第 268272 号

南山南北山北

NANSHAN NAN BEISHAN BEI

何云波 著

责任编辑：尹筝筝
封面设计：李　平
出版发行：湘潭大学出版社
社　　址：湖南省湘潭大学工程训练大楼
电　　话：0731-58298960 0731-58298966（传真）
邮　　编：411105
网　　址：http://press.xtu.edu.cn/
印　　刷：长沙印通印刷有限公司
经　　销：湖南省新华书店
开　　本：710 mm×1000 mm 1/16
印　　张：21.75
字　　数：350 千字
版　　次：2021 年 12 月第 1 版
印　　次：2021 年 12 月第 1 次印刷
书　　号：ISBN 978-7-5687-0709-1
定　　价：56.00 元

序：那片托付心事的原野

孟　泽

何云波教授把他写湘大的文章结集为《南山南北山北》，让我写几句话。

我毫不犹豫就应承了，不止因为荣幸之至，也是情之所系，容不得自己忸怩怠慢。

我和老何是大学同班同学，同样以所在市县前几名的高考成绩，以身高一米五三、体重四十公斤的少年体魄，懵懵懂懂就走进了湘大。因为打小没有见过大学，对于坐落于“荒山野岭”，当时仅有十几栋房子，且一度作为“共产主义劳动大学”来设计的湘大，并没有违和感，也丝毫不觉得意外，无知无畏，其乐融融，就这样生活下来。读完本科，接着读研，然后留校任教，没有成长出太多经国济世的抱负和才能，有点心事浩茫，想要一探究竟的，是关于这个父母之邦的现代化进程的曲折与艰难，她的兴盛与危机，她的文明的开放或者保守，她的精神世界的广大或者荒凉。是谁让一个乡村少年把自己的思想与家国天下的世界联系起来了呢？又是什么让他们中敏感的理想主义者染上了人类永恒的乡愁（我是谁，我从哪里来，我要到哪里去）呢？自然是先知先觉的大师们的训诲，是图书馆资料室无边无际的文献，是同学之间无拘无束、天马行空的交流，是只属于青春的饱满的虚无。

那些在羊牯塘出没过的幸运而忧伤的年轻人哦！

老何是个温柔的人。

长得清秀，说话温柔，文字也温文尔雅，无论读本科，还是读研，都不热衷清谈，很少妄议朝政，脸上常常挂着一点少女似的羞涩，柔润如水，埋头读书，静心写作。大学期间，他写的最深得我心的诗句是“我喜欢一个姑娘，我不敢说”。我一度以为，诗如其人，在这诗句中无可遁形的，应该就是老何天性中的温柔了。

但是，我后来慢慢知道，老何的温柔其实是多少有一点欺骗性的。

他温柔而固执，腼腆却好胜，内心细腻，又不失坚毅强大。作为个体，老何是单兵作战能力很强的人，作为团队成员，老何同样出色。他有非常强的守土戍边的责任意识，如果不是投其所好，或者君子欺之以其道，老何的堡垒，很难攻破。譬如打牌，最好和他搭档而不是作为对手，因为他惯于“长考”，绝不任性，认真到“计较”，从不马虎，作为搭档，他会让你享受替你寸土必争的好处，作为对手，则难免让你是可忍、孰不可忍。

因为不下围棋，老何下围棋的风格，我不得而知，相信也是不离此种本色的吧。

固执和好胜的性格体现在学问上，让老何收获了不一般的成果。

三十多年前，他的硕士论文做的是陀思妥耶夫斯基与俄罗斯宗教精神，日后扩展成书，至今还被认为是中文世界研究陀氏的佳作。后来，不知什么机缘，他迷上了围棋，迷上了围棋文化研究，写出了几百万字的关于围棋文化的著作，成为第一个“围棋博士”，这有他的博士论文《围棋与中国文艺精神》为证；成为围棋文化研究领域屈指可数的“名人”“大腕儿”，这是我的学生、真正围棋专业出身的杨珩亲口告诉我的。

几年前，我应邀为老何写成的《中国围棋思想史》作序，我说，他把从先秦到民国有关围棋的话语，纳入体系，对于围棋之为“技”、为“艺”、为“道”，给予了富于历史感的论述与具有系统性的解析，开棋论研究之先河，让人无法不钦佩其弥深弥坚的毅力，其不依不饶的倔强，其好之者不如乐之者的性情，其敢于跨“学科”、反“体制”的学术勇气。围棋是一个有关中国思想与文化的意味深长的样本，在漫长的传承演绎中，深度参与了中国人的日常生活，影响乃至塑造了中国人的人格与精神，或者说，它是某种意义上的中国人的精神世界的一个载体，一个隐喻，一个出口。因此，关于围棋，言“道”言“技”，言“广大”言“精微”，都有足够多的材料和凭据，它曾经接纳过无数沉迷者的精力、智力和想象，慰藉、消化了他们的幽微心事、浩渺情怀和沧桑际遇。而以围棋之学作为志业，可以是好之者、乐之者的自我遣发，又何尝不可以包含洞察世事、体悟人生、认知传统、解读文明的激情和使命？何尝不可以见证乃至召唤关于世界、关于生命的大智慧？一个人对于世界的最深理解，最终是对于自己的理解，一个人对于文明的特殊领会，最终是关于自我的领会，孔子曰，古之学者为己，今之学者为人，云波教授治围棋之学，乐而忘返，其“为己”乎！

我不知道，我的这种判断是否让老何认可，但对于我自己来说，却是实实在在的“羡慕嫉妒”之言，因为老何治围棋之学的境界，是我所不能至，却常常心向往之的。

老何是一个深情的人。

晚明士人，著名的贵胄子弟、混世魔王、多情种子张岱说：“人无癖，不可与交，以其无深情也；人无疵，不可与交，以其无真气也。”很多年前，热衷于晚明哲学时，我差点把这句话解读成了十七世纪中国的人的宣言。后来知道，此话乃张宗子有感于他的朋友某某痴迷“娈童崽子”而发的感慨，就不敢太声张了，因为我隐约看到了其中的血泪。但是，这句话的意思，我还是深以为然的，验之大千世界，芸芸众生，也大体不差。

老何有“癖”。他之热爱围棋，他之喜欢竞技，真是让人莫可奈何。他的太太曾经悄悄跟我说，老何下棋的时候，那可是心外无物，目中无人，坚硬的像石头一样。人，难免一“执”，或许有“癖”，但“执”“癖”成老何这样，却不多见。老何所“执”所“癖”，不仅成了学问事业，也成了他乐此不疲的自家生活。

读书求学，传道授业，老何甚至把导师虔诚恭敬地读成了自己精神上的父亲，以至在导师去世后很久，很多时候、很多场合，一谈到导师，他都会哽咽到不能自已。去年，大学同学回母校聚会，同昔日的老师们见面，每人诚恳地向老师汇报自己毕业后的生活和功业，不乏欢声笑语，轮到老何，却终于收拾不住内心深处的触动，潸然泪下，为自己当年的受业与蒙恩，为自己作为一个乡村少年的成长。

他的固执、坚毅，他对于湘大不免有所偏至的眷顾，或许也是源于此吧，深情所致，无可逃逸。

童年的故乡，少年的母校，是我们每个人最深的依恋所在，是意义之源，是灵魂的泊归之所。

老何曾经为故乡写作《老屋》一书，如今为湘大写《南山南北山北》，他的深情，会让无数人感同身受的吧。话说，从三道拱门中走出来的湘大学子，谁没有把最清洁、最蓬勃的青春在那里挥洒，谁没有将拏云的少年心事托付给那片阔大的原野呢？

一个时代的抒情，在在印证着这个时代的明媚与深沉或者夸张与肤浅。我和老何在湘大校园里曾经共同度过“初恋”般的八十年代，如今老何用“初恋”般的笔触，记录了他印象中和他最新所见的湘大的美丽和清纯，其间自然也有低回，有喟叹。此时，读了这些文字，不免让人悠然心会，黯然出神，觉得恍若隔世。那么短暂而绚烂的拨云见日，那么俭啬而丰饶、蛮荒而锦绣的原野，竟然可以照亮和温暖不止一代人即使平庸、落魄、失意的大半生涯，我们真是三生有幸，三生有幸了！

——庚子八月桂佬孟泽草成于长沙烂泥冲之集墟斋

自序：写意湘大

何云波

《南山南北山北》文字和图片整理完毕，发现一些很喜欢的照片没有合适的地方插进去，而它们可能恰恰映现的是我心目中的湘大，写意湘大，意象湘大，具有独特“韵味”的湘大。恰好，这几天在读上海胡廷楣老师的书《绿的雪》，书的副标题就是“感觉·诗意”，既然“雪”可以是“绿”的，石头、水泥筑成的高楼林立的上海，有可“拥抱”的风景，有“咖啡在场”，有“菜贩”“夜读者”“天使知音”“城市雨滴”组成的“诗情画意”，而在曾经的“黄土地”上构筑起来的湘大，其实也是有温度，有质感，可“听”、可“嗅”、可“触摸”的。

一

1979 年，4 岁的陈方随父母从吉林来到了湘大。

陈方六一节在公园里

从幼儿园到小学，有一年儿童节，孩子们在校园里参加各种节庆活动，唯独她被学校挑选出来，跟一个美国小朋友，去市里的雨湖公园拍照。照片上的她，满脸的严肃，再加一点失落。那美国小朋友倒挺绅士的样子，微微侧身，面带微笑，左脚垫起，手放过来，可惜中国小朋友的手不让他拉，哈哈。

1984 年，因为湘大没有俄语专业，教

俄语的父母离开了湘大。于是，湘大，便成了她的童年。

如今已在中国人民大学当教授的陈方说，《湘大八记》勾起了她满满的童年记忆。然后，她发过来几张童年时的照片。那天，在电话里，她说，她的记忆再次复苏，那个美国外教的孩子姓 Brown（布朗），那天她很想跟班上熟悉的小朋友玩，所以很不情愿被选去拍照，但又不得不去，于是有了那样的表情。

那个时候，正是中美建交、邓小平访美，美国所代表的西方成了中国改革开放的助推器。我说，你就权当为湘大的国际交流、为中美人民的友谊、为中国的改革开放事业做了贡献。

两人便笑。

二

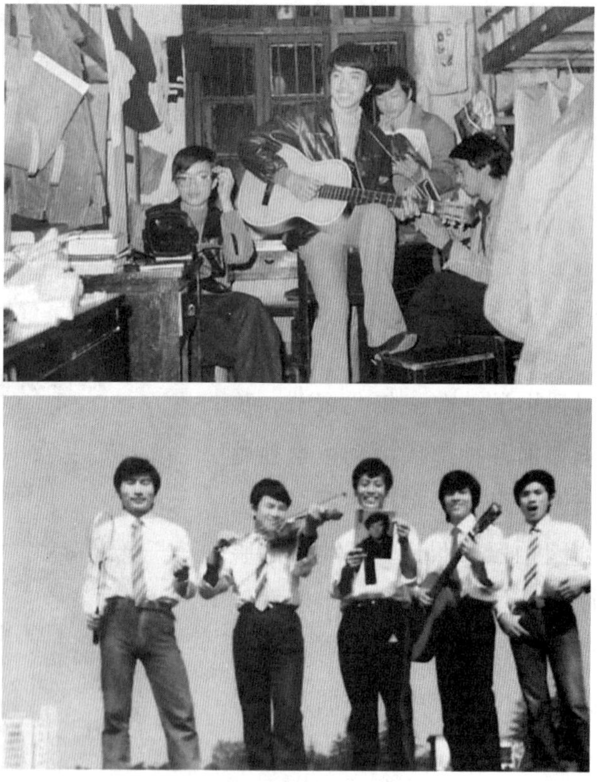

大学时代的文艺青年

看到这两张照片，不由得会心一笑。

这是我熟悉的八十年代。

简陋的宿舍里，有人在弹吉他，有人在看书，有人在对镜梳理头发，一副臭美的样子。书桌、窗户虽然都有些破旧，但我从中看到的是笑，是生气，是活力，是对生活的热爱。

另一张照片不知作者是谁，拍摄于何时，但我从中听到的仍然是属于八十年代的歌，因为中间那位拿着的时尚杂志，封面照片很像是费翔。来自美国的华裔歌手费翔，当年以《冬天里的一把火》“火”遍大江南北，连那年大兴安岭冬天里的那场真正的大火，都有人说，是费翔的歌“催生”出来的。“费翔”两边的同学，一人拉小提琴，一人弹吉他，再靠边，一人手持羽毛球拍，一人抱着一个足球，然后放声高歌……这画面，真的很酷，很“文青”，很“时尚”啊！

两张照片，一看都是摆拍。“摆”者，那一定就是要“摆”出时代的节拍、风貌，所谓“范”来。因而，我们从中也就看到了在大学里，一个时代的流行与时尚。

费翔还唱过《故乡的云》，感动了许多的“游子”。不知当年的这些“时尚”学子，如今都在哪里，做着什么，是否还记得那“母校”的山，“故乡”的云。

三

当年的北京路和南阳村

这张照片代表的是复校后初创期的湘大。

如今宽敞、大气、上档次的北京路，那时还是一条黄泥巴路。南阳村已经盖起来，远处的一教“巍然屹立”。而它们中间，还是池塘和杂木构成的“大坑”。

后来，这“坑”成了第一田径场。一田，留给几代湘大学子许多的记忆。无论男生还是女生，在那里留个影，仿佛你身上便有了作为湘大人的印记。

文化广场

如今，一田又成了文化广场。

因为新建办公楼，青春、喧闹的一田完成了它的使命。这里曾经想弄成停车场，但一入三拱门，就是如此“风景”，似乎有碍观瞻，然后才有了“文化”之创意。

“一七聚”的朋友发给我的这张文化广场的照片，非常写意。曾经的南阳村已经不在，化作了草地和树影婆娑。这树有白花，有黄叶，有绿枝，广场中心有一绿岛，远处是北京路、黄色的体育馆，白云、蓝天的映衬下，那绿树也变蓝了……这文化广场，仿佛一下子多了许多诗情画意。

不过，这广场做得比较匆忙，感觉还是少了点“文化”的韵味。如果那水泥地上，多点湘大人与湘大文化元素的雕塑，再配以几面文化墙、诗墙之类，这广场也许会更有“文化”一点。

孟泽教授说，湘大是一片自由和生猛的原野，如果再加一点精致、文雅与理性，她就不只属于湖南乃至中国了。

四

给“湘大八记”之《在南山的阶梯里人来人往》配图时，想起夫人曾拍过一教春夏秋冬四季的照片，跟她说，挑几张发给我吧！

不一会，她就把照片发了过来，不仅有一教的，还有湘大其他的风景，每一张都非常写意，美轮美奂。

一教的春天

写意湘大

一教前的花木，设计得用心，春夏秋天四季，都有不断变换的风景。春天，白玉兰花开，点缀得一教无限妖娆；夏天，只剩下绿，深沉的绿，充满爱意的绿，有绿，你的心里就有了一片荫凉与安详；秋天，鸡爪槭的红，银杏的黄，那样纯粹，那样率真，那样灿烂，真的有一种让你想要去触摸、拥抱的感觉。湘大的秋，比那“故都的秋”，更让人梦绕魂牵啊！

逸夫楼雪景

泽园的冬天

在夫人发过来的照片中，最多的是湘大的雪景，一教、琴湖、画眉潭、泽园……湘大的雪天，学生可能都走了，那白茫茫的静谧与安详，让人想起东山魁夷的画：

这寒冬的雪原上成行的树列写满了我的憧憬
洁净的白色蕴涵无穷的思念
这夜的丛林这样温柔这样静
在深情地怀念着谁记挂着谁

这澄潭的倒影这样清澈这样幽邃
充满难以排遣的惆怅和企望
这微明的月色浅淡得这样均匀
纤细的光芒丝丝沁入我的肌肤
这高大的山岩有说不完的话
却又沉默着没有说出来……
每一幅画都是使人沉默的暗示
都好像是一扇才打开的窗户
引人沉思的世界从窗外向你凝视
怂恿你的想象从窗口飞出去
连片刻的迟疑都不给你——你真的飞出去了……

——彭燕郊《东山魁夷》

雪落何处。

也许是在某一个雪天，她从办公室的窗口，看到那一片雪原，那逸夫楼、俱乐部、泽园组成的原野，然后，“想象从窗口飞出去”，然后，“真的飞出去了……”，“飞”到泽园，从那里，再把镜头对准泽园的树，泽园的亭，对准三教，刚才站立的窗口，按下快门。

然后，我感觉，这些画面，胜过我关于湘大的所有文字啊！

原来，有的时候，“爱”是不需要说出口的，或者说，表达“爱”，可以有不同的方式。

此刻，我深切地感到，文字的苍白，图片的力量。只要你看过这些“图”，无须多言，对湘大，马上就会爱了，爱了……

五

其实，每个人都有他心目中的湘大，印象湘大。

并且，不同的季节，湘大会有不同的面貌。

或者，一天里，不同的时光，湘大的风景也会以不同的方式呈现在你面前。

有天傍晚，我在三田散步，夕阳就要落下的那一刻，满天的晚霞笼罩过来，仿佛一切都沐浴在一片金色中，我躲在球门后，停下来，举起手机，那没有球网的球门，好像是一道有力的杠杆，托起云天，托起希望。而挂在门柱上的那把伞，不知道是谁，有心还是无意，给路上的行人遮阳避雨的，或者纯粹，就是一个美学的道具，用来网一树云霞的。它挂在那里，有风时，轻轻飘荡……于是，这黄昏，这风景，又似乎多了一种美，一分亲切与温馨。

夕阳下的三田

湘大的二田，庄严的主席台、塑胶跑道，已经修饰得很是精致，很有仪式感，人也热闹。这三田，因为偏居一隅，又少有人打理，不大受关注，就更像原野上的湘大，多了一份自在与野性。

但愿人长久

月儿弯弯，月亮圆圆。

在有月亮的晚上，校园常常会让你有些意外的惊喜，所谓熟悉的陌生。

那天，我从教师公寓出来，走到秀山的路口，正好见一轮明月挂在树梢间，月下的小屋，漆黑一片中透出一小方橘红的光。我只知道，白天在校园里奔跑的小黄车经常会停在那里，那应该就是小黄车司机们栖身的地方了。因为那月光，那橘红，让那个夜晚，那简陋的房子，一下子变得温馨起来。

月亮走，我也走，再走几步，那月亮又躲到了夫妻塔后。这对“夫妻”，在我读书的时候，好像就相守在那里了，樱花一年年开了又败，败了又开，只有他们，日日复夜夜，长长复绵绵……

新工地

沿着校园，往西山走，西山之西，就是学校新征的六百亩地，正在热火朝天建设的工地。此时，白天繁忙的工地已经安静下来，走过那座新桥，月光下，两台挖掘机正在那里歇息，远处橘红色的大楼是衬托，也是已经完工的成果，仿佛明天，挖掘机醒来，它们会继续前行，举起那有力的手臂，然后，又会有新楼拔地而起。

那里，有湘大的未来。

六

对我来说，《南山南北山北》既是我对湘大的过去、自己的过去的追怀，另一方面，湘大的现在，湘大的未来，也时时在触发我的灵感。2006年写《我的大学》，那是与湘大邂逅27年之后才有的关于湘大的第一篇文字。最近这几年，却开始喋喋不休，想当年……有人说，这是一个人行将老去的症候。就像故乡，年轻的时候，在他怀抱中的时候，你根本不会感受到他的好，你跟他无话可说，你会义无反顾地离去。只有离开了，才会想念，才会有动人的乡愁。经历了滚滚红尘，当你终于功成名就，叶落归根，你会觉得，故乡的一切都亲切起来，原来你苦苦寻找的，就是当初努力想挣脱的地方啊。

湘大于我，也许就是这样的一个“故乡”吧，精神的故乡。在外漂泊三十年，重新回到母校，不知道算不算叶未落先寻根，寻找那精神之源，灵魂的泊归之所。

湘大，那一抹乡愁。

人说人生六十一甲子，于我而言，那一刻已经不再遥远，于一个大学而言，甲子正当年，湘大还很年轻。我希望，当我们渐渐老去的时候，蓬勃的健旺的湘大，能够越来越给作为“湘大人”的我们一些活下去、时光不老我们不散的勇气。

感谢孟泽教授情深深意切切的序言。我曾在“棋禅一味”个人公众号中转发时配了一些图片，然后有学生说，孟老师的《广陵散》文风被配图冲击了。既如此，在书出版之际，让那些“图”通通退场，因为老孟的文字，那通透而充满张力、深情而粗粝的文字，“裸”着也许更有视觉的冲击力。而我自己这篇不像序的“自序”，更像是意象湘大的文字说明，是喋喋不休之后的未尽之“言”、“言”外之“象”、“象”外之“意”、“意”外之“味”……

南山南，北山北，是山不是山，说不尽的湘大。也许，爱一个人，有时真的无须多“说”，会心就好。

——2020年9月1日于湘潭大学潇湘听弈庐

目

录 CONTENTS

❖ 第二辑　我的老师

❖ 第三辑　湘大八记

❖ 第四辑　湘大江湖志

第一辑　我的大学

初识湘大，那是 1979 年，我 16 岁。
他说你任何为人称道的美丽，
不及他第一次遇见你。
与湘大的邂逅，大约就是这样吧！

南山南北山北

那天，去南山上课，从教师公寓，经秀山，下 139 级台阶，过幼儿园，学生宿舍楼，一路向南……时光仿佛在倒流，回到几十年前。那时我们就在一教上课，在一、二阶梯听讲座、朗诵诗歌、举行歌咏比赛。后来又有了三阶梯、四阶梯，人生的许多回忆，就都留在那里了。

我往南，学生却在纷纷往北走。湘大的根在南山，而北山，见证的就是湘大的发展，是新兴的湘大。想起那首湘大版的《南山南》：

我在南山的教室里畅想未来
你在逸夫的楼梯里人来人往
如果天黑之前来得及
我会和你再次相遇
一生一世
永远要在一起

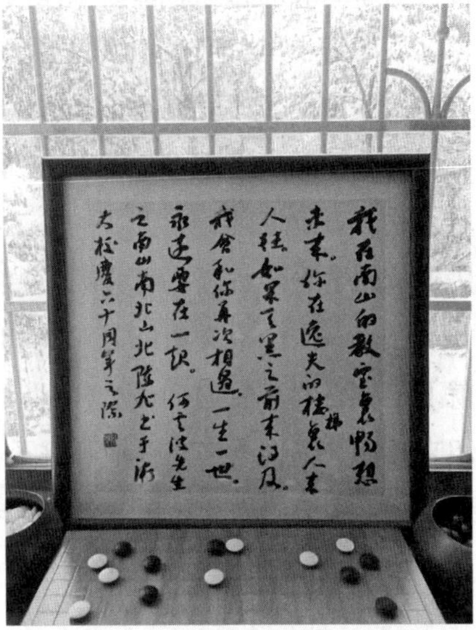
南山南北山北

湘大的南山与北山，一生一世，就注定要这样长相厮守，演绎出许多故事，让一代一代的湘大人梦绕魂牵了。

一

初识湘大，那是 1979 年，我 16 岁。

他说你任何为人称道的美丽
不及他第一次遇见你

与湘大的邂逅，大约就是这样吧！

那时，二十世纪七十年代的湘大，文科只有两个系，文学系和政治系。文学系包括中文和外语，政治系有哲学、历史、经济三个专业，八十年代才分家。我读的是中文。现在中南大学的孟泽教授跟我同班，他在一次讲座中说到当年入学时的情景：身高 1.53 米，体重 40 公斤，老师同学都叫他：小朋友。

我也是。

那时的湘大，只有南山，不多的楼房，满眼的黄土，朴实得犹如一个穿着粗布衣裳的村姑，却又难掩内在的芳华。许多教师职工虽然还住在农家简陋的房子里，但工作热情高涨。学生呢，如饥似渴，嗜读如命。据说有位同学出了名的爱提问，有次这位同学又对“亚细亚生产方式”产生了疑问。他找到中文系的曾簇林老师，曾老师随即联系到哲学系、历史系、政治系的三位老师，召开了一个小型座谈会。跨系的四个老师齐聚一堂，为这位同学答疑解惑。那盛况，想想就够令人神往了。

还有一次，中文系的老师得知《巴黎圣母院》电影将要在长沙公映，就下定决心“不管遇到什么样的困难，一定要让学生看这场电影”。于是租来几辆卡车，浩浩荡荡地开进了长沙的电影院。从长沙回来后，老师们还组织学生就雨果与外国文学展开热烈的讨论。

黄土地上的野草，就在这粗粝、鲜活、自由、野性的氛围中，疯长起来。

二

毕业了，却难以说再见。

20 岁，当上大学老师，总感觉自己过于稚嫩。于是，两年后，重回母校，读研。

我们的住处，也从南山到了北山。北青，湘大最北的一栋楼。

有人说，湘大的风，一年只刮两次，一次刮半年。

凌厉的北风，首先从北青刮过。

我们也是最先感受南来北往的自由的风的人。

孔子、庄子穿越到了现代，尼采、萨特、弗洛伊德们也漂洋过海来了。那时，研究生和青年教师都住在一起，我们拼命地读书，自由地讨论，听罗大佑的歌，随着崔健的摇滚，舞动青春，张扬自我，放飞梦想。还有，就是疯玩。放上两块石头做球门，一块空地就成了足球场，风雨无阻。无论书桌还是牌桌，永远在展开各班各系之间的较量。还有，北青前面的那几个小酒馆，见证了我们醉酒的一去不复返的青春。

我曾经问个不休
你何时跟我走
可你却总是笑我
一无所有

我们一无所有，我们又很富有。八十年代是一个清贫、迷惘、困惑的年代，一个充满青春激情的年代，一个纯真、素朴、较少功利之心的年代，一个让人无限追怀的年代。

而我们，都以自己的方式，在湘大的北山，在北青的简陋的宿舍里，拥有了属于自己的——我的八十年代。

三

三十年后，重新回到湘大，不知道是不是命中的注定。

湘大变得越来越漂亮了。三道拱门的伟岸，图书新馆的大气，画眉潭的清幽，泽园的浪漫，秀山的山，琴湖的水……当年的村姑早已改变了模样。而我自己，成了一名青春不肯老的“老”教授。

我的硕士导师张铁夫先生去世的时候，留给湘大的领导一封信：

> 我的后半生是在湘大度过的。湘大给我提供了一个很好的平台，使我多少能做一些有益的事情。但我做得还是太少，做得也不是很好。如果真有来生，我会加倍努力。

学生，接过老师的接力棒，教书育人，完成知识、学术的一代代传承。有一年，给一届即将毕业的学生上完一门课，有学生写随感《最后一课》，说：我最爱的课结束了，我的大学也结束了。

看了这段文字，我很感动。原来，一个称职的老师，对学生的影响可以如此之大啊！有的学生说，听过何老师的课，读过何老师的文字，突然明白，“灵魂停歇的地方，其实不需要宽广堂皇的空间，或许，有一方美好而洁净的文学地，也就够了。灵魂也只有在这样的文字里，才能心安理得地悄然入睡，才能得到生生不息的力量、勇气和信心。”

行走文字间，且行且欣赏。让每一个学子，都能在这里安心向学，找到他们灵魂的家园，也许，这就是一个普通老师，能够给学校作出的最大贡献吧。

中文系的宋德发教授有一年在给毕业生的致辞中，化用俄罗斯诗人普希金的诗句：

无论命运会把我们抛向何方
无论幸福把我们向何处指引
我们——还是我们：整个世界都是他乡
对我们来说，母国——只有湘大

曾经开玩笑说，在湘大校史的“野史”篇中，也许可以有这样一笔：1979 年，一个 16 岁的少年何云波来到了湘大，湘大另外一个男神级的教授宋德发出生了。后来，他们成了同一个导师的研究生，后来……

是的，每一个人，只要你来过湘大，无论教工还是学生，就有了同样的身份：湘大人，你就在书写湘大故事，参与湘大精神的建构，拥有了关于湘大的共同的记忆：

你在泽园的草地里沐浴四季
我在画眉的倒影中感受轮回

南山南，北山北，就这样注定了与湘大的永生永世的不了的情缘。

2018 年 6 月

我的大学

一

曾在一次导师与研究生新生的见面会上，说自己是湘潭大学那块黄土地上的野草，不经意间，疯长起来，终于泛滥成一片斑驳的绿色。学生便笑。

没时间解释。过后，往事却不断地涌出来，二十多年前的记忆，竟也像那野草，一年年长着，越来越深。第一次出远门，第一次坐火车，第一次体会到什么是“我的大学”……

我的大学时代

曾经对“大学”有过许多美丽的梦想，怀揣着入学通知书，也一遍遍地想过这个将成为“我的大学”是个什么样子。到火车站，坐车出了市区，在一条灰尘滚滚的泥路上，好像还绕了无数个弯，才到达学校。下车一看，又是一条黄泥巴路，穿过校门，蜿蜒开去。光秃秃的运动场边，有几排房子……这就是号称全国重点大学的湘大啊，心里不禁有些嘀咕。

失望总是有的。不过这个有点像都市里的村庄的学校，对我这个乡下孩子来说，又有几分亲切感。16 岁了，却只有 1.53 米的个头，40 公斤，穿着一双解放鞋，土布衬衣，领子扣得紧紧的……一张在韶山与同学的合影，很久以后还成为同学津津乐道的话题。

一个怯生生的农家孩子，一个充满泥土气息的学校，也算是相得益彰。生活仍然艰苦，每天四毛钱的伙食费，中餐吃份三毛钱的回锅肉，晚餐就只敢买5分钱的蔬菜了。

上午上完课，大家都是急行军一般冲向食堂，回来一路吃着，常常还没到宿舍，盘子已见底了。晚上还没熄灯，就已饥肠辘辘。大家把小时候吃过的好吃的东西都翻出来，却发现，记忆中的存货竟也不多。同学间打赌，最喜欢赌的就是吃。争论一个问题，一方常常是说：不信，就赌一份回锅肉。有时甚至就是直接赌吃，大家凑饭票赌一个人吃。一种是计时制，比如在多少时间里必须吃完多少个馒头。一种是计量，时间较充裕，但要吃下多少量。条件一般都比较苛刻，可总有勇敢者，以身试吃（吃完算白吃，吃不完就要加倍出钱）。一次，一位同学硬是一次吃下了15份回锅肉，尽管中间跑了好几趟厕所。我食量相对较小，总是充当凑份子的角色。

学校生活虽然清苦，但比起在家里吃红薯饭、没油星的菜要好多了。个子也就蹿起来，四年大学长了十七厘米、十多公斤。

就这样，吮吸着这片黄土地上的气息，慢慢长大。湘大的历史虽然可以上溯到1958年，那时毛主席还题写了校名。但真正办起来是1974年。在创建共产主义劳动大学的口号下，主事者有意地选了片远离城区的荒山，所谓一张白纸好画最新最美的图画。偏偏这里的黄土地还特别贫瘠，连树都长得很慢，到处光秃秃的。孤零零的几片树叶，既不能遮阴也无法挡雨，在烈日的暴晒和寒风的侵袭中，反而让人要对它们生出几分同情。几年大学生活，除了学习，做得最多的义务劳动就是植树。几个人一组，挖一个一米见方的坑（湘大的黄土特别硬，几个人好半天才能挖上一个），把树挪进去，培上土，浇水，夯结实。下一步便是盼望它们快快长起来，隔一段时间，便会去看一看。毕业后，偶尔回去，发现那些树都已经亭亭如盖了。

二

运动场边，有一排教工宿舍，后面一栋教学楼，几栋学生宿舍，这就是整个的校园了。我们入校时，许多老师还住在周围农民的房子里，据说不时还有蛇爬进来，与人亲密接触。

湘大的校园被乡村包围，永远围不起来，砌了围墙也可以被人们钻出很多个洞，四面八方都是小路，通向广阔天地，多了些野趣，却少了点安全感。晚上都要由学生负责巡逻。各班轮流，三人一组，每晚两班。轮到你时，便会领到一件军大衣，一节短棍。半夜三更在校园里到处游荡，月华如水，寂静中，或蛙声，或虫鸣声，声声入耳。坏人没碰上，倒有了些诗情画意的感觉。

那时没有什么娱乐，看电影就成了每周的一件大事。就在教学楼边的一块空地，两根木杆间挂上银幕，大家早早地背个凳子去占座位，那感觉，仿佛就是乡村里的电影队进村了。吃过晚饭后散步，一出校园就是大片大片的田野。田里或水沟中有许多的泥鳅、鳝鱼，一弄就是好几斤。周末最喜欢的活动就是远游。天气好时，一群人结伴出游，并无明确的目的，却可以走出很远，中午在某个农家小店吃饭，或者自带食物，下午再回来，一路摘些野花野草，说些闲话，便算得上是浪漫之事了。各系之间有什么篮球、排球比赛，经常是被围得里三层，外三层，加油声，叫好声，叹息声，此起彼伏，热闹极了。中国的球队赢了球，校园里会一下子沸腾起来，爆竹声，敲盆砸碗声，吆喝声，铺天盖地。如果中国队拿到个什么冠军，大家会自动地汇聚在一起，绕着校园游行，狂欢，直到深夜。偶尔，市里有大型文艺演出，大家会倾巢而出，早早地吃过晚饭，坐公交车赶过去，美美地享受一番精神大餐，结束后，公交车早没了。于是步行，抄近道，走山路，几十个人，披星戴月，浩浩荡荡，一路兴致勃勃，笑语喧哗，十几里路，一下子就到了。让人想起小时候，跟着乡里的电影放映队，一个个村子地赶场，披着夜色回家，那时的月亮，显得特别圆特别亮……

走，回湘大

三

一次，湘大中文系的一帮校友聚会，大家说起过去的种种，都是一脸的兴奋。大家议论，说其实黄土地也养人，省会长沙岳麓山下的学校，面对繁华都市，诱惑太多，学生难以专心致志。而湘大的学生，被关在山沟沟里（我们读书那个时候，唯一的连接学校与市区的公共汽车，晚上八点就没了），除了谈谈恋爱，剩下的就只有学习了。

湘大校园里，就有好几处山林，直到现在还基本上保持原始状态。出了校门，更是一片广阔天地，确实是谈恋爱的好地方。不过，那个时候的我们，根本不懂得爱情，自然也就不知道怎么去利用这优越的地理条件了。心里面装着某个人，痴想一会，偶尔发发呆，跟要好的同学说说心事，也就仅此而已。

那时学校的宿舍根本不设防，经常是男女混居，共处一栋楼，甚至同一层楼，一边是男生，一边就是女生，大家很有礼貌地相处，也没见出什么事故。那个时候学生谈恋爱是被禁止的，偶尔有几对，也是地下活动。有的年纪大的学生，在家乡已经有女友了，借学校不准谈恋爱为由，要做“陈世美”。学校只好来个补充规定：谈了的，就不准分手。

青春总是关不住的。刚从那个动乱的年代过来，从小读惯的是“与天斗，与地斗，与人斗，其乐无穷”的文字，稍稍带点感情的东西都是资产阶级情调。上了大学，面对书的海洋，大家都像一个饿汉一样扑了过去，颇有些饥不择食的感觉。不过最爱看的，还是带有爱情字眼的文字。“青年男子谁个不善钟情？妙龄女郎谁个不善怀春？”于是，我们会来到歌德的故乡，跟维特一起去追寻他的绿蒂，一起烦恼；我们会在宋词的“庭院深深深几许”中“寻寻觅觅”，在“一川烟草，满城飞絮，梅子黄时雨”中作忧郁地徘徊；在戴望舒的“雨巷”里，撑着油纸伞，去追踪那丁香般结着愁怨的姑娘，或者，走进何其芳的“雨天”：

是谁第一次窥见我寂寞的泪
用温存的手为我拭去
是谁窃去了我十九岁的骄傲的心
而又毫无顾念地遗弃

啊，我曾用泪染湿过你的手的人
爱情原如树叶一样
在人忽视里绿了，在忍耐里露出蓓蕾
在被忘记里红色的花瓣开放

红色的花瓣上颤抖着过成熟的香气
这是我日与夜的相思
而且飘散在这多雨水的夏季里
过分地缠绵，更加一点润湿

当年情人坡

中文系有个“旋梯”诗社。于是，不少同学都成了诗人（诗人比较敏感，往往能得风气之先，后来不少人又成了商人）。

晚上熄灯后，照例是宿舍夜话的时间，主题当然离不开性与爱，从班上的、系里的，到校内校外的女子，都成了议论的对象，还会给各色女孩子取外号，品评、戏谑一番，过过口瘾。常常，大家在说得兴致勃勃时，走廊里会传来箫声。吹箫的是隔壁寝室的一位同学，平时基本上不跟同学往来，不知道有过什么伤心事，有一段时间，每天晚上十一点之后，就会听到他的箫声，幽幽的，缓缓的，如萧瑟秋风，如秋风中的落叶，如落叶里的叹息，一丝丝，一缕缕，绵绵不绝……于是，大家也不再作声，内心里，没来由地，仿佛也有了些愁绪。

四

有幸成为二十世纪七十年代的最后一届大学生。

我所在的七九级中文班，有点特殊，大的大，小的小，相差有十来岁。年纪大的是七七年恢复高考后奋战了好几年才挤进大学校门的。小的十五六岁，懵里懵懂（中学只读了四年，以后才改为六年），便成了大学生。于是，七九级的学生，论成熟睿智比不上七七、七八，论活跃又不如八〇，有点像处在夹缝中，左右不是。七七、七八的同学老喜欢往老师家跑，七九的自我封闭，连班主任家都很少去。八〇级的文艺人才很多，七九的却只知道埋头读书。有一年系里举办歌咏比赛，我们班合唱，选的是一首民歌：“河里青蛙从哪里来，是从那水里向岸边游来；甜蜜的爱情从哪里来，是从那眼睛里到心怀”，几十个人扯着嗓子来抒发柔情，结局可想而知。

那时我们真的很开心

后来，有老师总结，说七九级的教授出得最多，大约就是在压抑中，只好向内转，安安静静地做点需要耐心的事情吧！大学四年，因为年纪小，生性又羞涩，看到生人都要脸红，从来没在公开场合讲过话，自然也难有在同学面前露脸的机会。最风光的时候，就是作为系排球队的一员，在比赛中接受观众山呼海啸般的欢呼。

除了打打球，散散步，其余时间便是读书。小时候无书可读，高考时有书不能读，进了大学，面对那并不富实的图书馆，已经是刘姥姥进大观园，饿汉面对满汉全席，只有惊叹的份了。那时便知道了，什么叫饥不择食。后来，上中外文学史课，读书有规律些了，跟着老师上课的进度，一个一个时代、作家，一路读下来，然后知道了荷马的史诗、雨果的敲钟人、肖洛霍夫的迷人的顿河、屈子的行吟、鲁迅的悲愤、郁达夫的沉沦，算是入了文学的门。然后，在辩证唯物主义与历史唯物主义之外，也知道了还有尼采的超人，萨特的自由选择……

回想起来，四年大学生活，基本上是在阅读中度过的。在阅读中，一个羞涩的懵懵懂懂的少年慢慢长大，了解了在那块黄土地之外，还有一个无限广阔的时空，在每个人的外表下，都藏着一个复杂得深不可测的世界。于是，有一天拿起笔来，想要写下所见所闻所想所感，便有了第一首诗，第一篇散文，第一部被称作小说的东西，于是，乡村少年也就成了忧郁的梦者了。

忧郁的梦者怀揣着“绿色的梦”，一直想要当一名作家，直到现在也没当成（如今对“作家”不稀罕了，说不定什么时候又“坐”成了“家”）；一直没想过要当老师，命运阴差阳错，又让我成了一名年轻的“老”教师。

毕业时，分到铁道学院。拿到派遣证，当天下午，就跟历史系的一位校友结伴，赶上来长沙的最后一班车，没有想象中的喧闹、执手依依、离别的眼泪，悄悄地离开了学校。

生活就这样翻开了新的一页……

2006年1月至3月，拉拉杂杂，断断续续中，3月19日改毕

球缘·棋缘·湘大缘

我大学打排球，研究生踢足球，研究生快毕业时学围棋。后来，足球基本不踢了，排球与围棋，却成了一生的爱好。

而这一切，都与湘大有关。

以棋会友：与姚军、胡煜清、王香如四人联棋

一

先说排球。

我 79 年进湘潭大学，16 岁，1. 53 米的个头，体重 40 公斤，典型的还没有发育完全。这样的身体条件，本来跟排球、篮球之类需要身高和肌肉的运动是挨不上边的。但大学里除了读书，闲暇时间很多，总得找点游戏之事打发时光。唱歌跳舞、吹拉弹唱的通通不会，便打球。一帮人找个空地，站圈，练传球，就这样与排球结下了缘分。

站圈练球，一直到大三。个头蹿了十多厘米，球技也日益进步。学校搞各系之间的排球赛，79 级的慢慢成了老大，我也有幸被哪位伯乐发现，成了中文系排球队的一员，司职二传。

接着就是训练、比赛。我在大学四年，人小，又生性羞涩、腼腆，很少有在公开场合露脸的机会。那时当过的最大的“官”就是寝室长。负责督促寝室的同学搞卫生，创“文明寝室”，有次我们寝室得了全校的两个“文明寝室”之一，班上让介绍经验。上得台去，一紧张，结结巴巴，没说几句像样的话，就灰溜溜地下来了，真是耻辱啊！

而今，终于又有了露脸的机会，并且是一个更大的“舞台”。那时学生的业余活动比较单调，学校学生篮球赛、排球赛之类，就成了大家关注的焦点。每当有自己系的比赛，啦啦队便里三层、外三层的，坐一排、蹲一排、站一排、凳子上一排，桌上再站一排，把球场围得水泄不通。锣鼓声、加油声、喝彩声、嘘声，此起彼伏，真是热闹极了。

我第一次打正式场地的比赛，又面对如此阵势，难免紧张。作为二传，开始时，经常会莫名其妙就把球传过网了。后来慢慢适应了，也开始享受被围观、被叫好的感觉。特别是让不少女生知道了中文系有个会打排球的秀气的小男生，那种被欣赏的感觉，真是好极了。

那年是 1982 年，中文系排球队得了第四名。成绩不算好，但总算是进了半决赛，应该知足了。

那年排球赛的六位主力，79 级除了我，还有许学忠，现在岳阳县，曾任县委办公室主任；80 级的彭振国，现为湖南省计生委副主任；81 级的于磊焰，新华社湖南分社社长；聂雄前，深圳《女报》社社长；82 级的一位男生，名字忘了。后来，大家偶尔见了面，说起当年一起打球的情景，总会生出许多感慨。然后，我就想，几十年后，不知能否再次把他们召集到一起，在湘大的球场上，重温一番旧梦。

毕业后，我被分配到长沙铁道学院外语系任教。外语系的教工男排，曾拿过铁道学院的三连冠。后来，在中南大学教职工排球赛上，外语院男排，几次屈居亚军、季军之后，2012 年的一届比赛，终于登上冠军宝座。而球队的两位二传：我和孟泽（原名张桂喜），都来自当年的湘大 79 级中文班。

离开湘大近三十年，重新回到湘大。本来一直保持着与学生一起打打球的习惯，中南外语院的教工与学生男、女排，每年也会有一个“毕业杯”师生联谊赛。还有不少毕业的学生，节假日回来，就是为了重新与老师打一场球。到了湘大，却突然发现，没有了当年排球的氛围。

遗憾！

二

1985年，重新回到湘大读研究生，师从张铁夫教授，攻读俄罗斯文学。

研究生几年，学业之外，突然迷上了足球。排球平时不打了，只在比赛时参与一下。那时的研究生排球队，与其他院系相比，算是强队，基本上是冠、亚军的水平，似乎也就没有了追求、奋斗的动力。

足球呢，从头学起。那时住在北山青年楼，那也是湘大研究生培养的鼎盛期之一。一大群研究生和青年教工，每天下午，在楼前的空地上，圈一块地，一边放两个砖头，作为球门，便开始了一顿乱战。风雨无阻。大冷天的，一身泥一身汗，回宿舍冲个冷水澡了事。研究生三年，就没去过学校的澡堂。这样锻炼下来，连感冒之类的小病也没有过。唯一的一次上校医院，是脚踝被踢了，去做理疗。

踢着踢着，水平也水涨船高。一年之后，就踢进了研究生足球队，司职边后卫。那时除了学校举办的学生足球比赛，还有名目繁多的各系之间的双边、多边交流。有一回，记不得是哪家出面，弄了个湘大足球精英赛。北山文科本科联队、南山理工本科联队、教工队、子弟学校队、研究生队，先循环赛，前两名出线争夺冠军。研究生队虽然没能出线，但能够与其他联队抗衡，也算是面上有光了。

每次，踢完球，一干球友就会找家小酒馆，喝邵阳大曲。经常，五六个人，喝三四瓶不在话下。一次，一位师弟喝高了，高谈阔论、手舞足蹈，回到宿舍，为示亲热，还一边卡着我的脖子，一边跟我说话。这场景，便成了日后经常被翻出来的笑谈。还有就是，司职前锋的聂鲁达的名言：射门千万别追求什么角度，你就对着守门员去，反正会射偏的。

聂鲁达名雄前，因为长相、性格看起来酷似《水浒传》中的鲁达（鲁智深），故有此外号。仗着一副好身体，扣球、射门势大力沉，占据了排球队主攻、足球队主力前锋的位置。虽然技术粗糙点，那临门一脚，却颇有杀伤力。

研究生那几年，正是举国期盼中国足球队冲出亚洲、走向世界之时。虽然一直未能如愿，但并没有影响大家的热情。一帮热爱足球的研究生，一边踢球，一边看球。1986年6月，第十三届世界杯足球赛在墨西哥举行。青年楼活动室的电视机，便成了大家的最爱。研究生、青年教师们看球也分成了不同的派别。记得法国与巴西在八强赛中相遇。拥法派与拥巴派看比赛的时候，便截然对立，各自为自己心仪的球队加油。那场球法国赢了，拥巴派差点就要痛哭流涕了。那天看完球已快天亮，一夜不眠，坐火车去参加一个学术会议，旅途中，足球，仍然是一个说不尽的话题。

毕业了，球基本上不踢了。因为中国足球的不争气，看球的热情也慢慢淡了。但经常还会想起，在湘大的那些激情燃烧的岁月。对于我来说，足球，代表的其实是研究生岁月的一段记忆，一种生命状态。有一次，在几名研究生的撺掇下，心血来潮，跟他们一起在小球场上踢了场球。一上去，追着球跑，心在飞，脚步却跟不上，一摔，手掌便磨去了一层皮。然后就想，曾经在湘大的球场上奔跑的撒野的青春，真的是一去不复返了。

三

研究生毕业那个学期，我迷上了另外一种游戏：围棋。

足球体现的是力之美、动态之美。围棋却是静的艺术、优雅的格斗。

第一次接触围棋，是在1985年，我研究生刚入学。第一届中日围棋擂台赛进入最后的高潮，聂卫平与藤泽秀行的主将对决。在这之前，这局棋已在社会上炒得沸沸扬扬，我身边那些会下棋的同学，也早就等着看中央台的直播。尽管在这之前，我基本上没怎么听说过围棋，也被这种气氛所感染，跟着那帮同学，早早就等在了电视机前。那是我第一次看围棋的电视直播，棋的招式自然是不懂，只能听解说者对局势的分析，心情也随之乍喜乍忧。还有，就是黑白子纵横交错，本身就组成了一幅奇妙的黑白山水画……

只是，真正地走进围棋，与之相知，已经是两年以后了。

研究生最后一年，全力准备学位论文。我写的是《论陀思妥耶夫斯基的宗教意识》，年底初稿出来了，交给导师，他看了后，就说可以了。第六个学期，就等着答辩了。闲下来，干点什么呢，那就学棋吧！

同专业的研究生同学，有两个会下棋。其中一个是我们的班长，姓龚，年纪最大，我们叫他龚兄，不过他更喜欢女同学叫他老龚（公）。从让六个子开始下起，被蹂躏了几次之后，痛下决心，发愤看书，个把月，就把龚兄打下去了。后来才知道，我眼中的第一个围棋高手，水平实在是不入流。不过，龚兄从此有了炫耀的资本。有一年，我们去给两位导师曹让庭、张铁夫老师祝寿，他们正好一位 80 岁，一位 70 岁。而龚兄，也快 60 岁，准备退休了。路上聊天，龚兄说："何云老现在是围棋界的名人了，可当初我还是他的启蒙教练呢。"说起来，他也应该算是我的导师之一。席间，我祝酒，祝两位老师健康长寿。我又说，龚兄也想升级，取得跟两位导师一样的资格，这次就算了。10 年后，再来为他们一起做七、八、九吧！大家便笑，纷纷说好！龚兄也笑，说好啊！好啊！只是下次不能让某某同学参加了，他远道而来，手机都没有一个，还要借那些本科的学弟学妹的机子打电话，幸亏人家不知道他是谁，不然把老师们的脸都丢尽了。

龚兄就是这么一个幽默的人，人也长得像圆圆的棋子，慈眉善目。他原在一个地市师专教书，有两个孩子，老婆户口在农村，没有"工作"，自己又出来读书，家里经济自然紧张，但从来没有见他叹过气、抱怨过什么，总是一副乐呵呵的样子。他棋上的不长进，我们也就理解为胜固欣然败亦喜了。

我的第二个围棋启蒙老师，是本科时的同班同学邱运华，人称邱老，我们平时叫他邱毛。邱老大学毕业后去了内蒙古大学读研，三年后回到母校教书，俨然就成了围棋高手。自从把龚兄之流打了下去，下一个目标就是高高在上、高不可攀的老邱。从九子开始，一子一子艰难地往上攀登，半年后，终于能分先了。毕业后一次回母校，在老邱家下棋，上一年级本科的一位姓谢的师兄（后来当了好几个大学的校长、书记），算是资深棋迷，见了，问："让几子。"老邱说："对下。"谢哥说："从来没有听说过何云波会下棋，怎么一下子这么厉害了啊?"我就说："士别三日哦!"

棋下着下着，就对围棋文化感了兴趣。2001 年出了棋文化方面的第一本书《围棋与中国文化》。2003 年，又有了博士论文《围棋与中国文艺精神》，虽然拿的是比较文学学位，却被称为中国第一个“围棋博士”。接着，又在中南大学弄起了围棋文化研究中心，编撰了围棋文化研究丛书，主持了中国棋院杭州分院中国第一个围棋博物馆的内容展陈设计、文字撰稿，拿到了棋文化第一个国家社科基金项目《中国围棋思想史》。《新闻天地》（2009 年第 12 期）刊载《湖湘文化人物心路历程之：何云波的黑白人生》，介绍我与围棋的结缘。这一切，算起来，都是因为当年在湘大求学的机缘。当年的围棋启蒙老师老邱现在已经是首都师范大学的副校长。这几年邱副校长又开始关心起围棋事业来，把国学网挂靠在首都师大，支持国学网弄起了“国学杯”和编撰“围棋古谱全集”。我曾带中南大学教职工围棋队去北京，与清华等高校交流，而第一站就是首都师大。“国学杯”在广州棋院举行时，搞了个围棋文化论坛，请我参与。我问广州棋院的容坚行院长，还邀请了哪些人，他第一个就说到有首都师大邱校长，我说：“我们是大学同班同学啊！”容院长便感叹：“哎呀，你看，这个世界真小。”

我就附和，说：“是啊，是啊，因为有围棋嘛！”

何云波（左三）和邱运华（右二）在中国围棋文化高峰论坛上

中南大学在刚合并时的招生宣传中，就曾把围棋文化当作学校人文社会科学与素质教育的亮点之一。我也曾经好几次回母校做围棋文化方面的讲座。而今彻底回归湘大，就想着，怎么建一个平台，把湘大的棋文化研究与交流也弄上去，使之成为学校在全国乃至全世界的一块品牌呢？

2014 年 5 月

遇见你，我的湘大

2019 年作为教师代表在新生开学典礼上发言

各位同学，亲爱的学弟学妹们：

你们好！

叫你们同学，因为我是老师。叫你们学弟学妹，因为我也曾经是湘潭大学的学子。40 年前，1979 年，一个 16 岁的腼腆的乡下少年，身高 1.53 米，体重 40 公斤，穿着一双旧解放鞋、一身土布衬衣，走进了湘大。那时的湘大，还是一片黄土地，只有南山不多的几栋楼房，就像一个都市里的村庄。他与湘大一起成长。上课，读书，积极要求进步，当上了他这辈子至今当过的最大的官：寝室长。20 岁，大学毕业，笨嘴拙舌的他，在长沙的一所大学，当上了老师。两年后，又重新回到湘大读研究生。那时湘大有了北山，就在北山最北的青年楼，在东南西北风声声入耳的“呼啸山庄”，他们拼命地读书，自由地讨论，课余时间打排球，踢足球，玩围棋。

毕业后，他回到原来的学校。1996 年，33 岁的他，破格当上了教授。后来，他又回到湘大，成了母校的一名老师。

南山南，北山北，你在南山的教室里畅想未来，我在逸夫的阶梯里回忆过往，不经意间就要跟湘大一生一世了。那个人，就是我，一位自以为还年轻的“老”教授。

43 年前，1976 年，我的硕士导师张铁夫老师也离开大武汉，来到了湘大。

那时，湘大的老师们还只能住在农民家里，在蚊虫的交响中读书，在煤油灯下备课，在荒山上植树，在劳动中建校。就是在这样艰苦的环境中，他们却不以为苦，在讲台上站出了无数美丽的风景、动人的传说，也成就了湘大之“大”。

张铁夫老师去世的时候，留给湘大的领导一封信：

> 我的后半生是在湘大度过的。湘大给我提供了一个很好的平台，使我多少能做一些有益的事情。但我做得还是太少，做得也不是很好。如果真有来生，我会加倍努力。

而我，我们，曾经的学子，接过老师的接力棒，教书育人，完成着知识、学术的一代代传承。

而你们，亲爱的同学们，当你在考试填报志愿时，郑重地写下“湘潭大学”四个字，当你走进湘大的三拱门，你也就成了永远的湘大人。然后，我们成了师生，成了校友，也许，这就是命中注定的缘分：我的湘大，在最美的年华，遇见你。

作为老师，我想跟你们说，从今天开始，你们正式成了一名大学生、硕士生、博士生，这是人生的一个新的起点。博学笃行，盛德日新，这是湘大的校训，也可以成为你们的座右铭。大学者，知识的殿堂、文明的传承之地也，也是我们精神的家园。当你走进大学校园，你就成了文明传承中的一员，也就有了担当，有了神圣的责任感、使命感。我希望，在大学校园里，你们能够养成丰富的学识，健全的人格，健美的身体，德美智美体也美。要是觉得自己外表还不够美，怎么办？那就多读书吧，腹有诗书气自华。

说到读书，中国的许多学生，都把读书当作苦差事，读书苦，苦读书，读苦书，头悬梁，锥刺股，面壁十年，寒窗苦读……其实，读书应该是一件快乐的事情。林语堂说："读书就像谈恋爱。"读你千遍也不厌倦，读你的感觉像三月，何苦之有？我希望，你们在湘大，能度过几年快乐的读书时光。快乐就不需要坚持，就像两个相爱的人，不小心就一辈子了。

而作为校友，我想跟你们说，湘大真的是一个读书、过日子、谈恋爱的好地方。画眉潭的清幽，泽园的浪漫，秀山的山，琴湖的水，让人流连忘返。湘大直到现在还有一片片的山林，在秀山的游息亭，有一副对联：

漫天花雨传心法
镇日松风伴读书

湘大的学子真是有福了，伴着松风读书，在书山学海中遨游，在天人合一中悟道……有人说，湘大是一片原野，在这片原野上生长的湘大人，充满着一种生生不息的生命活力。

而湘大的学子，勤奋好学，也成了一种传统。曾担任湘大党委书记的彭国甫曾说："湘大的学生充满精、气、神，非常大气；湘大的学生就像洞庭湖的杨柳，倒插着也能长大。"这造就了湘大优良的学风，从这里走出了许多杰出的校友，他们共同建构了湘大的精神。而你们，走进湘大，就在书写湘大的新的故事，传承湘大的精神，创造湘大的未来。

是的，一朝跨进三拱门，此生都是湘大人。有人说，湘大的三拱门，代表的是文、理、工的综合，而每一道门，像钥匙，开启知识的殿堂；三道拱门合在一起像汉字"山"，不断进取、勇登高峰。而拱门的顶端，是开放的，探索永无止境……我希望，在毕业的时候，你们能够站在三拱门下，大声地说：我骄傲，我是一名优秀的湘大人，未来，看我的！

祝福你们！

2019 年 8 月 31 日

我的七九，我的湘大

四十年前的相聚

40 年前，我们相遇了，我的同桌，我的湘大。

1979 年，也是中国改革开放的元年。

四个现代化、小康社会、联产承包责任制，经济特区、真理标准、解放思想……一系列新名词不断涌现，冲击我们的头脑。

那时，湘大还是一片原野，朴实无华，生机勃勃。

我们与湘大一起成长。食堂里，熙熙攘攘。而那时的课堂，好安静。

潘泽宏老师给我们讲美是劳动，美是实践，美是理念的感性显现；

古代汉语彭忠厚老师用拖得长长的尾音念“打起黄莺儿，莫教枝上啼”“萦损柔肠，困酣娇眼”；

古典气质的刘庆云老师吟唱唐诗宋词，余音袅袅，令人荡气回肠；

写作课上，王建章老师用极难懂的双峰话朗诵他的代表作《鲜艳的锦旗》；

外国文学课上，曹让庭、张铁夫老师讲希腊的爱神、雨果的敲钟人、俄罗斯的太阳普希金……

还有王勤、萧艾、彭靖、李永明、王礼逊、李忠初、彭辉球、吴道勤、刘建国、汤效纯、周显明、华济时、周昌义、雷业洪、陈淞、李家骧、傅其三、梁安全、陈玉莲……一串长长的名字，代表的是讲台上一道道独特的美丽的风景。

还有，一代大师姜书阁、羊春秋的讲座，其实，能够在路上远远地看他们一眼，我们就觉得自己头上也有了光环。

曾簇林老师上完一次课，就记住了我们的名字。

而班主任梁安全老师，每次放假前，最著名的叮嘱就是：同学们，你们要注意安全！

犹记彭燕郊老师在《诗歌研究》课上，讲叶赛宁的《狗之歌》、波德莱尔的《信天翁》时眼中闪闪的泪花。然后，我们知道了什么是真正的诗歌教育、人性教育。教育是一首诗。彭老师启蒙了班上的一批同学。然后，他们也成了诗人，然后，有了以彭老师的一首诗《旋梯》命名的“旋梯诗社”。

这其中便有着某种精神的传承。

毕业了，一些同学留在了母校，更多的同学，人走了，心还在湘大，不肯说再见。

有一位同学，曾留校任教，后来去外地工作。有次回学校，他说坐在篮球场边，不一会儿，眼泪就快下来了。

是的，时光流逝，青春不在。

而在这块曾经的黄土地上，又有着太多的记忆。

当年，我们拥挤在12人的宿舍里，读书、夜话、海阔天空。夜深人静时，静静地听走廊里某位同学的如泣如诉的琴声；

当年，我们漫步在湘大的原野，在水沟里捉泥鳅，坐在秀山的山坡上，读诗，数星星，看月亮；

当年，一到春天，我们就在“黄土地”上挖坑、植树，每隔几天，就要去看看，栽的树是否长出了新的叶片；

当年，冬天时，我们喜欢在宿舍的楼道里晒太阳，看是否有班花、系花、校花经过别人的窗前；

当年，在南山的阶梯教室里，在歌咏比赛中，我们扯着嗓子吼“甜蜜的爱情从哪里来”，尽管最后一名，仍然无悔无怨；

当年，我们到湘潭市逛书店，看文艺演出，然后步行回学校，披星戴月，浩浩荡荡；

当年，我们在雨湖公园宽阔如“池塘”的水面荡起双桨；在湘江边，在昭山山顶，胸怀世界，慷慨激昂；

让我们荡起双桨

当年，我们喜欢去照相馆留下一段青春，相约：当年我们是这样，来年或许能补天；

当年，我们写稚嫩的诗，涂涂画画，也敢大张旗鼓地在校园里举办七九中文首届（也是最后一届）书画展览；

当年，我们在球场挥洒汗水，在中国女排夺冠时，游行庆祝，口号震天。

当年，我们每个人都是护校队员，手提短棍，三五成群，在校园里巡逻、游荡。然后觉得，湘大的月亮好大，好圆，好亮。

而今，我们回来了，校园早已经改变了模样。湘大越来越时尚、漂亮、大气了。

而我们，四十不惑，我心依旧。

我的同桌，我的湘大，曾经，在最美的年华，遇见你。

时光匆匆。你在南山的教室里畅想未来，我在松涛的山庄中回忆过往。

四十年，酿一坛韶华不醉酒；

四十年，温一壶青春不老茶；

四十年，山高水长师恩永难忘；

四十年，同桌情谊长长复绵绵；

干一杯过去，我们不说再见！喝一壶未来，我们长存希望。我的七九，我的湘大，时光终不老，我们永不散。

四十年后再相聚

2019年10月1日，为七九中文入学四十周年聚会而作

老师您好：如有缘，就再见

学生送的卡片

大二的《外国著名作家研究》课结课了。这是继《外国文学史》之后的一门选修课，原来开在大四第七个学期。现在开始挪到大二了，八周，32 学时。

课是本部和兴湘汉语言文学专业同时上，本部这边 3 个班，兴湘 2 个班。于是，周二、周三两个上午，一二节上完本部的课，三四节急急忙忙赶往兴湘，成了一个定式。

课程概述，分了六个作家专题。每个专题，让学生先来讲、讨论，然后我再展开。每个专题有一个课题组，分工负责。有的负责收集资料，有的做 PPT，有的到台上主讲，有的分享阅读感受……因为大班上课，尽量让每个同学都有参与的机会。我跟学生说，平时成绩，就看每个组的表现了。

起初，上台来讲的学生，可能还有点紧张，有的讲的内容还摆脱不了教科书的模式，我鼓励他们在充分收集资料的基础上，大胆讲出自己的阅读感受。后来，上来讲的学生越来越自如了，准备也越来越充分，作品分析越来越细致……有次，兴湘一个班的同学讲《简·爱》，他们还自己编了个小话剧，自编自演，把同学们都逗乐了。

就这样，半个学期一晃而过。最后一次课。跟学生分享发在自己公众号的文章《教书如同婚了也，甘苦只自知》，其实这是多年前写的文字，名《书缘》，谈自己读书、买书、藏书、写书、教书的经历。前一天分享了《书缘（上）：读书就像谈恋爱》。然后我跟学生说，何老师想讲的许多告别的话，都在这文章里了。记得有一年给大四的学生上完《外国著名作家研究》课，有一个学生写考试作业，名为《最后一课》，说："何老师的课结束了，我的大学也结束了。"我说，"这也许就是作为一名老师的最大的成就感吧。好在你们现在都还是大二，大学才刚刚开始。读书就像谈恋爱，何苦之有，好好珍惜这美好的恋爱时光吧！"

课就这样结束了，学生的掌声持续了很长时间。心里满是不舍，说："如有缘，就再见！"兴湘1班的班长拎着一个小礼品袋，上来，说："老师，这是全部同学的一点心意。"我说："谢谢！"

中午就在兴湘的食堂用餐。孩子见我的礼品袋，问："爸爸，这是什么？"看她那期待的眼神，我说："学生送的礼物，转送给你了。"

回来。孩子急不可待地翻出礼物：一支钢笔。又拿出一样东西，说："还有这个。"我一看，一摞小卡片和两张大卡片，结成同心串。这应该是每个学生的留言。

我颇为意外。有时教师节会收到某个班或某个学生送的卡片，像这样全班性的留言，可是几十年教书生涯的第一次。况且，如果说本部这边的学生，一年级给他们上过写作课，中间他们很多学生也选了全校性的素质教育精品课《西方文学欣赏》，我还指导过一个小组的"专业写作训练"，也有学生对我做过访谈……相对来说更熟悉一些。而兴湘这边，就上了半个学期的课，除了课堂，平时也基本上没有交流的机会，他们却如此用心……

感动！

好奇！

他们会说些什么呢？

一张一张卡片翻过来。最大的两张，一张来自全班同学的祝福：

致最美教师♥：师恩似海，永世难忘

亲爱的何老师：

您好，马上就要结课了，大家都非常舍不得您！这个学期上您的课，我们确实学到了很多，不仅是书本的专业知识，更精彩的是获得了许多课本之外的惊喜。也被您身上优秀的品质和独有的人格魅力所吸引。您是我们心中永远的榜样，是我们的最美教师。

为了表达我们对您的喜欢和感谢，我们特意为您挑选了一支钢笔。您的文笔让我们既钦佩又羡慕。才华横溢、博学多才的您所写的文章总能让我们百看不厌，收获颇多，受益匪浅。希望您会喜欢我们的一点点的心意。

最后，17 汉语语言文学 1 班的同学想对您说：您辛苦了！谢谢您的教导，我们永远爱您♥

还有一张，是他们班长写的：

致最美教师：♥爱您♥

尊敬的何老师：

您好！时间过得真快。转眼间就到了第九周，马上就要结课了。真想您的课可以上到 17 周。希望以后还有机会上您的课，能和您有更多的交流。

还记得第一堂课初次见您，就觉得您是一位特别平易近人的老师。之前就在学校听说过您的大名，知道您是一位才华横溢的老师。见到您本人，甚至可以成为您的学生，我真的深感荣幸和幸运。在课堂上，对您有了更多的了解，也越来越喜欢您。还记得第一节课上您分享您的求学经历，让我印象深刻，也颇受启发。还有大学时代您的青春之照，老师年轻时真的好帅啊。当然，现在也帅，而且更有魅力了，哈哈。在我们心里，您一直是一位非常优秀的人民教师，博学多才。我喜欢您写的文章，读来亲切又富有内涵。文中真挚的感情每每都能打动我，感染我。也很开心能在课堂上朗诵您写的《南山南北山北》。在我的心里，您就是良师益友，总能在很多方面点拨到我，让我有所启发和收获。优秀的您不仅在文学与教育领域发挥了您的价值，您也是一位为人称道的好父亲。看着您为记录小宝宝而写的书，真心觉得能成为您的孩子是一件多么幸福的事情。您是"围棋博士"，也是可爱的宝宝的"围棋爸爸"，太有爱了耶。

在您的课堂上，我不仅学到了很多知识，也学到了很多为人处世的道理。您身上优秀的品质，深深地感染和吸引着我们。您是我们心目中的榜样。我们以您为傲！最后，想对您说："谢谢您，您辛苦了"。老师平时工作别太辛苦了，也要注意休息。祝您身体健康，工作顺利，天天开心！

其他都是小卡片，来自每个学生的心声：

亲爱的何老师：外国文学这门课一直都很吸引我。老师的教学方式很轻松愉快，而且感觉老师贼亲切，很喜欢听老师讲课哦。希望老师越来越年轻、帅气。

何云波老师：现在仍对你第一次课时奶油小生的照片记忆犹新，确实是帅帅的小鲜肉。老师现在也很帅，哈哈哈，天天开心哦！

何云波老师：第一次上你的课就有被吸引到，而且你的课一点也没有让人想睡觉哦！

常言道：听君一席话，胜读十年书。何老师您给我的感觉便是如此。

敬爱的何老师：您的课真的很有趣哦，写的文章也超有意思。

好！不愧是您！

快要结课了，对您十分不舍。祝您开心快乐每一天！

何老师：很荣幸能够上您的课。每堂课都能强烈地感受到您作为杰出教师的魅力，并能学到很多东西。最大的感受就是人生有无限的可能，大胆去做就好。感谢您哦！

何老师：您好呀，很开心也很幸运这学期做你的学生。仔细想一想，我们都没讲过话。今天本来有机会让你听一下我的PPT讲解的，至少让你知道一下我。嘻嘻，我是兴湘汉语言一班的王昱璇。今年很开心，您的授课，您的文章都深深地印在了我的脑海里。他日回想大学时光，一定会为有您这样一位优秀的老师而自豪的。

再次表达感谢与感恩之情。九周很快，快到我还没跟您讲过话；九周又很慢，慢到这一辈子我都会为上过您的课而感到自豪。祝您越来越好呀……

何老师：您好！很高兴上您的课。您打开了我的视野，让我明白原来兴趣和专业是真的可以两不误的，甚至可以相辅相成。

有了您的带动，我相信我也可以坚持我的兴趣，热爱我的专业。祝幸福美满，平安无忧。

尊敬的云波老师：您是一个风趣的老师。您上课时，脸上永远带着微微笑容，让我每次看到都觉得很亲近。您还是一位好父亲，记录您的宝宝的成长，让我很羡慕您的宝宝有您这么用心并爱她的父亲。很开心能成为您的学生，让我学习到很多。围棋的玩法我从您的课堂上学习到了。最后，祝您心想事成，天天开心！

何云波老师：老师上课自由随性，给我们充分发挥的空间，让同学们可以完美融合课堂。我们需要更多你这样的老师！祝老师可以一直开心。

才华横溢的何老师：很开心这学期您能成为我们的老师，很喜欢您分享的自己的文章《南山南北山北》，能感受到您发自内心的对湘大的热爱，寻求知识的渴望。后来又知道老师在围棋方面的造诣，更是喜欢您了。哈哈哈，应该是对优秀的人的敬爱吧，遇见一个真心喜欢的老师是件幸运的事。希望自己以后能像您一样把生活过成诗，品其甜，享其苦！

云波老师：虽说与老师相处不过一学期而已，但老师的形象深深地印在了我的脑海里。

风趣幽默，才华横溢，围棋博士，特别喜欢老师的上课风格，老师的笑容真的特别有魅力。愿今后的日子，老师诸事顺利，教学事业再创巅峰。

老师：时光就是这样不近人情，不管是否愿意，总要挥手告别。您的思想，您的话语，充满着诗意，蕴含着哲理，又显得那么神奇。我想对您说一声："老师，您辛苦了！"

……

翻看这一张张的卡片，一张张年轻的面容在脑海里闪过，陌生而又熟悉。眼睛也渐渐模糊，心里想着：为师如此，夫复何求？

——写于2019年4月28日凌晨，时夜色朦胧，窗外鸟鸣，声声入耳

呆在文字里舒服

阿城小说《棋王》，写一个“棋呆子”王一生，在那个改天换地、热火朝天的革命时代，却宁愿沉溺于楚河汉界的世界，自得其乐，无意中成了民间“棋王”。王一生有一句著名的话：呆在棋里舒服。

这“呆”其实也可以写成“待”，但总觉得还是“呆”更传神。每个人，在现实的纷纷扰扰之外，都需要一个属于自己的世界。在那里待着，可以思接千载、视通万里，也可以什么都不想，发着“呆”，觉得舒服，就好了。

严曼华

严曼华本是湘潭大学数学院2015级的学生，学统计学。想来那“统计”一定是很严谨、精细、理性，也很枯燥的吧，然后，她便为自己编织了一个“梦”一般的“文字”的世界，那里随心，怡情，趣味盎然。在一篇名为《我的编辑梦》的文章中，她说自己从小就是一个爱幻想的孩子，可以从小河边捡到的一块石头中去想象它的“前世今生”，然后想着为它“立碑做传”。可是还没等开始，长辈们，那些伟大的现实主义者，把她从“春秋大梦”里拉回了现实。但虽然选择了“数字”，她心心念念的还是文字：“那些闪耀着星星点点生命之光的文字，是我一直追寻并探索着的，我热爱它，如同热爱着我的生命。”

把文字当作了自己的生命，于是，严曼华在专业学习之外，又选择了去校报应聘做编辑，跟文字打交道，“在一个小小的角落里，默默耕耘着属于自己的快乐”。

又据说做编辑需要很深的文字功底，于是，从大一开始，严曼华把很多精力都花在了读课外书上。上课看，下课看，吃饭看，睡觉在梦中也看。余秋雨、林清玄、林海音、老舍、汪曾祺……就这样一路读下来，到大学毕业时，考研她终于如愿以偿，回归文学，实现了她童年时候就开始了的那个“梦”。

文字有时就是自己的精神家园。在“悦读”的同时，有了表达的冲动，然后，有了属于自己的文字，然后，有了摆在我们面前的这部《唯有乡如故》。

“乡”者，当然首先是故乡。作者在《自序》中说：

> 多年来，我时常在故乡的山水里跋涉，故乡就像伫立在黄昏水岸边的一道剪影，常常萦绕在我的梦境之中。有时它是一座青山，有时它是一条溪流，有时它又是一张张质朴沧桑的面孔，那些不知人间忧苦的烂漫往事总在某个不经意的瞬间随故乡而来，唤醒我潜藏在记忆里的梦幻王国。

“莫辞山乡风与月”，故乡有着你的童年之梦，也永远是人心里最柔软的那根弦。作者“行吟故土”，写童年之上学、偷李、烤土豆，故乡的野菜、豆腐、竹笋腊肉、打糍粑、青青一碗葛面……这一切，便成了童年的最温馨的记忆。而在“梨花雪”中，“等一树山茶花开”，又仿佛是在故乡的记忆中构筑的一个想象世界，使你不由自主地跟她一起回忆、做梦，或者一起在文学的世界里徜徉。

“乡”，也可以是你精神的故乡，就如湘大之于作者。“且共莲城一树春——知遇莲城”便是作者的一部成长记。曼华同学说，她从小就“野”，爱疯、爱跑、爱做梦，因为这样一份“野”性，与原野中的湘大的相遇，似乎也就成了命中注定。于是，她也就在这片自由与生猛的土地上，像野草一样，铆足了劲往上生长起来。

“乡”，有的时候也在文字里，在他人构筑的世界中。“暂向人间寻百味”，作者在“萧红的寂寞”里尝到了同为知识女性的一份心有戚戚；在“许浑和他的江湖”里，感受到“日暮酒醒人已远，满天风雨下西楼”那样的凄清与怅惘；同时，她也希望自己永远是个孩子，用最干净纯粹的眼光去打量这个世界。于是，她在汪曾祺所构筑起来的文学世界里找到了知音，这是一个朴实、干净、纯粹、有温度的世界，她的一些文字，也明显可看到汪曾祺小说的影子，就像《异秉新编》：

> 听他这么一说，众人齐齐看向李庸，恰巧此时李庸拿着葱走了过来，众人看他面色蜡黄，衣服油腻，脚底还沾了一圈的泥，也没什么特别的。但他手里那把葱青是青，白是白，干干净净，倒是一点泥渍都没有。

这表达，一看就是“汪氏”风格：干干净净，一点泥渍都没有。严曼华用文字为自己构建了一个唯美的世界。这里有雨巷、原野、秋水、竹林、夹竹桃、梨花雪，有早春花事、冬日海棠、人间清秋……呆在里面舒服，就不想出来了。

父亲曾在“家书”中劝她，希望能现实一点，不要过于理想主义。这好像是我们的“父辈”们共同的“金玉良言”。然后，国人便往往活得现实透顶，连“梦”都觉得奢侈。

其实，我们的人生本身就是由两个世界构成的：现实世界和文字世界。现实是客观存在，文字是对这个世界的书写，是人自我的表达。每个人，或者一个人在人生的不同阶段，“表达”的方式都是不一样的。你可以去“直面惨淡的人生、正视淋漓的鲜血”，也可以用文字做一个“好梦”，或者跟这个世界玩玩游戏，捣一个小小的蛋。“一旦你被现实击倒，你将对你的整个人生都彻底失望”，长辈们如是说。其实，理想主义者回到现实中，未必就悲观失望。如果你认清了现实，还能够认真地、好好地活着，你的生活里还有诗，有梦，这才是真正的如苏东坡、汪曾祺一般的达观的人生：

> 老头儿原本不叫老头儿，这是当地人的叫法。简单、直白，大众。

> 可老头儿说他就喜欢别人这样叫他，“简单，平凡，再合适不过。”
>
> 老头儿……最喜欢养花种草，房间里、院落里堆满了大大小小的盆子罐子。大叶菊肥而厚，山丹丹红而艳，秋葵薄而弱，无论什么时候，他家里总是一片青葱可爱的模样。他还喜欢美食，事实上，老头儿还是个不折不扣的美食家。

严曼华在一篇名为《老头儿》的散文里这样写汪曾祺。我想，汪曾祺对她的影响，已经不仅是文字、表达，更是一种生活态度、人生智慧。一个20岁左右的小女孩，在她的文字里，却看不到她同龄人中常见的“青春花事”，而过早地“烟雨平生”。她可以有“病”不呻吟，不感伤，反而称“病”为兄，相濡以沫，然后相约相忘于江湖，这大约就是人生的一种智慧吧！

《唯有乡如故》书影

严曼华用自己的文字，构建了一个属于自己的世界。人活着，总得有所寄托，有个让自己“舒服”的所在。呆在一个美好的世界里，忘怀现实的烦忧，在里面舒服着，暂时不出来，又何妨？这正如周作人讲的“喝茶”：得半日之闲，可抵十年的尘梦。

“唯有乡如故”，严曼华说：“像个孩子一样地去爱这个世界，然后，世界处处皆是你的故土。”

严曼华写“老头儿今年已经90多岁了，可活得还跟个孩童似的，东张张、西望望，对一切新鲜事物感到好奇。”其实，2017年，老头儿汪曾祺逝世已经20年了。一个人肉体的生命走了，却还能活在文字里，东张张、西望望，或者活在他人的记忆中，有滋有味，诗意葱茏……也许，这就是文学的魅力吧！

（本文为严曼华散文集《唯有乡如故》作的序）

2019年1月19日初稿，2020年8月6日修改

一叶一世界

一树花黄

是春天了。

今年的春天似乎来得更晚一些，因为一种形如冠状的病毒，一场亘古未有的疫情。

宅在家里，眼见得窗外的树梢慢慢冒出新绿，小鸟们的叫声也越来越欢快。

连日的阴雨，终于出太阳了。据说身处其中的这个城市新增病例已经清零，身受病毒之害的人也陆续都可以回家了。经受不了春天的诱惑，午睡醒来，决定去校园里走走。

三月的校园，往日肯定已经热闹非凡。阳光下，草丛中，树荫里，到处都是读书、聊天、玩耍、恋爱者的身影。如今的校园，却还是安安静静的，只有三三两两的老人，在晒着太阳，还有一些父母带着他们的孩子在草地上戏耍。我挑了一条僻静的路，往学校的秀山走去。

这里是真的安静。秀山其实就在我的窗边，隔着一堵围墙，每天与它相看两不厌。也无数次地在秀山的小道上漫步，在山顶的亭子里歇息。漫天花雨传心法，镇日松风伴读书，因为习惯了，也就没觉得是多么幸福的事情。

如今再置身其中，心情却有了很大的不同。面对一丛一丛的新绿、翠绿，快要从新叶上滴下来的绿，脚步不由自主地慢了下来。掏出手机，只希望把这些所有的绿都框进镜头里。

这片林子，除了修了几条林荫小道，其他一概保持原始状态，未做任何的修饰，也就谈不上精致，也无什么特别的美景，平时在这里走走，一是喜欢这里的安静，可以做一个孤独的散步者的遐想，第二权当活动筋骨，锻炼身体。而在这个春天，突然发现，这里的每一片叶子，原来都绿得如此妖娆，如此动人啊！

这嫩黄、鹅黄的绿，让人想起沈宝基先生描写少女额头上贴的花黄：“黄如你口息中黄莺的轻飞”，仿佛轻轻一吹，这“黄”便会飞满整个世界。并且，它们如此富于层次感。从鹅黄、嫩绿到深绿，再到落叶的枯黄，这岂不就是一个人整个一生的写照：少年的意气，青年的风骚，中年的沉静，老年的苦涩……

而当你把镜头拉近，突然发现，原来，其实每一个花骨朵、每一片新芽、每一张叶子，都是不一样的啊。

你看，这些花骨朵，不，不是花，是孕育新叶的蕾，饱蘸着阳光，说不定，哪一天，便绽成了一树的春色。

大自然的天工造化，真是妙不可言啊。这样的一支笔，写出无数的美丽与神奇。

春天拥抱了大地，“这里，赤裸裸的”，而生命的孕育，阴阳的交合，似乎都在这一刻完成了。

春天的一枝笔

然后，她变成了一个小丫头。丫丫丫，我是外婆的小绿花。

然后，她成长为一位清纯的少女，披红戴绿，有了无数的五彩缤纷的梦。

五彩缤纷的梦

然后，当每一片叶子溢满了青春的气息，她该出阁了。

想起彭燕郊老师写于1939年的那首诗《春天：大地的诱惑》：

大地的青春
已达到全盛
面向天空

裸露她那发育了的
饱满的胸脯
承受那
太阳的歌声的
尽情地爱抚

生儿育女，饱满的胸脯里胀满了绿色的乳汁，华枝春满，风韵无限。

然后，有一天，她慢慢地老了，青春不再，脸上逐渐有了瘢痕。

华枝春满

落叶无声

生活的风雨、挫折、苦难、病痛，在她身上留下越来越多的印痕。

哪一天，她真的老了，枯萎了。风烛残年，只等着哪一阵风，将她吹落地上，变成落叶，化为尘土，然后再滋润新的生命，新的葱茏的绿意。

原来，每一片叶子，每一抹绿，都有自己的生命，自己的故事。当我把脚步慢下来，细细地打量着这一切，并试图与她们交流，试图用镜头拍摄下来，平时走惯的这片林子，竟有了完全不同的面貌。也许，我们平时只注意高山的雄奇，田野的广袤，大海的壮观，大树的伟岸，却很少肯停下匆匆的脚步，感受每一朵花、每一片叶子的不同，去关注那些不起眼的卑微的生命。而当我慢下来，在米粒大的叶骨朵里面，也看到了不一样的风景。这真是一叶一世界，一树一菩提啊！

在寂静的树林里，不时传来小鸟们叽叽喳喳的叫声。我不忍惊动它们，只静静地站在路边，看它们在落叶丛中觅食，在树梢间追逐嬉戏。然后，举起手机，将镜头对着它们，不时按下快门。它们也不以为意，也许，我在它们眼里，也不过是一棵会动的树吧。坐在树林边的石凳上，回看镜头，才发现，有一张照片，两只小鸟并排站在树枝上，它们是一对情侣，抑或伴侣，在谈情说爱吗？往日，在这片情人谷里，也该有不少学生，与小鸟一样，对影成双人了吧！

春天的诱惑

想起肖洛霍夫《静静的顿河》中，在那残酷的岁月里，当战争在不断地毁灭生命，当春天来了，那隐藏在坟头杂草中的小鸟，那河里的公鸭子和母鸭子，那草原里的老公马与小母马，照样在那里调情，打闹，耳鬓厮磨，琴瑟和鸣，显示着大自然生生不息的活力。是的，残酷的疫情、流氓一般的病毒也阻止不了春天的到来。就像彭燕郊老师的那首《春天：大地的诱惑》，那是1939年的春天，那是“经过无数次的战乱/难以计数的苦难/一年一度的寒冷/荒烟与瓦砾的岁月”走过来的春天，尽管在有些城市，“帝国的占领军/把春天关在城外了”，但毕竟，春天来了，给强韧的中国大地带来了无限的生机。而2020年的这个春天，有的人，像落叶已经永远留在了冬天。但生命不息，就像在那枯了般的沧桑的树干上，照样会有新绿冒出来。

两盏不灭的灯

秀山边的那片樱花树，也快开花了吧！你看，橘红的新叶已经在树干上长出来了，就像两盏不灭的灯，没有阳光也灿烂。

含笑的花朵

回到小区，发现“从来不曾受人注意的/幽僻的角落/也开出了含笑的各种花朵……春天给予我们的/是这样出人意外地丰富”（《春天：大地的诱惑》）。

到家，吃过晚饭，与孩子分享下午照的照片。一张张看下来，孩子说，这是一盏盏的黄色的灯，太阳把它给点亮了。

一盏盏的黄色的灯

这是孩子们排着队去上学。

排队上学的孩子

这是一艘船，扬着白帆，行驶在绿色的大海中。

扬着白帆的船

这是一只风筝，要飞向高远的天空。

飞向天空的风筝

这些，我怎么就没有看出来呢？惭愧！

2020 年 3 月 16 日

碧泉潭记：一个书院与一所大学

碧泉潭

棋友欧阳遏舟是湘潭县锦石乡人，名苍场村，与碧泉村相邻。碧泉村因碧泉潭得名，千年前，曾有一碧泉书院，由宋代胡安国、胡宏父子所创，是湖湘学派的重要发源地。他说什么时候，约一帮棋友去踏青、下棋，顺便感受一下厚重的湖湘文化，我说好。

过了清明的一个周末，周六还在下雨，寒风凌厉，倒春寒让人觉得仿佛又回到了冬天。星期天却意外地阳光灿烂，不冷不热，正好。棋友张洋开车，半个多小时，就到了慕名已久的碧泉村。

车停在一条小溪边，溪水清澈，有一群鸭子在那里自在地游弋、觅食。溪边有文化墙，绘有各种图画，配以诗文，自然之趣，间以文化之味，果然别有意趣。问村民，碧泉潭在哪，村民用手一指，说："前面就是。"我急急就要奔去，一亲那慕名已久的潭水。棋友说，大部队还未到，等会反正要去，不如先去其他地方逛逛。我说也行。

一场疫情，久困宅中，到了乡野，微风拂面，吸着清新的空气，看原野上恣意膨胀的绿色，真有"久在樊笼里，复得返自然"之感。油菜花季已过，那曾经的一片一片的金黄化成了累累的油菜籽，包裹在绿荚中，但仍然有一些，不肯轻易就让花季随时光而去，兀自在那里妖娆灿烂。

池塘边，有人在钓鱼。农家屋前的高大的桂花树，到了桂花飘香的时节，一定是馨香满屋吧！

想起当年胡宏父子在这里过着隐居一般的生活，碧泉书院学子的琅琅书声飘过田野，中国古人所崇尚的天人合一，道不远人，道法自然……比起如今，只能在城市的高楼大厦中苦读的学子，自有不一样的惬意与领悟。

正自沉吟，电话铃响，说其他人已到，在碧泉潭相候。赶紧过去，见湘潭文史专家何歌劲、刘安定等也在列，大喜。问欧阳，他说邀的都是《围棋与湘潭》的作者们，权当一次在湖湘文化现场的讨论会，湘潭的围棋，也就有了文化之"根"。之前在小溪边，就看到有一幅"弈秋课徒"的壁画，妙哉，妙哉！

在碧泉潭边照过合影，赶紧靠向石砌的围栏，这一汪传说中的碧水，终于就近在眼前了。"千年圣水，万般呵护"，这水，清得真是可以透彻人的肺腑。水边有亭，名"有本亭"，亭后有胡宏《有本亭记》和今人陈金亮的《重修有本亭记》。亭上有一对联：汩汩碧泉继春秋绝响；苍苍云岭奠湘学鸿基。想当年，在朝为官的胡安国，为避金兵南侵，应湘潭籍弟子黎明和杨训之邀，在 1129 年的某一天，邂逅于碧泉潭。这泉在"苍然群木之下，翠绿澄净，藻荇交映"，泉而成溪，"溪虽清浅，而有长江万里之势"，让胡安国徘徊不忍去，喟然兴叹："水哉！水哉！惟其有本也，故不舍昼夜，仲尼所以有取耳。吾老矣，二三子其相吾志。”

胡安国在此定居下来，做《春秋传》，后来成了宋明士子科举考试的指定参考书。为了让“二三子其相吾志”，他又兴办了碧泉书堂。1138 年，胡安国归道山，其子胡宏继承父志，创理学之“性本”一派，又办碧泉书院，一时士子云集。理学大师、后来执掌岳麓书院的张栻也曾来此问学。碧泉书院，也就成了湖湘学脉的发祥之地。

同行的何歌劲先生介绍，湖湘学脉有几个重要的节点：周敦颐之道州濂溪、湘潭之碧泉书院、长沙之岳麓书院，衡阳之石船山与船山先生、近代湘乡曾国藩之富厚堂，而碧泉书院是其中的一个纽带。可惜，其他几个地方都经妥为修缮，被发扬光大。唯碧泉书院，因办学中断，“书堂何寂寂，草树亦芊芊”，至今也只留得一块无字残碑。

碧泉潭附近，还有一个著名的考古遗址，名堆子山。大家决定过去一探究竟。开车沿碧泉溪一路下行，到了一水泥桥边，停下来。桥下是一小水坝，边上有一废弃的碾米房。据说这溪本来在这一带拐了个大弯，二十世纪七十年代兴修水利的时候，被拉直了。有一处地方，原来的石桥犹存。我们沿田间小道过去，在野草丛中，果然见到几块石板，兀立在田间。站在石桥上，想象当年，溪水蜿蜒而来，这水该别有一番景致、情调吧！

当年的石桥

原来的碧泉溪，在这里再绕个弯，往堆子山而去。堆子山其实是个小土包，却曾在这里发现了 7000 年前新石器时代的遗迹。据说湘潭有三大考古发现，一是老虎坑遗址，位于湘潭县杨嘉桥镇金棋村。1980 年，考古工作者在此采集到一批石器和陶器，距今约 7000 年。一是岱子坪遗址，位于湘乡市龙潭乡童家村，距今约

5000 年，是目前发现的长江中游龙山文化最南的一个遗址。还有就是这堆子岭遗址了。

同行的刘安定先生将他即将出版的一本书中对遗址的介绍发给我们：

> 堆子岭遗址位于湘潭县锦石乡苍场村西堆子岭，是湘江流域新石器文化谱系一个重要的组成部分，距今约 7000 年。这个湘潭境内最具代表的新石器时代遗址，现存面积 3000 平方米，发现遗迹有灰坑、沟槽、少量红烧土堆积及若干柱洞和墓葬。出土遗物包括陶器、石器和玉器等，陶器以夹砂红褐陶和泥质红陶为主，另有夹砂白陶、泥质灰陶和泥质黑陶等，其纹饰复杂，有戳印纹、按窝纹、圆圈纹、绳纹、弦纹、镂空、附加堆纹等，器形以三足器为主，另有圜底器与圈足器，主要器物包括鼎、釜、罐、盆、盘、碗、钵、豆、器盖、器座等。

想来，这一块地方，当年一定是人烟密集的了。遗址上，如今仍然住着几户人家，种菜、喂猪，已经看不出任何“文化遗址”的痕迹了。一农妇把地里捡来的一陶具残件给我们看，何歌劲先生把它洗净，拍照，问考古专家，答：“此乃鼎足也。”这也算不虚此行了。

本来这块地方应该圈起来，保留当年考古发掘的现场，供后来者凭吊，发发“前不见古人”之幽情。可惜了！

堆子山遗址

站在田塍中，一边是堆子山遗址，一边是曾经的碧泉水流过的小溪。不知 7000 年前，我们的先人在这里活动时，这碧泉水是不是就这样流着了。《湘潭县志》载，“坳东碧泉，出自唐代”，这大约是指“碧泉”之命名吧！当地人说，地下之泉是一条龙，“碧泉潭”是龙尾，龙头在江西。这“龙”，这“泉”，这“溪”，什么时候就开始有了，谁又能说得清呢？

胡安国去世后，葬于珂理桥旁。后胡宏归道山，与其父合葬于隐山。隐山原名龙山，胡安国将其改名隐山。隐者，归隐也。这块土地，成了胡家父子最后的精神安顿之地。据说，隐山边的垂丝香柏就是胡安国亲手所栽，而另一株“连理银杏”是曾经过此地的周敦颐所植。周敦颐的七世后人移居于此，这里也就有了“三贤祠”（三贤即周敦颐、胡安国、胡宏），有了周家宗祠。左宗棠也在离此不远之处，在其妻周家的桂再堂，度过了十三年的时光。湖湘文脉，也就这样代代相传。

而今，湘潭市拟在碧泉书院遗址上恢复书院古建筑，“灵泉醉月呈高品，秀水跃鱼赞新村”“碧映蓝天地灵人杰皆有本，泉昭明月物阜民丰冠湖湘”，碧泉村作为“美丽乡村示范村”，也将更增一分厚重的文化底蕴。

而湘潭大学，也在原哲学系、历史系的基础上，成立了碧泉书院。当年王立新教授为了研究湖湘学派，特意从遥远的东北来到湘大。据说还曾骑着一辆破自行车，探访碧泉潭，在碧泉书院的旧址旁，一住就是一个多星期，而后有了其学术奠基之作《胡宏传》。后来，以碧泉书院院长陈代湘教授为带头人的团队，成立“湘学研究所”，编《湘学》辑刊，著《湘学史》《湖湘学案》，力求将湘学发扬光大。

一个遗址，一汪碧泉，一方书院，一所大学，就这样有了关联。

碧泉之水与隐山之溪，汇入涓水，涓水入湘江，湘江入洞庭，洞庭通长江，长江入大海……吾道南来，原是道南正脉；大江东去，无非湘水余波。数千载悠悠，古老的碧泉之水，继春秋绝响，在新时代终于有了种种的回声。

我的高考

一

1977年，我在一个乡下中学，读高二。

突然就听说，过去推荐上大学的法子不灵了，要高考了。这于我等毫无任何背景的农家子弟，真是一个特大喜讯，好像天上突然要掉馅饼了。

不管这馅饼接不接得着，赶紧去准备簸箕啊！

然后，1977年那个冬天，中国积攒了10年的570万考生，甚至父子、母女、兄弟、姐妹、师生一起，走进了高考考场。那年，北京市的高考作文题目是《我在这战斗的一年里》，而一篇满分的作文，那开头我至今记忆犹新：

再也没有比婴儿的第一声啼哭更能提醒你已经进入中年了。

然后，1978年的春天，27万余人脱颖而出，走进了大学校园。也包括那位即将进入而立之年的父亲。

那时，高中只读两年。紧接着，就要轮到我们上战场了。

那个时候，每个公社（现在叫乡）都办中学，我在那个叫陶岭的“社办中学”，从初中到高中，已经“乐读”了快四年。尽管也有个别不错的老师，尽管我一直算喜欢读书、成绩优秀的学生，但那个时候实在没什么书可读（偶尔弄到一本《青春之歌》《林海雪原》之类，就是万幸了），高中最后一个学期，完全记不清是如何备考的。然后，在1978年的那个夏天，我也走进了高考考场。

如今回忆起来，完全不记得考了些什么，作文写的啥（查阅资料，说是将一篇《速度问题是一个政治问题》的文章缩写成500至600字，我却记得湖南考生好像写的是《心中有话向党说》）。稀里糊涂地进去，也不知道向“党”说了些什么，就懵里懵懂地出来了。

然后，成绩公布，文科五门（语文、数学、政治、历史、地理），我得了270多分。

那年，据说610万人报考，录取40.2万人，录取率大约6.5%。

而我，属于93.5%的“大多数”。

“大多数”就“大多数”吧，当不了“一小撮”也没什么。其实，在那个乡下中学，我已经算是“高考状元”。

那时实在太小，不懂事，来不及感时忧世。

那年，我15岁。

二

有人说，对乡下人而言，高考就是唯一的“鲤鱼跳龙门”的机会，是“穿草鞋”还是“穿皮鞋”的“分水岭”。

瘦弱的十五岁的少年，如果从此就在“广阔天地”中去“大有作为”，实在不知道“为”什么，何以“为”？

县里准备办复习班，突然来了通知，我等算“可再造”之材，然后就有了“回炉”的机会。

那个时候，全国人民奔“四化”（工业、农业、国防、科学技术现代化），“学好数理化，走遍天下都不怕”，代表“科学技术”的理科受到高度重视，理科复读班在县一中，我们“文科班”却只能偏安一隅，被发配到城关镇边上的“城东中学”。不过，这里的师资、学习条件，已经比那“社办中学”好了许多。在复读班，我进去的时候，高考成绩算中等，一个多月，就考第一了。

第二个学期，“文科复读班”也终于被“插”进了一中，复读生与应届生被编成一个混合班。应届生基本上都是家在县城，复读生多来自乡下，于是，穿“皮鞋”与穿“草鞋”的，泾渭分明，老死不相往来。

那时的高考，尽管录取比例很低，但似乎没有现在这么大的压力。可能是因为反正比例低，“大多数”上不了大学，做个“大多数”也就没什么丢人的了。大人也从来不过问我的学习。我就这样自由自在，优哉游哉地备考，该干吗干吗，记忆最深刻的不是课堂，反而是跟着同学学骑自行车，还有某部新电影，如印度电影《流浪者》之类来了，同学委托我去电影院的窗口挤电影票，还有，冷饮店三分钱一支的美味的冰棒……

终于临到了考试，五门正科，总分满分500分。外语为参考，不计入总分。我们在初中时，正流行黄帅反潮流，张铁生交白卷，“我是中国人，何必学外文，不会ABC，也能当接班人”，老师要我们对学校提意见，什么课可以不开，我们便异口同声地说：外语。结果，那英文，除了课本第一课“毛主席万岁”（Long live Chairman Mao）记得烂熟，其他就一概不知了。五门正科的考试都还觉顺利，最后一门考英语，卷子发下来，两眼一抹黑，考场规定至少半小时才能交卷。只有选择题可圈，凭感觉几分钟搞定，然后就干等着，半小时一到，大家呼啦一声都作鸟兽散。

等了个把月，分数公布，我考了345分（语文73，数学56，地理80，政治、历史忘记了，另外，英语作为参考分，蒙了6分），忝为全县“文科状元”。农业学大寨时，新田成了学大寨的先进县，后来又成了国家级“贫困县”，我等都可以做“状元”，那时的教育质量可想而知（这“状元”，主要还搭帮那没及格的“数学”，文科全班也是全县4人考上本科，我就是比另外三位同学数学多考了20分，结果我上了作为重点大学的湘大，他们有两个去了湖南师范学院，一个去了湖南财经学院）。

那年，本科线理科290分，文科300分。重点大学线文科340分。然后，就是填志愿，面临人生的第一次也是最重要的一次选择。

志愿栏分重点大学和一般大学两类。重点大学我第一个想到的就是湘潭大学，一来湘大是1978年国务院钦定的全国十六所综合性重点大学之一（其他非综合性重点大学多为理工为主，俺们不受待见的文科生，可选择的实在太少），那时声誉正隆；二来，我那点分数，刚过重点，也没什么好挑剔的。于是，果断地，重点第一志愿填了湘潭大学，第二志愿，象征性地填个“武汉大学”，以做点缀。非重点第一志愿填的“西南政法学院”

（现在的西南政法大学），那是那时的我很想去的学校。也许，在那个时代，法庭、法官，代表的是威严，是权力，让我等心生敬畏，自己如果有朝一日也能带上大盖帽，想想就够美的了。

又是等待，倒也不着急，大学肯定是有读的了，也没想过有可能被“掉包”之类的复杂的问题。结果，有一天，我在老家的那条窄窄的巷子里枯坐，有人拿来录取通知书，兴高采烈地告诉我：你被全国重点大学——湘潭大学录取了，专业：中文。

首先是乡里轰动了，十里八乡，都传着大村何家出了个大学生，了不得。

再踏进县城时，一切仿佛也不一样了。在县一中教书、后来去了政府部门的姨夫，带我走亲访友，到处看到的是羡慕的神情，听到的是夸奖的话，还有人家暗示：家有小女初长成……斯情斯景，真有十年寒窗无人问，一举成名天下知的感觉啊！

大一时的小男生

然后，“草鞋”换成了一双“解放鞋”，一身新做的土布衬衣，一只木箱，坐着绿皮火车，来到了湘大，成了“七九中文”的一员。

到了湘大才发现，我在班里，高考成绩算最低的之一。我的那些同学，三百五、六十分的是常态，最高的377.5分，据说那年北大的文科线也就375分，武大350分。那时湘大政治地位高，招生有特惠，凡本省考生，志愿里有湘大的，都由湘大先挑，结果我的不少非第一志愿的同学，就这样被“抢婚”了。然后，我便自我安慰，我与湘大，算自由恋爱，两情两悦，虽然自忖“姿色”差了点，既然湘大不弃，那就好好努力吧，争取未来做一个合格的“湘大人”。

翘首望君成，莫负断肠人。

这是同学桂老毕业时给我的留言。

三

毕业了，在大学教书，再次与高考发生关联，是参加高考阅卷。

二十世纪八九十年代，我在长沙铁道学院外语系教汉语，那时的高考阅卷，由湖南师大负责。于是，有几年暑期，都会在师大校园里待几天，为祖国选拔人才。

记得1990年的夏天，我再一次走进师大校园。我负责语文卷中作文的复评。那年的考试是一篇材料作文：

> 母亲带着两个女儿去玫瑰园，一个女儿告诉母亲，“这里不好，每朵花下都有刺”，另外一个女儿告诉母亲“这里真好，每个刺上面都有花”。根据这一材料展开描写，写一篇议论文。

然后，每天看几百上千篇的同题作文。大部分学生都是从看问题要一分为二的角度立论，由此联系现实，虽然有种种不如意之处，但前途是光明的，道路是曲折的。这些作文从内容到形式，都中规中矩，仿佛是一个模子刻出来的，使你无法不给他一个该得的分数。但“真理”被重复一万遍，也难免令人生厌。百无聊赖之下，有一天，忽然看到一篇文章，是一个女生，先从自己的坎坷经历讲起，父亲如何早逝，生活如何艰难，生活的磨炼，让她如何不断地调整自己，重新认识人生，最后结题：

> 生活本来就是不完美的，不完美的生活才构成了完整的生活，就像玫瑰有花就会有刺一样。

见此作文，眼睛顿时一亮，一个中学生，有如此的悟性，真是难得。但一看初评老师给的分数，低得让人大吃一惊。我给铁道另一位负责复查的老师看这作文，他也觉得好。我心里有底了，去找负责初评的“判官”，是位中学老师，我问这作文写得很好，为何给一个那么低的分数。那位老师回答：第一，此文不合材料作文的格式，有跑题之嫌；第二，这位同学的思想表现得太消极。

然后，我跟那位“判官”说，“你看，文章虽然前面没复述材料，但结尾不是点了题吗？第二，一个中学生，能够看到生活的不完美，还能正确对待，其实已经够‘积极’了啊!”

那位老师听了我的话，觉得也还在理，把分数改了过来。满分 30 分，由不及格变成了“24”分。复评老师有 3 分的权利，然后，我又把“24”改成了“27”。

这一改，仅仅一篇作文，前后得分就差了十几分。不知道那位女生是否因此考上了大学，因此改变了她的命运。

有时，觉得人生真的很奇妙，时代造就人，而有时，冥冥中，你的作为就可能跟一个完全不相干的人有了关联。

就像我的高考，你的高考，我们的高考……

一家人的湘大

一

2019 年的一天，湘大招生就业处召集几个人开会，说是商量招生宣传事宜，说到制作招生宣传片，我便推荐了一个选题，叫“一家人的湘大”。我以我们七九中文班的喻名乐兄为例，说他就为七九中文聚会文集写过一篇文章《一家人的母校》。他自己跟我一样，16 岁，懵里懵懂的，就进了湘大。毕业去外省读研，然后又回母校任教。后来去了一家报社。2009 年，他又把儿子也送进了湘大。他说：

> 儿子在湘大由本科而硕博连读，明年就要毕业了。我有一个“家庭梦”：让他留校当老师，让他给我生几个孙子孙女，让孙子孙女从湘大幼儿园读到湘大博士毕业。这个实验将再一次证明，在我们一家人的心中，湘大不仅仅是我们全家人的母校，湘大也不仅仅是天底下最好的大学，湘大就是我们一家人永远的精神家园。
>
> 这个实验，从 1979 年秋天开始——

我们班还有另一位同学，毕业后在某地市任职，正值盛年，却因为一场病，从此不起。临终前，将正读高中的儿子托付给曾经同寝室、当时已经是湘大校级领导的一位同学，说：“拜托了，希望儿子以后也能进湘大。”

这感觉，就是临终托孤啊！

后来，这位英年早逝的同学的儿子，果然以优异成绩也考进了湘大……

大家听了我的讲述，都说这题材、这角度很好。然后补充，一家人的湘大，其实有不少这样的“一家”。如今新闻系在读的一个学生，一家三代就都是“湘大人”。我说，有机会可以去访谈一番。一家人的母校，湘大的历史、人情、风物、四季……就都尽在其中了。

二

这位新闻系的学生叫谭韵，来自常德安乡，如今已是大四。

她的爷爷，二十世纪八十年代就曾就读湘大，大约是在职的成教（当时叫干训班）之类。

旋梯书苑的张雷和新闻系的研究生肖振锋曾自己搭车，辗转几趟，去安乡拜访那位爷爷。据说老爷子因有母校的人来，特别兴奋，几个小时，话语滔滔，絮絮不休，还留他们吃饭。是啊，尘封的往事，终于有了合适的倾听者。

寻访一家人的湘大

后来，因为疫情的原因，“一家人的母校”的片子，一直没能启动。心里一直惦记着这事，国庆的一个下午，便约了已是湘大“学三代”的谭韵同学，在旋梯一叙。

我问：“上大学选择湘大，应该跟你的家庭，跟爷爷、父亲有关吧！”

她说是的。尽管她的父亲没能上湘大，但她的一位小姨，二十世纪九十年代在湘大读本科，现在在常德。还有一位姑姑，不是亲姑姑，但与她们家很有渊源，读书、工作都在湘大。上中学的时候，有一段时间，父亲在湘潭市做生意，所以那时她就来过湘大。

我问："对湘大的第一印象如何?"

她说："就是觉得湘大好大，其他各方面的印象也挺好。"

我说："进了湘大，没有失落感吧!"

她说："没有，一来就有一种很熟悉的感觉，很快就融入了，没有一点违和感。"

我问："大学四年，印象最深的是什么?"

她告诉我，新闻系的老师都很好。像华进老师，还时不时找他们谈心，像个大姐姐一般。还有寝室的几个小姐妹，属于互补型的，大家在一起很开心。

我说："听说你现在是在湖南广电实习，快要毕业了，除了毕业论文，也许可以把镜头对准湘大，留下一点什么。就像新闻系已是研究生的肖振锋，现在就在拍纪录片《寻找彭燕郊》。其实，不光是湘大的前辈大师们，学生的日常生活，也有许多值得记录。"

她说她们几个安乡的同乡，高考后就曾做过一个关于安乡的公众号，她们说："世界上本没有安乡，是安乡人创造了安乡。"这还引起了许多安乡人的关注。

我说："湘大也是，世界上本没有湘大，是湘大人创造了湘大。我们每一个湘大人，事实上也都在创造湘大的故事，书写湘大的历史。让我们一起努力吧!"

她说："好!"

然后，我们相约，什么时候叫上张雷、肖振锋，让他们带好行头，去常德，去安乡，找到她小姨，或者再听听她爷爷，讲湘大的故事……

三

1979 年，4 岁的陈方随父母从吉林大学来到了湘大。

我的《湘大八记》陆续发表的时候，在湘大度过童年，如今已是中国人民大学教授的陈方时不时会留个言，我也经常会把她的"回忆"嵌进后续的文章中。然后她说：

> 谢谢何教授把我的留言写进自己的美文！关于湘大的每一篇都认真看了，那些黑白照片上的影像与我记忆中的湘大更加吻合，每次我都恨不得拿放大镜来仔细看，希望能找到多年前在那儿生活过的蛛丝马迹。在何教授的文章中，湘大是一个孕育才子、散发灵气的地方，而对于我，她是我的童年，是遥远而又快乐的乌托邦，虽然永远都回不去了，但一想起来，心里就会充满暖意和那种叫作幸福的感觉。

其实，在陈方的父亲陈刚政老师的回忆里，湘大远没有那么“美好”和“幸福”。作为江苏人，当年“闯关东”，在关外生活二十多年，因为想念南方的大米，还有远方的“江南”，来到湘大。终于，“鱼米”都吃上了，但起初只能住在附近农民的房子里，然后，有了两斗蛇公和蛇婆的故事。

陈老师回忆，两姐妹在堂屋用澡盆洗澡，油灯光中抬头伸手要去拿晾衣绳上挂的浴巾时，惊见一条近两米的大蛇，张嘴吐舌，正试图从晾衣绳上垂身下地，吓得两个孩子大叫，光着屁股往外跑，陈老师拎了一根木棒进来，把蛇打死了。过了几天，那母蛇却“寻夫”来了：

> 这三个昼夜，我竖耳细听屋里动静，夜深人静时，我听见过“丝、丝、丝”的蛇叫声，很奇怪！这种声音刚一发出，老鼠们立马吱吱叫着四处逃遁，好长时间销声匿迹。终于到了第三天中午，糊墙纸瑟瑟作响，我察觉这是蛇婆真的来了！隔着蚊帐已爬近我枕边的墙角。不必也不忍惊动午休中的妻儿，我一人起床，拿了一把夹蜂窝煤的铁钳子，悄悄靠近蛇婆，说时迟，那时快，我伸钳一夹，因力量不够，蛇顺墙角向上逃遁，我势迫无奈，伸左手紧捏铁夹，右手一把扣住蛇七寸要害，把蛇婆生擒在手。蛇身扭曲着拼力挣扎，尾部凉凉的都缠上了我汗湿的胳膊，我紧抓不放，后退几大步将蛇拖至开阔处，连火钳带蛇往地面猛力连砸几下，这蛇婆子马上休克过去。赶紧，被我装进网兜。后送给了朋友，蛇胆入药，据说可治眼疾……

没几天，这“斗蛇记”故事在校园里广为流传，还得到学校领导在全校大会上的表扬，说广大教工如何不怕艰苦，克服困难，为学校建设做贡献……

这成了湘大当年如何艰苦创业的生动例证。

而这一切，在陈方的记忆里，并没有留下苦涩的痕迹，反而时间越久，越只留下一些美好的记忆。

陈方父亲选择来湘大，除了想念江南和南方的大米，还有就是当时学校许诺办俄语专业。但是，俄语专业最终没能办成，1984 年，教俄语的父母离开了湘大。

对陈方来说，湘大，便成了她的童年。而她上的湘大幼儿园、子弟学校，便成了她心目中的“母校”。

四

当然，对陈方一家来说，湘大五年，最终只成了他们家的一段“插曲”。而对有的人而言，童年时来到湘大，可能从此就跟湘大一生一世了。

也是在 1979 年，也是 4 岁的时候，一个叫周凌云的小女孩也来到了湘大。

那时她的父亲是长城乡的乡长。湘大就在长城乡，他父亲就算是“现管”了。学校为了工作的方便，就把她当医生的母亲调进了湘大医院。

1991 年的一家子

后来，他父亲又做了湘潭市湘江区（当时湘大所在地区）的办公室主任，之后进了湘大的干训班，两年后毕业，成了湘大的校友。

而4岁的周凌云，从湘大幼儿园，到小学、中学，跟着湘大一起成长。她说，那时的湘大，一出校园就是大片大片的田野，春天里有大片大片的紫云英。她们每天放学都去田野里玩。还有，图书馆后面的泉山，就是她们的神秘园……

长大后的周凌云，学的是护理专业，毕业后分配到深圳市人民医院工作。她说："特区的繁华，海边的阳光，依然比不过羊牯塘原野上野花香和书香的召唤"。8年后，她又回到三拱门里了，进了湘大医院，治病救人，又是八年。然后到学校图书馆，做起了传承书香的文化事业。

周老师告诉我，她公公一家，也都是湘大人。婆婆在幼儿园工作，公公是放电影的技师。有学生来图书馆，想了解湘大放电影的历史，她说她公公就是一部活字典啊！从一教边上的草坪挂幕布放电影，到露天电影场，再到俱乐部，都是她公公负责放映。

我问："那你老公呢？记得你给我发过几个小男孩在沁园的沐风亭舞剑的照片，你们是子校同班的同学吗？"

她说："不是，他大一些，他们家和我们家住对门。"

"青梅竹马啊！"我笑，说："现在他在哪里呢？"

"在校办。"

原来，是两家人的湘大啊！

跟周凌云老师认识的时间其实不长。起初是在教工的韶峰文学社，后来图书馆做"悦读湘大"阅读文化系列活动，请我做过一次讲座，讲金庸武侠小说与中国文化。那次活动还有一些环节，图书馆组织学生拍摄的姜书阁先生纪录片《道路》首映，还有全年阅读文化活动颁奖。后来，又不断看到图书馆主办的湘大大师系列展览和其他各种阅读文化活动，周老师都是具体的策划、实施者。前些时，周老师跟我说，图书馆要做一个彭燕郊诞辰百年纪念活动，有传记片《寻找彭燕郊》首映，同时请长沙理工大学易彬教授作一个关于"彭燕郊百年回顾与前瞻"的讲座，请我主持。我说："彭老师是著名的诗人，也是我们的老师，义不容辞。"那天，我说："安守边缘、'默默者存'的彭老师，以其坚韧与不屈，又成了一棵'风前大树'"。彭老师既体现了一种可贵的诗歌精神，也是湘大的精神。感谢彭老师，感谢参加活动的嘉宾和同学，感谢图书馆，也感谢活动的操办者周凌云老师的付出，让我们拥有了一个“无色透明”的诗性的美好的下午。

教育是一首诗，一个有情怀的大学，也就有了一种可触摸的温馨。而情怀、文化传承，需要我们每一个人的付出。

五

《湘大八记》在微信公众号上发表的时候，负责学校“国内合作办公室”（有老师戏称为“国办”）的朱向群老师时不时会留个言，说八记里写的每一处地方，她都能找到熟悉的记忆。因为她父母就是最早的一批“湘大人”，而她自己，被称为“教二代”。

1974 年，湘大复校。这年的 8 月 5 日，她的父母作为第一批建校者，来到了当时还只有一个校名、校址都未确定的湘潭大学筹备处。于是，10 岁的她，也随父母一起来到了湘大。

1981 年，中专毕业后，她又分配回到了湘大工作，不知不觉中已经在湘大生活了 46 年。她说：

> 湘大的每一个角落每一根花草树木每一块砖瓦都深深地烙在了我的记忆里。我和湘大同长大。无论在什么场合，无论和什么人，每每提到湘大，我的心中总有一种藏在灵魂深处的情愫。

与湘大同长大的她，见证了学校怎么选址，怎么找到羊牯塘这块荒地，怎么建起工棚、租借平房办公，还有，湘大怎么自己办起了子弟学校，把当时的家具仓库腾出来作为教室，怎么作为小学生，参加了 1975 年学校恢复办学的第一场开学典礼；同时也见证了那时办学的艰苦，老师们最初借住在农家：

> 记得当年有一个老师，应该也就三十来岁，正是年轻力壮，借了个独轮车往家里搬东西，没掌控住，一下子翻到了田里，那个尖尖的车把一下划在脖子上，一直划到下巴，伤得不轻，正是三伏大暑天，只见他脖子上裹满了厚厚的纱布，硬着脖颈在外面走，像穿着个高领

毛衣，逢到别人叫他，他要整个上身旋转过来才能看着你和你说话。还有一些从北方调来的老师，没有体验过南方的潮湿闷热，当时的农村很多人家都没有通电通水，老师们就用水桶装满冷水，把脚泡在水桶里防蚊降温，在煤油灯下看书备课；白天要上课、参加建校劳动，回家要自己种菜、挑水做饭……

后来，老师们陆续搬进了学校的新居。

后来，朱老师自己也结婚生子，组成了自己的“一家人的湘大”。老公刘国华也是湘大子弟，现在在环境与资源学院做党委书记。女儿在法学院读的博士，在外国语学院当了6年老师，现在在别的学校做博士后。

朱老师说，她们家可算是一家三代湘大人。她还推荐说，还有唐旭丹老师一家也是，父亲、老公都是学校的教授，儿子湘大本、硕、博毕业，现在留在材料院工作。

就这样，不小心，为湘大奋斗了大半辈子，见证了湘大越来越“大”，越来越“美丽”。

然后，准备在这块土地上，终老一生。

朱老师曾经发给我关于湘大、关于她自己的许多老照片。当年的办公楼、露天电影院、图书馆，当年的南阳村、东坡村、秀山、情人坡，当年一田、二田的水塘、画眉潭……历历在目。

有一次，我跟她说：“很想做一个影像中的新旧湘大，你可以在老照片拍摄的地方，再拍一组现在的照片吗？”

她说：“好创意。可惜，有的场景现在已经没有了。”

我说：“没关系，那地方还在啊！”

新与旧，苦与乐，几十年的光阴的故事，就都蕴含在那里了。

想想，就很令人期待啊！

2020年11月18日

湘大，那一抹乡愁

一

湘大校园里有三座小山：秀山、慧山、泉山。

有一天，在图书馆周凌云老师的微信中看到一段文字，写她童年的泉山：

这里一直是我喜欢的地方。小的时候，一到周末，我和妹妹，还有邻居小姐妹们，就带着锅碗瓢盆来这个小树林野炊。还有很多时候，把落下的松针堆积在一起，铺得厚厚的，躺在上面吹山风，聊天。没有太多作业和课外班的我们，有足够多的时间，和大自然在一起，贴近她的肌肤，感受她的呼吸。30 多年过去，这里依然宁静安谧，依然鸟鸣不已。春的满山翠绿，夏的荫翳蔽日，秋的凉风习习，冬的雪花纷飞……每次走在这熟悉的小山坡上，她既能给我以儿时就存在的亲切，又有初见般的欣喜。我的神秘园，她叫泉山。泉山无泉，并不妨碍我们置身其间时，如临泉听风。

我问周老师："你是湘大出生的吗?"她说："不是，是在湘潭市，四岁的时候跟母亲来的湘大，父亲仍在市里的机关工作。"我又问："那湘大可以算你的故乡吗?"她说："是的，湘大是我的故乡，生于斯、长于斯，也将终老于斯。"

泉山就在周老师工作的图书馆后面，她的办公室我去过一次，抬头就是满眼的青翠。能够一生都跟童年的山、跟故乡相伴，真好!

二

1974 年，湘大复校的时候，这里还是一片荒山，人们把它称为黄土高坡。

荒山建校，成了第一代湘大人的共同记忆。

而很多老师、职工，从全国各地来到湘大，自然有很多原因，有的是冲着为在毛主席的家乡建大学出一份力来的，而更内在的原因，是因为他们很多都是湖南人，或者夫妻俩一方是湖南人，另一方被动员过来的。

在湘大人的心目中，湘，不仅是湘潭，它也是湘江，是三湘，是湖湘。湘大，就成了他们共同的故乡。

当年，中文系的刘庆云老师从繁华的广州来到这“穷山沟”，好多人难以理解。刘老师在《我与湘大》一文中谈到她当初的选择。她说 1976 年春趁工作之便来看看：

> 一看，这里除了几座茅草棚外，几乎一无所有。远处矗立着几座黄土高山，还是一片不毛之地呢！唯有周围没有下种的水田在太阳下闪着耀眼的光亮，那散布在村落的农舍偶尔传来几声鸡啼。但我还是下了决心：“来！”这决心是怎么下的，自己也说不清，是故乡情的牵系，还是一股创业的冲动在内心升腾？

连她自己也说不清，就毅然决然地来了。还经过一番拉锯战，让不是湖南人的老公也“妇唱夫随”，成了“湘大人”。

其实，骨子里，就是因为那一缕绵绵的乡愁。

三

有人说，湘大是一片原野。

有人说，湘大就是一个“都市里的村庄”。

好在故乡就是“乡”，谁会把城市当作自己的故乡呢？很多人哪怕生在城市，也更愿意把祖辈的那个遥远的地方当作自己的“故乡”。

当初建校的时候，很多老师本来就住在周边的农家。“1977 年冬天，大雪，我所居住的农家房子，雪从屋顶的缝隙里飘落到室内，满地皆是雪花，木桶里结满了冰。”数理系的李寿佛老师在《荒山建校回忆》中这样描述他当初的“家”。这哪是城市里的大学，就是一幅乡居生活场景啊！

湘大是一片原野

后来，李老师的家属从乡下调入了学校，再后来，一家人搬进了学校的新房子。但他们仍保持着乡居生活的习惯，去市里，为了节约，很少坐公共汽车，带着孩子走乡间小道：“我手拿小树枝专门负责赶狗，她提着包裹，一边走，一边还要哼着小调‘走在乡间的小路上，牧童的歌声在荡漾……’”

“拿着树枝负责赶狗”的李老师教数学分析课。他的学生，中国科学院院士袁亚湘，还有国际知名数学家许进超说：“李老师的课，是全中国、全世界最好的。”

那时的湘大的老师，就是这样守着这一片土地，如老农、如隐士一般自得其乐，默默耕耘：

宅后农家一小山，戏称乃我后花园。
朝朝但求无雨雪，日日树下苦钻研。
只因常来成小路，却得书稿一尺三。
世间难得学问处，愿能长此伴林泉。

——湘舸《校园杂咏》

湘大教工宿舍叫南阳村、东坡村、北斗村，周边开发的两片住宅小区，一个叫“大学里”，一个干脆直接就称“湘大教师公寓”。住在这些“村”里，“里”里，守着几片山林，“学习学问”之余在林中听听鸟叫，在画眉潭、琴湖遛遛弯，在泽园、沁园的草地上聊聊天，晒晒太阳……有时真有不知今夕何夕之感。

能得此地常伴林泉，吾心安处便是故乡。

四

二十世纪七八十年代来湘大的学子，除了读书，一个共同记忆就是植树。

因为那个时候，湘大的山，到处都是光秃秃的。一到春天，不用等植树节，周末常常全体学生出动，为校园种下几片绿荫。

学生参加植树劳动

然后，不时去看看自己栽的树是否长出了新叶，是否高了几分。毕业时，再去跟它合影道别。许多年后再回来，还惦记着，它们是不是已经亭亭如盖了。

就这样，一年年，春去秋来，湘大的“黄土高坡”成了历史记忆。“黄土地”，也不再是实指，而成了湘大的一个符号，一份情怀，一种精神……离去时，它也成了一份怀乡的记忆。就像有学生写《黄土地情怀》：

有一天我捧起一抔黄土，捧起了它沉重的嘱托
深深埋下记忆的种子跳上起航的班船
我不再感到失落

80级历史系的学子，现在已是湘大副校长的刘建平教授，写过一篇《我爱湘大山和水》。让我吃惊的不是他对湘大山水的描写，而是他在“黄土地”上栽的每棵树，居然都还记得。他说，一百三十九级台阶侧的柏树，是他带历史系84级同学栽的，秀山上游息亭周边的几棵松树，是他们历史系80级毕业时栽的，现在他们都已经亭亭玉立，树影婆娑。而慧山边栽梧桐树，是在一个雨天，衣服都湿了。后来因为建第二田径场，这些树大多被推掉了。只有一棵幸存下来，现在已是枝繁叶茂，春天梧桐花开，更是艳丽。他每次经过田径场，都要投去深情的一眸。

然后，我明白了，有人说，二十世纪入学的湘大校友，对母校最认同，最铁杆，最一往情深，原因可能很多。但有一点不可忽视，就是那时的校园，处处都有他们自己的一份心血啊！就像故乡，不管它是否富足、美丽，那里的一山一水，一草一木，都曾经有我许多的付出与牵挂。

然后，无论到哪里，走不出的永远是故乡。

五

去年国庆节，我们七九中文班回湘大聚会，纪念入学四十周年，主题就是：我的七九，我的湘大。

七九中文班入学四十周年聚会

有同学作《念奴娇·湘大情》（万立民）：

菊花黄时，秋意好，梦回故园湘大。记得当年，从乡间，一步融入国家。同学少年，情愫幽梦，都在太阳下。羊牯塘边，黄土素书朝霞。知更鸟的棘巢，乳燕的泥瓦，我的湘大。恍然隔世，珍藏着，那片时光流沙。雨湖游船，大家还记否，师生同划。桨击船舷，笑翻几朵金花？

是啊，四十年黄土朝霞，瘦了青葱，肥了霜雪，归来相见，仍旧作少年。我们在旋梯书苑诵《旋梯》，在松涛山庄听松声；在三拱门前放飞梦想，在泽园草地舞动青春；在南山曾经的教室再上一课，回忆过往，在北山的会议室里与老师相见，畅叙别情。

那天下午，我们每个同学都向老师汇报自己的过去与现在。轮到我，四年本科，三年研究生，曾经在湘大度过七年的学生时光。许多年后，又从长沙回到湘大。经常有人不解，你为什么要离开中南，选择湘大。原因自然不止一个，不过我会经常说，也许就是一种母校情结吧。就像一些人，离开故乡很多年，总想着叶落归根。而回到故乡一般的湘大，当老师，一晃也已经快十年了。按理说，湘大于我，早已成了生命的日常。可那天，面对过去的很久不见的老师，我讲着自己的经历，自己的选择，讲着讲着，就流泪了。

直到现在我还不解，当时为什么会哭。难道是开始放的那个《我的七九，我的湘大》的短片，我写的解说词，先把自己感动了？难道是为了那些曾经的时光，那些跟湘大纠缠在一起的一去不复返的青春？

那天，另一位同学也讲了他的故事。他说，高考那年，他填了湘大，分数也挺高，却差点跟湘大，甚至跟大学错过。因为体检时，那位医生图省事，在“视力”一栏，左眼和右眼栏上下一起写了个“1.5”。招生的老师看了，以为这是个“独眼龙”，准备退档。幸亏中文系的一位老师留了个心眼，特意向当地招生办做了问询、核实，然后把他录进了湘大。开学时，那位老师还特意找到他，当面验证一下……一个少年的命运，因为碰到了一个负责的老师，就这样改变了。那位同学讲到这里，已经哽咽了。在场的老师、同学，眼里也有了闪闪的泪花。

那位同学跟我同宿舍，那个故事却是第一次听说，同时我也就明白了，那位同学为什么会成为湘大最铁杆的校友之一。

六

是的，一朝踏入三拱门，此生都是湘大人。

湘大的学子，一年年来了又去。来过，他们心里就有了永远的湘大。

或者，走了，舍不得，又再回来。如我等。如中文系的校友张雷，在外面挣了点钱，然后回来，守着一方旋梯书苑，把书苑弄成了湘大师生的沙龙，弄成了湘大第二校史馆。

留在湘大的，在教学、科研、管理的本职工作之外，他们有的把宣传湘大当作自己的第二职业。就像图书馆的周凌云老师，在办“悦读湘大讲坛”之余，又张罗着办湘大曾经的大师们的系列展览，拍关于他们的纪录片。刘建平副校长写跟湘潭、湘大有关的名人名山系列，王闿运、杨度、李腾芳、梁焕奎、毛宇居、仙女山、乌石岭……为湘大营造一方人文的风景。还有的老师，业余时间，用镜头记录湘大映像，春夏秋冬，乐此不疲。

而曾经在湘大工作过的，后来离开了，无论出自何种原因，无论当时是否有种种的委屈、不如意，他们离开后，大多对湘大，对曾经在湘大度过的一段岁月，有着深深的怀念。

欧洲校友会代表在三拱门前

我曾经写过关于湘大的两篇文字《南山南北山北》《湘大人与湘大精神》，有位曾经在湘大工作，后来去了繁华的大上海的朋友读过，说感触良多，我问他，想念湘大吗？他说："想，曾经的那些人，那些事，有时想着想着，眼泪都快要下来了。"

也许，这就是乡愁吧。就像故乡，其实很多时候，人都有离乡的冲动，因为故乡的闭塞，不繁华，或者故乡有着太多人情上的牵扯。就像湘大，它的魅力在于它的质朴坚韧，吃苦耐劳，它那原野一般的野性，它像都市里的村庄的浓浓的人情味。而它的弱点也在这里，它过于"乡"气，不够圆滑、精致、雍容、大气，人情味太重也可能影响现代意义上的规则、程序、理性。于是，总有都市里的村庄的村民，想着外面的世界可能更精彩。只是一旦离开了，他又会时时想念它的好，它的乡气、质朴与野性，然后就有了动人的乡愁。

七

去年的一天，湘大毕业的一位学新闻的校友给我打电话，说怀化电视台有一个关于大美怀化的辩论赛决赛，能不能请我去做评委，还特别强调，市委彭国甫书记也会到场。彭书记本科比我低一届，研究生差不多同时在湘大，后来曾担任湘大的党委书记。很久没见了，我说行。到怀化后，被告知，彭书记去省里开会去了。

那天晚上，辩论赛结束，一帮人夜宵。既然来了，还是跟书记大人报个到吧。跟他们要了号码，拨过去。国甫书记听说我到怀化了，在电话那头说，第二天上午省里开会，让我等着别走，如果十一点之前会议能结束，他就从长沙坐高铁赶回来，一起午餐。我说好。

第二天，电视台的工作人员陪我去芷江看看，一边等着书记回来。中午一点半，国甫书记终于回来了。一见面，我们便来了个熊抱。陪同用餐的多是湘大的校友。我挺感动。说实话，与国甫书记虽然当年同时在湘大修学，但后来，我在长沙，他在湘大，偶尔碰面，并无太多的私人交往。这急匆匆赶回来，其实就是为了叙叙旧，因为我们拥有一个共同的湘大，有着许多共同的记忆。

席间的话题，也基本上都是湘大往事。他还让我给刚从科大调回湘大主政的我的大学同班李伯超校长打电话，然后他接过电话，说湘大如何如何。如果湘大搞不好，他要回来骂娘的。

时间悄悄流过，晚上湘大这边我还有课，我几次暗示该去赶高铁了，国甫书记谈兴不减，一直到下午四点，才放我离开。临别时，他挺激动，当着大家的面，说："我生是湘大的人，死是湘大的鬼。"

这句话让我动容。说实话，湖南省政协副主席，身为怀化市委书记，彭书记是不大可能再回湘大了。而他说那句话的神情、语气，却永远刻在了我的脑海中。

湘大就这样，成了许多曾经的学子、故人的精神故乡。

在最好的年华，遇见你。

相遇，然后相守，或者离开。

故乡是我的初恋，我的初恋是你。

然后，在心心念念中，有了一抹永远的乡愁。

2020 年 3 月 24 日

湘大人与湘大精神

雕塑 1958

湘潭大学校园中有好几片山林，其中连接南山与北山的那个山头，叫秀山。秀山上有一个亭子，名游息亭。亭子的廊柱上，有中文系姜书阁和羊春秋先生撰的两副对联：

漫天花雨传心法
镇日松风伴读书

倚栏披襟挹取风云雨露

举杯邀客摘来日月星辰

这对联真是大气。湘大人真是有福了，伴着松风读书，汲风云雨露，伴日月星辰，在书山学海中遨游，在天人合一中悟道……有人说，湘大是一片原野，在这片原野上生长的湘大人，充满着一种生生不息的生命活力。正如羊春秋先生的弟子，曾在中文系任教的孟泽教授所说：

这是一片不失野性和宽大的原野，在原野上长出来的花果林木，总是让人感觉到健旺丰沛的草莽气息和生命力，感觉到自由和生猛，当她逐渐成长起一份精致和文雅、严密和理性时，她就不只属于湖南乃至中国了。

在这片原野上生长的湘大人，也就创造了一种别具一格的湘大精神。

一

这片健旺的郁郁葱葱的原野，当初却是一片荒山。

1958 年，在湘潭市一中南楼和湘潭县杨嘉桥湘江煤矿旧址上，湘潭大学诞生了。

这是毛泽东主席家乡的第一所大学。主席为之亲自书写了校名，并嘱咐“一定要把湘潭大学办好”。

但是，因为国家经济面临困难，仅过了一年，学校就停办了，招收的一届学生也被解散。

1974 年，适应要把湖南建成工业省的需要，湘潭大学恢复。名为恢复，实为重建。在湘潭市西郊的一片荒山上，便有了“文革”后期由国务院批准建设的第一所文、理、工综合性大学。

这是一片贫瘠的土地。

据说 1958 年，这里还是一片原始森林。“大跃进”“大炼钢铁”，把树砍光了。森林成了荒山，成了坟场。当地人称之为鬼坳子，晚上无人敢从这里经过。

因为只有黄土，这块土地又被称为黄土高坡。后来有学生办刊物，就叫《黄土地》。

因为这一片地方属于羊牯塘，又有人把这个没有羊，却四周都是田野，不时有耕牛穿过的学校，戏称为“羊牯塘大学”。

学校的老师职工，都来自全国各地。而当他们一踏上这片黄土地，便拥有了一个共同的身份：湘大人。

建校初期的这批湘大人，他们也往往拥有一些共同的记忆：艰苦创业。正如曾担任湘大校长的罗和安教授在《可爱的湘大人》中所写到的：“荒山一片，楼无一间……头顶蓝天，脚踩黄土。搭草棚，住农家，点煤油灯，成了他们的第一课。雨天打着雨伞备课，夏天将双脚伸进盛水的桶内以避蚊虫叮咬。一间草棚既做食堂，又做会场，还要作为师生活动室。”

据说，当时还流行过一首打油诗：“交通靠腿跑，通讯用嘴叫，搬运双肩挑，供应全凭票；晴天一身汗，工地把土挑，雨过两脚泥，备课油灯照。”

还有人写诗《煤油灯下的精神》（谢深泉）：

煤油灯光明又亮，竹篱茅舍好地方。
冬寒夏热身体健，蚊虫奏乐备课忙。
一斤米，半两肉，粗茶淡饭格外香。
一双胶鞋一把伞，风雨无阻登讲坛。
……

可奇怪的是，许多年后当他们回忆这一切，却没人叫苦，反而把这一切当作了一种“甜蜜的苦役”，苦并快乐着。他们当年为什么选择来湘大？来考察时哪怕面对满目的荒凉，居然也没有退却。就像中文系的刘庆云老师，本来在广州的新闻单位，听说湘大招人，1976 年春趁工作之便来看看：

一看，这里除了几座茅草棚外，几乎一无所有。远处矗立着几座黄土高山，还是一片不毛之地呢！唯有周围没有下种的水田在太阳下闪着耀眼的光亮，那散布在村落的农舍偶尔传来几声鸡啼。但我还是下了决心："来！"这决心是怎么下的，自己也说不清，是故乡情的牵系，还是一股创业的冲动在内心升腾？

从外省来湘大的老师，不少都是湖南人。也许，湘大代表的是对故乡的牵挂，是一解那绵绵不尽的乡愁。而更加重要的，无论湖南人还是外省人，他们都是有一个"梦"：毛泽东主席为湘潭大学题名，全国人民就有了办好湘潭大学的梦想。以研究中国近代洋务运动著称的徐泰来教授如是说。他把自己称作一个"圆梦者"，其实很多来湘大的老师都是。

正是这份抱负与情怀，让那时的湘大人，哪怕条件再艰苦，也不抱怨，而是以苦为荣，苦中求乐，将困难当作人生的考验，将创业看作人生价值的实现。有老师疑惑："那如火的激情，冲天的干劲，是从哪里来的？至今我还不能作出完整的回答"。

那本来就是一个理想主义的时代，"为有牺牲多壮志，敢教日月换新天"，曾让一代人激情满怀。而对湘大人来说，"荒山起家，劳动建校"，也就造就了一种湘大精神：理想主义的追求，吃苦耐劳的品格，以校为家的情怀。

荒山起家，建校劳动

有人用"吃得苦，耐得烦，霸得蛮"来概括湖南人，它也成了湖湘文化精神的一个重要组成部分。这几个词用在艰苦创业的湘大人身上，更是恰如其分。尽管有的老师，来湘大报到时，拿到学校发的仅有的两样东西：斗笠和煤油灯，忍不住巴拉巴拉地掉下泪来。但他们很快接受了艰苦的条件，在湘大扎下根来。并在教学科研之余，投入到建校的劳动中。挖山、挑土、植树……硬是让一片荒山变得大楼林立、绿荫如盖，其中支撑他们的正是那种吃苦耐劳、执着霸蛮的精神。

韶峰高，湘水长，
人文胜地，科教殿堂
恰同学少年，扬青春航帆
经风雨，求大道
博学笃行做国家栋梁

博学笃行，盛德日新。湘大的校歌、校训，昭示的是湘大人的理想与追求。

二

校以地传，地以校显。湘潭大学位居湘潭市西郊，曾因交通不便，与长沙的学校相比，尽显地利之劣势。而从行政区划上说，长沙是湖南的政治、经济中心，湘潭尽管是毛泽东主席的家乡，曾荣耀一时，但时过境迁，湘潭只能是长沙的陪衬，在改革开放的大潮中，有日益被其他州市，包括它身边的株洲盖过之势。长株潭三足鼎立，湘潭日渐退居末位。

其实，从文化的角度说，湘潭乃湖湘文化之源头。而以湘潭、长沙为中心，方圆几百里，构成了湖湘之核心。而它也由此造就了湘潭大学之文脉。

2008 年 7 月，传出一则消息，在湘潭隐山碧泉书院的旧址，将恢复重建作为实体的碧泉书院。而在湘潭大学，也成立了作为研究与教学二级机构的碧泉书院。

碧泉书院最初名碧泉书堂，由宋代理学大家胡安国在 1130 年兴建。胡安国以其《时政论》《治国论》《春秋传》，将心性之学与经世致用结合起来，自成一家。胡安国讲学碧泉，传学其子胡宏及弟子，胡宏传学张栻，张栻讲学岳麓书院，王闿运称“胡开潭学，朱张继响”，由“潭学”“隐山之学”而“湘学”，湖湘一脉学风由此传扬。

后来，胡氏后裔将碧泉书院改为祠，取名胡文定公祠，专供祭祀。祠有一门联："海纳百川，院育千人。武夷道脉，湘楚名家。"

由心性之学而"躬行""致用"之学，内圣与外王、道德与事功之结合，由胡氏父子开启的湖湘学风，在700年后一代湘人中得到完美体现。湘乡人曾国藩即是其代表。曾国藩是书生，却由"书生"而"出将入相"，以"从灵魂深处生长出来的理想主义怀抱与'好汉打脱牙和血吞'的实践精神"（孟泽《君自故乡来》），统帅以湘乡人为主组成的"湘军"，从边缘到中心，成就了"同治中兴"。而湘军那种朴拙、倔强、生猛、强悍的品格，也成了湖湘精神的一个重要组成部分。

几十年后，从湘潭一个小山村韶山冲走出来的一代伟人毛泽东，感慨于"国民性情，虚伪相崇，奴隶性成，思想狭隘"，殷殷召唤"安得有大哲学革命家，大伦理革命家，如俄之托尔斯泰其人，以洗涤国民之旧思想，开发其新思想"。少年心事当拿云，问苍茫大地，谁主沉浮，数风流人物，还看今朝。以扫除旧世界、建立新中国为志，投身革命，奋斗一生，完成了立言立功之伟业。

中文系七七级校友高源曾撰《四十年来谁著史——湘大早期人文风景中的家国情怀》，历数湘潭大学之人文渊源。以湘大为圆心，以两百公里为半径，在这个人文荟萃的版图上几乎囊括了绝大多数近代顶级历史人物：陶澍、贺长龄、贺熙龄、魏源、曾国藩、左宗棠、彭玉麟、胡林翼、王闿运、谭嗣同、唐常才、黄兴、宋教仁、蔡锷、毛泽东、刘少奇、彭德怀、罗荣桓、李富春、蔡畅、蔡和森、李维汉、李立三、胡耀邦、朱镕基、齐白石等。高源强调："湘大从诞生之日起实际上就烙有鲜明的湖湘文化胎记，它的一项重要使命就是赓续与传承正宗的湖湘文化，而湘大本身文脉的刷新与升华，新时代校训的铸造与淬火，也必须以湖湘文化作为原动力，由此湘大人也就有了与生俱来的文化自信与历史自觉，这也应当成为湘大人永恒的精神信念。"

曾担任湘潭大学党委书记的彭国甫教授在为《回望湘大——湘潭大学五十周年回忆录》撰写的序中，提到湖湘文化有三种精神："路漫漫其修远兮，吾将上下而求索"的探索精神；"先天下之忧而忧，后天下之乐而乐”的忧乐精神；“为有牺牲多壮志，敢教日月换新天”的改革精神。湘大在某种意义上，传承的正是这样的精神。六十年来谁著史，湘大建校六十年，涌现了许多在各自领域卓有建树的学者，开启了一个个的新“学”，沧南开启的“毛泽东思想研究”，尹世杰的“消费经济学”，杨向群的“马尔可夫过程”研究，袁龙蔚的“流变力学”……都名垂青史。以小小的中文系而论，姜书阁、羊春秋、萧艾、彭燕郊、王勤、曹让庭、张铁夫……在各自的领域，都曾独领风骚。湘大的学子呢，吃苦霸蛮的精神，在学生身上也得到延续。他们在校时，刻苦攻读，毕业后，在各行各业，风生水起，为母校争得美誉。曾担任湘大党委书记的彭国甫曾说：“湘大的学生充满精、气、神，非常大气；湘大的学生就像洞庭湖的杨柳，倒插着也能长大。也许，这正是湘潭大学的优良传统、高尚文化和崇高精神的一种体现吧。”

其中，便有着湖湘文化的某种精神的血脉。而湘大人，无论是教工还是学子，便在文化传承中，将其发扬光大，建构了一种新的湘大精神。

三

文化是一个不断建构的过程。

湘大的文化精神也是这样。

如果说湘大是一片原野，湘大人在这片原野上，自由地成长，完成“思想上的成人礼”，正如湘大中文系95级的一位校友所写的：

> 一进来才知道，这个宽广的山坡就如一片思想的原野。我就像一个野孩子，在这里肆意穿梭。各种各样的野花野草布满校园，记忆中最美的是狗尾草。湘大风大，狗尾巴也摇得格外欢畅，一种野性的力量在接力棒似的传递。呵呵，前辈诗人怎么形容湘大的风，你就知道草摇得多么猛烈：“湘大不刮风，一年刮两次，一次刮半年”。正是在这种疾风知劲草的氛围中，生命力、生猛、自由，渗入了每一个人的骨头。

是的，正是那份自由和生猛，让年轻的湘大充满了活力。后来，在中国高等教育一轮轮重新洗牌的大潮中，过于朴实，不够圆滑的湘大，似乎有点落伍了。湘大人在需要迎头赶上的同时，也许又还需要保持那份自由、淡定与从容。

湘大在某种意义上，是个“移民大学”。1974 年 11 月，教育部向江苏、湖北、辽宁、吉林、广东、陕西、四川、北京、天津、上海等 10 省市发出《关于请求支援湘潭大学部分师资和图书的通知》，得到各省市的积极响应。1975 到 1978 年，就有 620 多名来自北京大学、清华大学、复旦大学、吉林大学、南开大学、武汉大学、华中师范大学等 90 多所高校的教师，汇聚湘大。学校求贤若渴，在引进人才往往需要在政治上层层审批，“过五关斩六将”的情况下，当时的校领导提出：任人唯贤，唯才是举，只要是人才，是好教师，就不要因为其无关紧要的问题而迟疑不决。一些有种种“历史问题”刚刚或尚为平反的老师，如著名诗人彭燕郊，流变力学专家袁龙蔚，哲学家汪树白、古文献专家韩长耕等，都由此被湘大引了进来。

我们都是来自五湖四海，为了一个共同的“湘大”走到一起来了。这也决定了湘大精神的“包容”性。湘大既有着先天的红色基因，又像一片未开化的原野，有着一分野性和草莽气息。它既曾占据政治的中心，又处于地理上的边缘，有着一份来自乡村的素朴与单纯。它是自由的，充满着旺盛的生命力，在“纯朴中透着野性的豪气，平静中蕴藏着创造的‘人欲’”（王立新语），另一方面，它又越来越具有一份精致、文雅与理性，具有思想创造的活力。

曾任湘大校长的潘长良教授曾说：“湘潭大学应该成为一流的学术研究之所和思想诞生之地。”二十世纪八十年代的湘大，百废待兴，群英荟萃，各显其能。以哲学而论，当时中国哲学分为三个山头：马克思主义哲学与毛泽东思想，中国传统哲学、西方哲学，而当年湘大哲学系由三位名师沧南、汪澍白、王守昌三位先生，担纲这三大学术版块，构筑了湘大校园中哲学的“三道拱门”，门户之见固然有之，但和谐共存、百家争鸣却是当时湘大的主流学术风景。沧南教授的第一个研究生，78 级的范贤超以马克思主义“改造论”为研究课题，力创新见。学位论文请当时中国哲学界的两位权威评审，其中一位对论文予以了肯定，另一位却认为“论文具有严重的唯心主义色彩，不予评价”。学校有关部门为了维护学位论文的“科学性和严肃性”，特聘请这位“不予评价”的“权威”担任答辩委员会主席……而以研究现代西方哲学著称的王守昌教授把湘大当作自己的“情感家园”，说他首先要感谢湘大的是为其“创造了自由思想、独立思考的一个空间”。

那是一个纯真的时代，也是一个自由、开放的时代。如果说毛泽东思想研究是湘大人文学术的重心，当辅之以国学与西学，它便构成了湘大的完整的人文思想的风景。近期，马克思主义学院与碧泉书院在湘大的成立，也许，便预示了一个新的开端。

湘大的学生呢，不仅以勤奋好学、嗜读如命著称，他们的思想也曾极为活跃、开放。七八十年代之交，在思想解放的大潮中，在77级中文班的推动主导下，学校学生会曾创办了一份铅印刊物《来者》，“前无古人，后有来者”，正体现了那个时代的湘大人的壮志豪情。79、80级中文班几个喜欢写诗的同学，还组织了一个诗社，以彭燕郊老师的一首诗《旋梯》命名：

上升，上升，上升中延展的圆形
圆在伸展，流利的弧线在运动
螺旋形追逐自己，永远追逐，分不出段落
起点是上升，中途是上升，终点也是上升
……
上升，螺旋形没有后，没有前，取消前后
上升，从六个角度抛弃前后
上升，只有高和更高，取消低
螺旋形的规律是：终点也不是结束

“旋梯”诗社是中国大学卓有影响的诗社之一，薪火相传，历经三十多载，现在还在。而2015年，一位毕业的中文系校友张雷，回到母校，在学校边上，创办了一个名为“旋梯”的书苑。彭燕郊老师去世时，学生袁铁坚曾在追悼会上说：“因为彭燕郊，我们心底深处永远都有一块属于诗和文学的天地。”而张雷说，他之创办旋梯书苑，要追寻的，是旋梯“那尖峰，那无垠的碑碣，那发着冷峻的光的，最亮点”。

一位诗人，一个诗社，一方书苑，一所大学，这里面便有着某种精神的传承。旋梯，上升，不断地上升，只有高和更高，没有终点，也正代表了湘大人的一种追求。

四

一个大学的精神，首先在人。

湘大精神，就是由一个个的个体支撑起来的。他们中既有著名的教授，也有普通的老师、职工、学生。

因为被列为“胡风分子”，历经磨难的彭燕郊老师，1979 年来湘大的时候，谈到当时学校的氛围：拨乱反正，一切从头再来过，节庆般的日子，浓郁的狂欢气息，沉浸在庆幸美好憧憬终于再一次亲切闪现的大欢喜里，一切都那么鲜亮、温煦、贴近，几乎伸手就可以触摸到，有一种被爱和可以勇敢去爱的幸福感”。

正是这种“幸福感”，使他们倍加珍惜来之不易的工作机会，尽管条件艰苦，却乐在其中。数理系的李寿佛教授在《荒山建校回忆》中谈到自己给第一届本科生数学、计算、电子三个班上大课的情景：在食堂，靠墙壁两条破旧的长凳上搁两块黑板，临时用砖头垒一个讲台，便是教室了。写黑板时老师需要站到凳子上去：

> 一件不如人意的事终于发生了。有一次当我写完黑板字之后，从长凳上下来时，哗的一声响，差点儿跌了一跤。仔细一看，原来是罩裤被黑板上的大铁钩划破，出现了一条长约 20 厘米的裂缝。然而教室里 100 余听众并没有因此而哗然，更没有人嬉笑。

讲课继续进行。教室里除了我讲课和写黑板的声音外，还是鸦雀无声。

就是在这样的课堂上，走出了袁亚湘、周向宇、许进超等著名的数学家。在美国宾州州立大学任教的国际著名数学家许进超教授，许多年后还记得李老师的课，说："李寿佛老师讲数学分析是全世界最好的！"

袁亚湘等席地而坐演算数学题

曾担任湘大校长的胡学军在《催人奋进的湘大精神》中写到湘大的不少名师，如何在科研之余，潜心于教学，其中写到张铁夫教授："他教态从容，讲解自如，内容充实，逻辑严密，声音流畅，语速适中，听他讲课，简直是一种美的享受"。

张铁夫老师是我的硕士导师，1976 年从华中师范大学来到湘大，便把整个的后半生都奉献给了湘大。张老师 74 岁时，最后一位博士毕业，便直接从讲台进了医院。

鞠躬尽瘁，死而后已，也许，这里面便包含了某种可贵的精神。人是需要一点精神的。有了某种精神，有时物质就不一定是第一位的了。七六级中文系学生，后来成为著名作家、花城出版社社长的肖建国在题为《回望湘大》的文章中，回忆当年上课的情景，教学楼刚刚竣工，尚未启用，一排简易平房便成了教室：

> 当年建房子的工人大约想着那些房子是临时用一用的，有点随意，做工粗糙，极不认真。顶上的屋瓦，很不严实。晴天，从瓦缝里漏下的阳光，东一条西一条，我有时会看着阳光中浮游的灰尘，发一阵呆。如果天降大雨，麻烦就多了。漏雨是肯定的，这里滴一滴，那里滴一滴，滴滴答答之声不绝于耳。有一次雨下大了，突然"哗"的

一声从讲台的顶上泻下一注雨水，浇了老师一头一脸。满座哗然，我们的老师真是让人可敬。完全地处变不惊，只是掏出小手绢，四指压着，在左边脸上摁一摁，在右边脸上摁一摁。摁干了水渍，走到座位中间来，继续讲他的《诗经》："关关雎鸠，在河之洲……"竟是更加抑扬顿挫。

有如此从容淡定敬业的老师，学生想不好好学都难啊。肖建国还提到一件事，那时书籍匮乏，有同学经常去老师家借书。有一次一位女同学上老师家借书，老师住在乡下，那位同学要的书还捆在行李包里，十几件行李堆着，老师叫上丈夫帮忙，一件一件行李打开，一连开了七八件行李，才把那本书找着。借了书，又聊了一会，不觉夜已深沉。那位老师又同丈夫一起，打着手电筒把女同学送回学校。还有，系里的资料室，当时不让学生借书，便有老师让学生开了书单，借了书，出门，转身就给了学生。

这正所谓春风化雨，大地师恩。老师兢兢业业地传道授业，学生呢，刻苦地学。中文系的高源在《湘大往事杂忆》中谈到，"湘大精神"体现在那代莘莘学子身上，就是"嗜读如命"和"执着霸蛮"。

湘大地处湘潭市西郊，一度交通不便，这种封闭的环境，反而为潜心读书提供了便利。那时学习条件艰苦，12 个人住一间宿舍，夏天没有电扇，有的同学就用铁桶装满凉水浸泡双脚，一边驱暑避蚊，一边读书自乐。读书，买书，那时的湘潭市新华书店，如果到了批新书，在购书的长队里，一定有不少就是湘大的学生。有时，书买不到，就抄。据说有一次，中文系的王鲁湘约上湖南师大的几位好友，准备同游岳麓山。不料在朋友的宿舍，看到丹纳的《艺术哲学》，一下子就被迷住了，爱不释手。朋友告知，书是从学校图书馆借的，还有一个星期就要归还。王鲁湘将这本 35 万字的书翻了翻，做出决定：要把这本书抄完！当即告别朋友，买了张回湘潭的车票。一回到学校就开始夜以继日地抄书，一个人抄不来，就找来同学帮忙。熬了一周的时间，用完了一瓶多墨水，终于把《艺术哲学》抄完了。

湘大学生好学的传统，也一直被延续下来。图书馆、自修室，永远人满为患。听讲座，参加学术沙龙，从来无须“号召”。前些时，北京师范大学的王向远教授来学校讲学，讲日本文学的美学精神。讲座安排在图书馆的报告厅，可以坐300多人的大厅，不仅座无虚席，讲台前的地上还坐了好几排，大厅后面也站了几排。望着被学生塞得满满当当的大厅，王教授问：“是学校组织来的吗？”学生答：“都是自愿来的。”王教授不禁感叹：“凡讲座，由校方组织来还需用学分做诱饵的，那是三流学校，来去自愿且能保证一定人数，就算二流。如果自愿来还如此满满当当，那这个学校的学生一定是一流的。”

“大学之义，不仅在于有一批智推先觉、学启后贤的名师，亦在于有一批探奥索微、穷流究源的学生。”湘大历史系校友、著名党史研究专家、中央党校韩钢教授如是说。有了这样的老师和学生，那这个学校离真正的一流也就不远了。

五

二十世纪八十年代的湘大校园，曾流行一个说法：“北有北大，南有湘大”。

湘大一度可能被命名为毛泽东大学，而广东有一所以孙中山先生命名的“中山大学”，于是这说法又有了另外一个版本：北有北大清华，南有湘大中大。

这类似于湘大的广告语，当年湘大人事部门的工作人员，也经常是以此作为诱人的愿景，来招贤引凤。

这广告语与其说是事实，毋宁说更多地代表了湘大人的自我期许，一种理想主义的追求与情怀。

最终湘大没能办成北大。在改革开放、中国高等教育飞速发展的大潮中，作为二十世纪八十年代湖南省唯一、全国16所文理工综合性重点大学之一的湘大，它前进的脚步似乎反而慢了下来。

原因可能很多。湘大建校初期的异军突起，得益于红色基因带来的“红利”，而后来一度被冷落，恐怕也源于此。这正所谓成也萧何，败也萧何。

还有，因为地缘和一些人为的因素，二十世纪八九十年代的湘大，丧失了发展的很多机会。

还有，从自身的角度说，湘大人过于朴拙，在变化了的时代，不会“做秀”吸引眼球，不会“作死地搞”，也就显得有些落伍了。

还有，湘大作为一所现代大学，有时又像一个“都市里的村庄”。村庄里的“村民”们，亲密无间，互助互爱，有着一种高度的内部和谐。但在一个“人情社会”里，“人情味”太重，有时未必都是“正能量”。

湘大是一片原野，当这片原野日益成了精致的苗圃，固然越来越漂亮、赏心悦目了，但也可能会少了些野趣，少了些无拘无束的创造的活力。

有校友说，“原野上的湘大，有着特有的宁静和质朴，是修身求学的绝佳之地。湘大，有着一种蓬勃向上的朝气、昂然进取的锐气、海纳百川的大气，经纶日月的勇气、浩然盛大的正气和敢为人先的志气”。而在这个浮躁的时代，有些被边缘化，且在地缘上有着先天不足的湘大，更需要一些沉潜与镇定的底气。湘大在“红色”的底色之外，似乎还需要更多的一些自由、包容与大气，需要更多更独特的一些科学与思想的创造性的成果，以真正地成就其“大”。

哈佛、剑桥、牛津……世界上很多著名的大学，不也都是自生于“小地”吗？

当然，一个大学之“显名”，除了本身的办学条件，更重要的是培养了多少优秀的学生，有多少杰出的校友，还有就是校友对学校的忠诚度。复校四十多年来，从湘大走出了许多优秀的学子，当他们走出湘大，也就让“湘潭大学”这几个字在中国，在世界各地得以传扬。学校与学生，永远是相辅相成，互相成就的。今日，学子以学校为荣，他日，学子为母校争光。有人说，湘大八十年代毕业的校友，对学校的忠诚度是最高的，因为那时的湘大也最有活力。后来，学校的发展没达到人们理想的期望值，不少校友对湘大“恨铁不成钢”，也有校友刻意回避自己的湘大背景，但更多的，是永远为母校而骄傲，对母校一往情深。

著名湖湘学派研究专家王立新在《湘大是一片原野》一文里说，他常常“被‘湘大人’概念感动得不知所云”“纵然有再多憾与怨，终究也化成爱与恋!”这也许表达的是许多湘大学子的心声。湘大中文系96届校友曹辉用《那份情哟，用一生都解不开》表达对母校的情怀。曹辉当年以所在地区文科第一名，全省第八名的成绩考入湘大，毕业后做过《三湘都市报》记者。他不遗余力宣传母校，被人戏称为湘大的“新闻发言人”。他在做湖南日报报业集团所属的《新闻天地》副总编辑时，开辟了一个“湖湘文化人物”栏目，结果“湘大系”的教授和校友差不多占了半壁江山，我自己当时在中南大学，也沾“湘大校友”的光，位列其中。这种“以权谋私（公)”，其实对他个人的“仕途”，未必有利，但他“明知故犯”，他说自己对母校爱得简直有点“变态”:“为什么我的眼中常含泪水，因为我对湘大这2600多亩土地爱得深沉”。

是的，对湘大人来说，无论你身在何处，用中文系宋德发教授的话说，“母国就是湘大”。杰出校友袁亚湘院士在《湘大四年》中谈到自己的“湘大情结”:

> 湘大的四年是我人生成长最为关键的四年，不仅是身高从1米69长到1米77，更重要的是世界观的形成和基础知识的积累。湘大的四年是我人生中非常幸福的四年，不仅是有鲜花荣誉，更重要的是有许多良师益友！我感谢母校培育了我。无论走到哪儿，我都会自豪地说，我是湘潭大学毕业的！

袁亚湘回母校讲座

中文系七七级校友袁铁坚写《我的心在湘大》：

我的心在那片多情的黄土地
我的爱人是永远的湘大

袁铁坚先后担任湘潭大学深圳校友会的秘书长、会长。湘大深圳校友会以其凝聚力、组织力、活动力和影响力，在深圳的全国高校各校友会中间出类拔萃，被媒体人称之为“湘大现象”。是的，湘大人可能在校园里素不相识，但毕业后无论在哪里，凭着那被“黄土地”浸润过的特殊的气质，便“心有灵犀一点通”，拥有了一种特殊的缘分。

清华大学教授、凤凰卫视著名节目策划人、主持人王鲁湘曾为同是湘大校友的潘友林的一本书《一个人的奥运——潘友林广告剧本300个》写过一篇序，说到潘友林在北京多家知名广告公司偷师学艺之后，南下深圳打“高的广告”的天下。他广发英雄帖，延揽的精英尽是北大、清华和复旦等名校的毕业生。他还要将自己的母校——湘潭大学也强行摆在名校之列，且作为名校第一名广而告之。

都言此人疾，谁解其中味？当年刘翔，打破了亚洲人、黄种人不可能在短距离赛跑项目上夺得世界冠军的定律，他用一句“亚洲有我，中国有我”的宣言，感动了无数的中国人。而湘潭大学在当代中国高校的激烈竞争中，或许就像田径场上短跑项目中的黄种人，虽不强大，但只要努力，就有成功的希望。就像张雷说他之所以要在小有成就时从上海回到湘大，创办旋梯书苑，是因为一个文学梦，一种湘大情怀。旋梯书苑收藏了许多与湘大有关的照片、书籍、文物，被人戏称为“湘大校史第二陈列馆”。它还常常免费为湘大各种学术沙龙、讲座提供场地、服务，学生也喜欢待在这里安安静静地看书，它成了湘大人的一个精神园地，这种经营方式却注定了它赚不了钱。张雷说，他“不过是一个堂吉诃德式的小人物，骑着瘦马，提着长矛和盾牌，毅然走上了行侠之路”。

新时代的湘大，也有点像堂吉诃德，世道已经变了，却仍然壮志凌云，希望开创出一片新的天地，恢复往日的荣光。

一个人的奥运，意味着与全天下高手一比高低的勇气。潘友林以他的广告，喊出了“湘大有我，中国有我”的强音，而当无数的湘大学子，组成一支巨大的队伍，也就不再是“一个人的奥运”，一个堂吉诃德的“行侠”，而是万人、十万、百万人的冲刺，终将汇成一股伟大的力量。当然，在这长距离的中国大学马拉松式的竞争中，更需要湘大人永远葆有自己的一份勇气、毅力、耐力、决心和信心。

湘潭大学新貌

韶峰高，湘水长，
荟萃中西，传承湖湘
兴千秋大业，谱天下华章
通古今，怀忧乐
盛德日新做国家栋梁

今年是湘大建校 60 周年，复校 44 周年。人说六十一甲子，是人生的一个轮回，也是一个新的开始。湘大党委书记黄云清教授提出，要在湘大复校 70 周年前后，实现把湘大全面建成有鲜明特色的高水平现代大学的目标，这是湘大人的使命。是的，每一个人，无论教工、学生，无论你来自何处，去向何方，你曾经在湘大待过，就拥有了一个共同的身份：湘大人，你就在书写湘大故事，参与湘大精神的建构，谱写湘大未来的华章。

——2018 年 8 月 11 至 16 日初稿于大理洱海边，21 至 23 日改毕于湘大书斋

第二辑　我的老师

是你在我身边走着吗？我知道是的，我的光。

在这个凡俗的世间，在过于功利、喧嚣的世界里，有彭老师的诗相伴，或者，坐在他的小屋，跟着他一起作精神的漫游，我们也就被净化了，在那个“无色透明的下午”……

彭燕郊，一种高度

这个题目的灵感，来自彭燕郊老师的一篇散文诗《观景台，一种高度》：

> 登上观景台，就会知道，人经得起丑的冲击，却经不起美的冲击，天地让光芒四射的美景充塞了，眩晕的不仅是视觉功能。

彭燕郊老师

面对彭燕郊老师，我时时产生的就是这种“眩晕”感。尽管他个子并不高，已经有些老态龙钟，黑发是染过的，眼睛有些眯缝……但他只要一谈诗，眼睛马上就熠熠闪光，身体的每根神经都透出活力，仿佛那狭小的屋子也一下子亮堂起来。使你在一时之间，竟忘记了，这已是一个88岁的老人。而就是这个老人，创造了一系列生命的、艺术的奇迹：

1938年，18岁，参加新四军。

中学没毕业，却拿起笔，抒写他的“第一次爱”，后成为“七月诗派”的重要一员。

在新、旧两个时代，两次坐牢。被时代的大潮裹进生活的底层二十余年，却始终保持着乐观的人生态度，始终不悔那最初的爱。

改革开放了，诗人已近花甲，却焕发出艺术的第二春。他以《画仙人掌》为契机，给中国新诗坛带来淋漓的葱茏的绿意。

18 岁的彭燕郊（左）

二十世纪九十年代，当他的同时代人，都已经睡思昏沉，坐在电视机旁打盹，他却“衰年变法”，发起了一场诗歌的革命。告别自我的抒情的浪漫主义，以撞墙般的决绝，往生存与人性的深处掘进，往混沌的高远的天空飞翔，于是有了一系列思考的、痛苦的、大气磅礴的诗，《漂瓶》《烟声》《混沌初开》《生生：五位一体》……诗越到老写得越好，越给人心灵的震撼，这是一个奇迹，独一无二的奇迹，世人称之为“彭燕郊现象”。

以一生对诗、对艺术的痴恋，晚年，他的声名飞出书斋，越来越被人称颂。2006 年，四卷本的《彭燕郊诗文集》由湖南文艺出版社隆重推出。2007 年 9 月，中国散文诗学会、中国现代文学馆、《文艺报》联合授予他“终身艺术成就奖”，授奖仪式在北京举行。那天，我带一帮学生正在他家里，他淡淡地说：“他们要给我一个什么奖，我没去。”

此时，真正让人震撼的，不是他在诗歌创作中的巨大成就，而是他面对“荣誉”时的那份淡定。他一生基本上都是在“边缘”生存，一个人默默地探寻，凭着心灵的那盏灯，在夜与昼中渐行渐远……这造就了他人生的厚重，思想的敏锐、前卫，也成就了他诗的丰富的深刻和炫目的光亮。

是的，真正的高度又来自一种深度、厚度与亮度。

“滴滴泪水流了出来”

高山仰止。

但彭老师给人的第一印象，又经常是柔软的，爱流泪的。

还是在八十年代初，在湘潭大学读书的时候，就听过彭燕郊老师的“诗歌艺术”课，印象最深的是听彭老师念叶赛宁的诗《狗之歌》。一条母狗，生下七只小狗，愁眉不展的主人却把小狗装进了麻袋，母狗追踪着，在雪地上奔跑，却只见到水面上的一圈涟漪，她踉跄地返回家来，把茅屋上空的弯月，当作了自己的狗崽。而最终，连月牙儿也溜走了：

于是她沉默了，仿佛挨了石头
仿佛听到奚落的话语
滴滴泪水流了出来
宛如颗颗金星落进了雪地

这时，我从彭老师的眼里，也看到了闪闪的泪花……因为那份被剥夺的深沉的爱。

再一次看到彭老师的眼泪，是听他分析波德莱尔的《信天翁》。信天翁追随着海船，在海上高傲地飞着，而一旦被人捉住，放在船板上，这些青天的王者，一旦垂下了它们洁白的巨翼，顿时变得呆拙委颓、丑陋滑稽，船员们围着它，“这个用着烟斗戏弄它的尖嘴，那个学这飞翔的残废者拐足。”

诗人恰似那天人之间的王君
它出入风波又笑傲弓弩手
一旦堕落在尘世，笑骂尽由人
它巨人似的翼翅妨碍它行走

彭老师饱含深情地叙述着信天翁的遭遇，说着说着，眼泪就出来了。那时，年少的我不太明白，彭老师为什么会这么激动，爱流泪？

后来，年岁渐长，看多了现实生活爱与美被撕裂、被毁灭的悲剧；后来，接触彭老师多了，了解了他的坎坷经历，他的诗路历程，慢慢明白了，原来，信天翁——诗人，彭老师是在诉说他自己啊！

作为红小鬼，作为诗人，在彭老师早期的诗歌中，红色便成了其主导性的意象。也正是这“红色”的印记，1947 年，在桂林，他又被囚禁到了国民党的监牢中。但是，囚禁并没有使他屈服，就像他诗中写的那株“尤加利树”，“挺拔矗立在寒冷的包围里，若无其事地顶住了严酷的磨难”，反而是“一批鲜明翠绿的新叶，正在这艰辛的日子里生长出来！”因为，他拥有着对美好未来的期望。而当美好的未来变成了现实，他又因为被指认为“胡风反革命集团”的一员，而被“自己人”关了禁闭，而后，作为大学的一名副教授，被下放到街道工厂二十余年。

人生最美好的时光，就这样溜走了。这段遭遇给他带来心灵的许多的伤痛。在那个“正常颠倒”的时光，每个人都像要被驯化的“狮子”，都要经受一层层“蜕皮”的考验，都要像被石膏固定一般整齐划一，并从中感到“僵硬的幸福”。在生与死的边缘挣扎，“只要一次，一次痛痛快快的死，让我可以痛痛快快地大哭一场”（《还有几次》），可是，连想哭、想死都不得，“还要再死几次，才死得成？”叶赛宁说，在这个世界里，死并不新鲜，活着却更难。

当这一切都成了过去，彭老师终于可以痛痛快快地流泪了：

长久地长久地凝望着月亮
眼泪大滴大滴地落了下来

月亮在凝望里模糊了
止不住的泪水一滴滴落到月亮上

接多年音讯隔绝的友人来信，他流泪了；小小的蜗牛的家被残暴者砸成了碎片，他流泪了；小丑在舞台上强颜欢笑，却只能把眼泪往肚里吞，他陪着流下了“罪泪”。而有时，面对太美的事物，过于感动，他也会流泪：

不止一次，湿润的眼睛
大梦初醒般闪过一阵寒颤，茫然于

自己竟然没有跳起来高声叫喊——
是的，我只不过轻轻地点了一下头，
同时如释重负地嘟哝着：
“也只有这样了，不能比这更美了……”

陈爱莲的舞蹈带给人一种令人含泪的震颤，这里的“泪”又成了喜悦之泪，感动之泪。尽管历经坎坷，但在彭老师的词汇里，更多的不是怨恨，而是感谢、感恩。他会对他人生中给过他鼓励、扶持乃至挫折的人，都表达一份最虔诚的谢意。那天，在湘潭大学，在彭老师诗文集讨论会上，每一个发言者结束发言时，他都要起身握手、致意。他一整天都在那里侧着身，支起耳朵，静静地听着，仿佛生怕丢了一句话，哪怕是一个字。听着听着，我又一次看到了他眼中的闪闪的泪花。

一天的研讨会结束，主持人让彭老师讲讲话。平时很健谈的彭老师，那天有些哽咽，话意外的少。此时，语言已显得多余，他在感谢了所有与会者之后，索性站起身，向大家深深地鞠了一躬！

在座的都是他的后辈、学生。看着高龄的彭老师弯曲的脊背，我的眼睛也有些湿润了。

“爱是这样的……”

真正的诗人、艺术家，首先应该是一个爱者。

有时，眼泪并不一定是悲伤，而是牵挂，揪心，感动，是一份深深的爱。彭老师把他“第一次爱”献给了多灾多难的祖国，那广袤的、沉重的大地，那贫瘠的营养不良的“山国”。艾青说：“为什么我的眼中常含泪水，因为我对这土地爱得深沉。”

1948 年，在桂林，在狱中，彭老师又写过一首诗，题目就叫作《爱》：

爱是这样的，是比憎还要锐利的，
以锐利的剑锋，刀刀见血地镂刻着，
雕凿着，为了想要完成一个最完美的形象，
爱者的利刃是残酷的。

第一次读这诗，我就呆住了。我们习惯了以人约黄昏、花前月下、海誓山盟来表达爱，没想到，爱也会如此地锐利、残酷、刀刀见血。有人说，这爱，表达了中国知识分子改造自我的痛苦的心路历程。“爱者，用洪水淹没我吧，我要尝尝没顶的极乐！”“爱者，你的铁手的抚摸是使人战栗的”，这痛苦中的欢乐、震颤，甚至体现了知识分子的一种自虐心态。但是，当“爱者和被爱者”，以“如此迫不及待的心情奔向对方，去为自己的理想找寻见证”，哪怕失去自我也在所不惜，这爱，又是如此地令人感动。这使我想起俄国的那位大文豪陀思妥耶夫斯基。这位残酷的天才，爱的宗教的信徒，如何以自虐得刻骨铭心的方式，演绎了一个个关于爱的故事。

> 而他们也都终于看到了并且得到了
> 捧在彼此手上的那个血淋淋的生命，
> 那突突地跳着的，暖烘烘的理想
> 赫然在目，这生和死都无法限量的爱的实体！

彭燕郊与夫人张兰欣

奔向理想的过程，永远是艰难的。彭老师曾经说：“诗人的可爱在于：身体受到的失败和耻辱，在他，甚至也可以发为最美的歌。”二十世纪八十年代，当彭老师重新拿起他的笔，他一方面在抒写那个不正常的时代带给个人的种种悲剧，但是，另一方面，生活的磨难却并没有使彭老师丧失对人的信心，对生活的希望。“有什么了不起呢，不是都活过来了吗”。日后，当彭老师说起他的那段经历，他并没有像一般人那样怨天尤人，而只用了“平常”两个字。他说，那个时代，命运比他悲惨的人多的是，他还有什么好抱怨，日后总沉溺于此而不能自拔的呢。他还在监禁中里学会了悄悄地作诗，没有纸，就默记在心里，漫长的时光也就不再那么难熬。他说，他有时并不觉得自己可怜，反而会同情那些审问他的人，因为他们当时或日后，同样可能受着良心的折磨。

作为大学教授，被从原来的生活中抛离出来，“在人间”，他又跟派出所的一名干警合作，办起了街道工厂，专门生产儿童玩具，他从买材料、安排生产，到销售，一条龙，事事操心，俨然成了一个实干家。他一手建起来的工厂，也从最初的5人发展到200多人，做的玩具也从木刀、橡筋枪、积木等小玩意发展到做滑梯、幼儿床等，一度还承包了湘潭儿童乐园。在那灰色的岁月里，为孩子们带去快乐，彭老师也如鱼得水，一干21年，一直到1979年被调到湘潭大学。他在与普通劳动者打成一片的过程中，还很细心地把他们的谚语、俗语、幽默记录下来，从中发现日常生活中的智慧与诗意，也成了他日后研究民间文学的最生动的第一手材料。并且，当二十世纪六十年代更大的风暴到来的时候，作为“死老虎”，这种边缘生存，又使他躲过了更大的劫难。这反而要使彭老师感谢命运了。

彭老师在谈到波德莱尔的诗的时候，说那是在痛苦的思索过程中留下来的一个个的伤口、淤血跟肿块，现代诗就是思考的诗，痛苦的诗。诗对彭老师来说，同样就是他的“啼血的歌唱”。另一方面，彭老师又不断地在这个广阔的世界里发现爱，发现美。他从灌满春水的田野看到了勃勃的生机，从小泽征尔的音乐、东山魁夷的画、陈爱莲的舞蹈里发现了另外的“一个世界”，而残酷的现实世界也由此变得可爱起来。

我们大家都像才醒来的孩子
用甜蜜的眼光注视这个亲切的世界
世界是变得更加可爱更加可留恋了
呵！活着，劳动着，战斗着
爱着而且被人所爱，是多么幸福呵

——《钢琴演奏》

我的硕士导师张铁夫教授在《我所认识的彭燕郊先生》一文谈到，俄罗斯作家索尔仁尼琴在接受诺贝尔文学奖所作的答谢辞中有一段话：“一旦以艺术为己任，终身便无法再把它遗弃。作家绝不能侧身世外，以超然的态度去臧否时人和批评自己的同胞。他应该分担自己的国家和同胞所犯的一切罪孽的结果。”瓦西里·洛扎诺夫也说过：“爱一个幸福和伟大的祖国并不难。难的是在她弱小，屈辱，愚蠢，甚至有罪的时候，我们仍然爱她。难的是在我们的‘母亲’喝醉，撒谎，一身罪孽的时候，我们依然不离开她。这样还不够：当她最终死去，被犹太人啃得只剩下骨头，谁能在这堆人人唾弃，没人需要的骨头旁边哭泣，谁才是真正的‘俄罗斯人’。”而彭燕郊就是这样一个“真正的人”。

一个真正的爱者，就应该是这样的。

“野性”的诱惑

彭燕郊老师的故乡并不在湖南，而是在遥远的福建。

福建莆田一个叫黄石的小镇。

黄石再往东走，六七里路，就是大海了。

大海的那边，是一个陌生的、带给人无穷想象的世界。年少的他，第一次看到海时，他激动了，雀跃了：

> 海！宽阔的海，无边的海！
>
> 海，深邃莫测的海！
>
> 我把双手伸进波浪，海啊，今天，我终于和久违的你握手了。
>
> 我深爱你的不羁和豪爽，深爱你的野性的壮美、质朴和率真，我是吮吸了你的乳汁而长大的，我，是海的孩子，是在波浪的摇篮里长大的。海，我的好保姆。海啊，我的情歌是为你而唱，拜献给你的！
>
> 我的歌，应该像你一样阔大，一样粗野，一样高朗！
>
> 我将不疲倦地唱下去，直唱到我休息了，死去的时候——而，在你的倾听里，将不会缺少那强烈、荒暴的，海的气息。

蔚蓝的大海，向彭老师展现了一个崭新的世界，也给彭老师提供了一种开放的胸襟与气度。他从小就开始接触新文学、文化。二十世纪八十年代，在改革开放的大潮中，彭老师又先后策划主编了《诗苑译林》《世界诗坛》《散文译丛》等丛书、丛刊。对一个并不懂外文的花甲之年的人来说，具有如此的见识、眼光，不能不说与“大海”有关。

除了无边、深邃、阔大、高朗，在彭老师对大海的想象、描写中，我们还注意到一个词：粗野、野性。而湖南，作为彭老师的第二故乡，他来这里也50多年了。在电话里，我问彭老师，湖湘文化对你的影响，你觉得最主要的是什么？彭老师的回答让我有些意外，他用了一个词：野性。

众所周知，乡土，在彭老师人生与诗中，扮演着一个非常重要的角色。他在《土地的魔力》中说："使我疯魔的，永远是土地的魔力。我敢说，即便在海洋上，我也能够闻到土地的芬芳。土地的魔力，永远主宰着我……就是我飞翔了，我知道：那我也是为了土地的魅惑，而不是想离开它，而为了要从高高的地方更安全更清楚地一眼看尽它的广袤，它的庄严的奇丽的那种魅惑。"

也正是对土地的挚爱，使彭老师写出了一篇又一篇的土地之歌。从《家山七草》《村里》到《高原行脚》，再到二十世纪八十年代的新田园诗，时间跨度半个世纪，行迹从家乡到云贵高原，再到湖南的乡间。而那些新田园诗，我们明显可看出乡土湖南的影子。而湖南一批乡土诗人，不少都是在彭老师诗歌的影响下起步的。而彭老师的诗歌，以其人类意识、宇宙意识，其影响又远远超出了湖南。林贤治在为《彭燕郊诗文集·散文诗卷》写的序中说："有这样两类诗人：一类属于土地，一类属于天空……土地对于西方诗人来说，往往表现为一种'大地感'，东方诗人是十足的'乡土感'。彭燕郊是从乡土出发走向大地的。"他为湖南乃至中国的诗人，提供了一个高度，一个超越自我的标尺。

而彭老师在解读湖湘文化时，却只单单挑出了一个"野性"。

彭老师解释，在湖南人的性格里，就有一种"蛮"和"野"的东西，思想、行为上都不肯循规蹈矩，而总是不拘一格。这种"野性"在屈原身上即体现出来。屈原尽管思想有些保守，艺术上却很先锋。只要你读过《离骚》《天问》，就明白了。

从大海、从乡土、从自然中读出了同一种品格："野性"，大约与彭老师一生的追求、命运有关。13岁的时候，他报考一个艺术专科学校，画百合花素描，当他忘情地挥动着画笔，却被监考的先生当场揶揄：这像什么百合花啊，这是喇叭。

做画家的梦就此破灭。而光亮铮铮的“喇叭”，包含着他所爱慕的小号手的“梦想”啊！

中等学校没读完，彭老师就辍学了。缺少“文学”的正规训练，反而可以使他随意地读书，自由地表达，没有了固有的框框。彭老师把他家里那只可爱的小狗取名叫“草根”。草根，大约也是他的自喻吧！像野草一样在原野里疯长起来，彭老师尽管在创作上成就卓然，但他并不属于被“圈养”的作家，他也从来没有享受过“圈养”的优惠，当然也就用不着“深入生活”，因为他就生活在“生活”之中。他也用不着像群鸟加入“大合唱的盛大场面”中，而是在一旁冷眼旁观，独自歌唱（尽管这只泣血的鸟在他人眼里只能是一只“哑禽”）。但是，他又从来没有丧失过对现实的关注。八十多岁了，他仍然保持着对现实的敏锐的触角。而另一方面，他既活在当下，又总是在逃离，永远在路上，以一种旁观的姿态面对这个世界。

彭老师写过深山里一支普通的“山花”：

> 你的嫣然一笑的展示，太野气，太放肆，太没有遮拦，坦率得太没有保留，却又如此抒情地沁出清爽宜人，幽微而又咄咄逼人的异香……你的野气使你的美不带一点诡秘，在与大山的险阻和粗犷的和谐里，以这朴素的野气，保持着你的天真、稚气，那是苦难的山民历来就具有的。

彭老师给这支山花取名叫“小黑”。“小黑”又仿佛成了彭老师的夫子自道。这“野”意味着不合群、“独”，也包含着一种质朴和率真。彭老师的诗也正是这样。他总是不断地在寻求属于自己的表达方式，不断地变革。正是这种叛逆，成就了他的诗歌的独特性。如果说四十年代，他还是七月诗派的一员，在个性里还保留着“类”的意识，八十年代，他的乡土的诗，抒写伤痕的诗，也还可以看到一些同时代人的影子，而当九十年代，他在自己开辟的艺术的险境中孤独前行，渐行渐远，他的身后，只留得一片无涯际的空旷，彭老师也就成了独一无二的“这一个”。有的说，彭老师后期的诗好是好，但就是文字太铺张了。但是，如果彭老师的诗变得“简洁”起来，不知该会是什么样子。就像有的说彭老师有的诗不像诗，散文诗也异类，但如果彭老师的诗都像“诗”，散文诗也都“风花雪月”了，那还是彭老师的诗吗？

不循规蹈矩，野，草根，边缘……这正是彭老师诗的魅力，思想的魅力，人格的魅力。

鲁迅的背影

在彭老师的小小的会客厅里，墙上挂着一幅鲁迅的画像，录放机上面，则是一艘帆船的模型，这仿佛成了某种象征。鲁迅是彭老师一生最崇敬的人，在某种意义上充当了他精神的导师。鲁迅的《野草》中那举着投枪的孤独的战士，那面目憔悴的行者，那在绝望与虚无中寻求光明与实有的执着，我们都可以在彭老师其人其文中依稀看到其影子。所以彭老师会对汉奸文人胡兰成的走红嗤之以鼻，对周作人、梁实秋之类的“闲适”也不以为然。他曾写过一篇文章《最后的洋场才子——胡兰成和他的“今生今世”》，将胡兰成称作“白相人里的文人”。胡曾逃到台湾，遭白先勇、胡秋原痛斥，不想时过境迁，其《今生今世》竟在大陆大受欢迎，连站出来说句直话的都没有。彭老师曾在致《书友》报编辑的信中说：“近来文化界思想界同仁，有一种偏向，对邪则主宽容，对正反加苛求，例如对鲁迅先生，很有些人致力于吹毛求疵，竟忘记了先生是我中华民族精神支柱，没有鲁迅，中国就没有灵魂。炒作、作秀之风日炽，竟然连胡兰成这样的民族败类也拿来炒了。拙文有感而不能不发。”文章先被贴在网上，一方面引来许多同道的赞同，却也招来不少污言秽语的围攻、谩骂，并且还有“美眉”遗憾生不逢时，不能跻身胡兰成的情场，“子非鱼，安知鱼之乐”。这些“鱼”们，使人感叹，也许时代真的不同了。

既深爱着这个世界，痴情于“美”，又对现实中的“丑”与“恶”决不妥协，这正是鲁迅的遗风。对彭老师来说，鲁迅便代表了人生的一个无法企及的高度，虽不能至，心向往之。所以，他要追寻着先生的背影，孤独前行。尽管从气质、个性来看，彭老师是偏重纤细、纯净、柔性一路的，更适合做一个“美”的诗人。但是，彭老师又并不满足于此，甚至有的时候，他还会对自己这过于纤细的“美”的神经产生警惕。就像彭老师骨子里是个浪漫主义者，在理智上，他又要告别浪漫主义一样。他对陀思妥耶夫斯基、鲁迅的崇敬，恐怕也不是出自本性的亲近，而更多的是精神上的一种自觉的追求。

在那大海上淡蓝色的云雾里
有一片孤帆儿在闪耀着白光
它寻求什么，在遥远的异地
它抛下什么，在可爱的故乡

下面是比蓝天还清澄的碧波
上面是金黄色的灿烂的阳光
而它，不安地，在乞求风暴
仿佛是在风暴中才有着安详

彭老师客厅里的那艘帆船，使我想起莱蒙托夫的这首《帆》。彭老师似乎一生都在张着他的精神之帆，飘摇着，寻求着……就像他写的“瀑布”：

向深处跌下
向危险跃去
不能不跌落的跌落，不能不跳跃的跳跃
不跌落就是枯竭
不跳跃就是停滞
“跌落可悲
跳跃危险”
用不着议论了，议论就是害怕
害怕就会去寻求平静
奔流的路上，存在平静吗？

“平静”意味着停滞、僵化。鲁迅先生说，“青年们都平安了”，这又是一种多么可怕的“平安”。所以，“瀑布”宁愿奔流、跌落，哪怕粉身碎骨。由此，彭老师一生都在奔波，都不肯稍稍停下来，作安逸的享受。“你已来到无涯际的空旷，界限已被超越，界限不再存在，悠长的叹息消失在悠长忍受的终了。”在“混沌”中摸索、寻觅，眼前突然豁然开朗，“混沌初开，一瞬间无涯际落入全光，翻滚旋转卷入全光”（《混沌初开》）。

你相信光，你得到光，你发光了，你也就超越了你自己。

这又是怎样的一种生命的境界！

在观景台，少女闭上眼睛，以纵身一跳和眼前这美景融合，达到与美的绝对和谐，获得最美妙的陶醉和至高的人性诗意。诗人自己虽然不能完成这样一种“壮举”，但“我闭起眼睛，是急于清除世俗的恶劣印象培养的好奇心，清除那些古老优雅和时髦优雅给我带来的低级趣味，那些通过一本正经的途径灌输给我的无意义。”于是，人性在这一刻也就被净化了。

观景台，也就代表了人生的一种高度。

尾声：“是你在我身边走着吗？我的光”

很多个下午，我都是带着一帮学生，去彭老师家里。因为每年，我们都有学生，以彭老师的诗做硕士论文。

进门，坐下来，没太多的寒暄，就开始谈诗，谈人生。

我们只需要挑开一个话题，接着就是彭老师的滔滔不绝。

在湘江边读彭老师的诗

“你带来了一个世界，一种气氛，一种颤动的生气。”彭老师这样表达陈爱莲的舞蹈带给观众的视觉冲击。而他自己，带给我们的也正是这样的一种感觉。

他是一个智慧老人。

有时，他又像个天真未凿的孩子。

听他侃侃而谈时，偶尔抬起头，会看到彭老师染黑的头发的根部，白发又已顽强地冒了出来。黑与白，在那里对峙、缠绕，这是生命与时间的战斗。衰老的仅仅是外表，彭老师的心，又永远是年轻的。

在彭老师的脑海里，还在酝酿着很多的诗，好像可以这样一直写下去，写到一百岁以后。当他活在“诗”中，一颗心永远在高远的云端飞翔，会经常丢三落四，有时连是否刷过牙、吃过东西之类的事也会记不得了。当老伴责备他的时候，他会说：“你不要骂我，我就是个神经病。”

说到这里，我听到了彭老师孩子般的笑声。

大凡真正的诗人、艺术家，活在他的世界里，大约都会有点孩子气，有点“神经”的吧！

正是这种“神经”，又使他们得以超越世俗，探险寻幽，达到一个常人难以企及的深度与高度。

想起彭老师在70岁时写的诗《无色透明的下午》，我和一帮学生，曾在昭山，在明媚的阳光下，在湘江边的沙滩上，一起大声地朗诵：

> 是你在我身边走着吗？我知道是的，我的光。
>
> 我感觉到你在我身边，看到你纤细的手指优雅地持着一朵家乡的栀子花，栀子花朴素的花瓣上细微的轻轻划过的纹路，你头上的光环和你的如云的秀发的稚气的圣洁，都是从看不见的淡薄里显示的，我于是有了被爱者的悠远的亲切。

在这个凡俗的世间，在过于功利、喧嚣的世界里，有彭老师的诗相伴，或者，坐在他的小屋，跟着他一起做精神的漫游，我们也就被净化了，在那个“无色透明的下午”……

2007年10月

教育是一首诗

一

大学毕业一晃快三十年了。回想起来，在大学课堂里接受的关于文学的一些观念，恰恰就是以后需要竭力忘记的。只有少数的一些课堂给人留下深刻的印象，彭燕郊老师关于“诗歌艺术”的一门课就是其中之一。记得彭老师给我们分析叶赛宁的诗《狗之歌》，一条母狗，生下七只小狗，愁眉不展的主人却把小狗装进了麻袋，母狗追踪着，在雪地上奔跑，却只见到水面上的一圈涟漪，她踉跄地返回家来，把茅屋上空的弯月，当作了自己的狗崽。而最终，连月牙儿也溜走了：

当人们嘲笑地向它扔掷石块
像是扔过一串串赏钱
只有两只狗眼在无声地滚动
宛若闪亮的金星跌落雪面

彭老师饱含深情地叙述着那只母狗的遭遇，诉说着那份被剥夺的深沉的爱，说着说着，眼泪就出来了……而我们，也被深深地感染了。

许多年后，一直还记得彭老师眼睛里的闪闪的泪花，它凝结成了人生的一份最动人的记忆。回想起来，我们在彭老师的诗歌课堂上，接受的其实就是一种生命教育、爱的教育。珍爱、尊重生命，无论是叶赛宁笔下的母狗，还是波德莱尔的“信天翁”，那落到船上供人戏弄的“云天之间的王君”，还有彭老师笔下的被残暴者击碎的小小的蜗牛的“家”，都曾让我们深深感动。当现实生活中不断在发生着生命被忽视、被践踏、被毁灭的悲剧，彭老师的“诗教”，也就具有了发人深思、震撼人心的力量。

后来，我自己也走上了大学的讲台，彭老师的诗化的生命教育，也变成了我努力接近的标杆，犹如彭老师一首诗的标题《观景台：一种高度》，虽不能至、心向往之。后来开始带研究生，彭老师也退休了，我会常常带他们去彭老师在长沙的家，听他谈诗，谈艺术，谈人生。这仿佛成了一种仪式，一种向诗歌、向美、向生命致敬的仪式，一种接受心灵的熏陶的仪式。

后来，彭老师走了，带着他的诗，他的梦，到了另一个世界。

我们这些学生，还有学生的学生，仿佛突然失落了一件很珍贵的东西，心里空落落的。

一时也说不清，我们究竟失去了什么……

二

听说彭老师的课堂讲稿已经由几个学生整理出来，由湘潭大学出版社正式出版。我在第一时间，找责任编辑要了书，然后，急不可耐地读了起来。

书的名字叫《彭燕郊谈中外诗歌》，分两部分：《诗歌研究》1982 年讲稿，《诗歌研究》1984 年讲稿。那么，当年我所听的，应该就是 1982 年的讲稿了。翻开书，时光仿佛回到三十年前，彭老师重新站在了讲台上。彭老师说，诗有两种，一种是以诗的形式出现的诗，一种是作为一切文学作品、艺术品的元素的“诗”；诗是最高最美的艺术品，诗体现美，一种最严格、最高意义上的美；艺术家的感受能力，就是他们在实际生活中发现美的能力；《狗之歌》的基调是对母性、对母爱的赞美，对弱小者的同情，对践踏世界上最高贵的感情之一——对母爱的行为进行控诉；诗是最美的语言；诗歌的想象是对现实的反抗……

读着彭老师的讲稿，我知道了为什么我一直把彭老师的课程名字记作是“诗歌艺术”而不是“研究”，为什么它对我、对那么多的学子会产生那么大的感染力，一如徐炼先生在《导读》中所说：“这是诗人的另一首长诗，当年，它开启了一批批对诗歌之道懵然无知的听者的蒙昧之眼，使他们睁开双眼，‘虔诚地走近诗’”。彭老师一直强调我们应该通过对艺术表现的分析，达到对作品的评价，在时下对“理论”的盲目崇拜中，从理论到作品，使我们对艺术的直觉力、感悟力不断下降。而从小接受的“时代背景——思想内容——艺术特点”的文学艺术教育，不仅使我们难以接近艺术的真谛，反而日益远离了艺术，远离了诗。彭老师则教我们直面诗歌本身，“从诗的原质里”去寻觅诗意，“从诗本身袒露的形态去体认而放弃概括，放弃分析和抽象”，从而真正体味到诗的魅力。

彭老师的课堂，也就使我们领悟了，什么才是真正的“诗”，真正的“诗教”。诗，不只是分行押韵的文字组合，甚至不仅是一切文学艺术文本的中“诗意”，进而，它就是生命本身，活着的生命，就是最高意义上的“诗”。

三

说到“诗教”，顾名思义，当然首先是诗歌教育。“不学《诗》，无以言”，诗首先是教你如何言说、表达的。另一方面，诗又是社会教化之具，所谓“风以动之，教以化之”（《诗大序》）。“诗”而成“经”，负起了陶冶情操、教化人心的重要使命，以至到唐代，科举考试首先要考诗赋。诗以传之，风以动之，中国成了诗的国度，诗也成了一个民族的精神图腾。

可惜，到了当下，当中国人孜孜于国富民强，孜孜于财富的创造、积累与增长，我们的精神又日益在走向荒漠与空洞。物质主义、实利主义盛行，我们也在日益远离“诗”。“诗人”，甚至成了贬义词，成了幻想、不切实际、迂腐、幼稚、可笑的代名词。而我们的教育，在专业分工的背景下，在知识教育、就业教育、心理教育、思想教育等名目下，有了一大批专门的教育工作者。而在这些教育中，唯独没有了“诗”，没有了使人之所以为人的“诗性”与“诗意”。

我们经常把西方文化称作是科学、理性的文化，中国文化则是“诗性”的文化。我们当然需要科学、理性，但是也不可没有“诗”。

这里的“诗”，当然是多义的。它既是文体意义的“诗”，也是所有文学艺术中所具有“诗意”，同时还包括人生、精神、文化中的“诗性”。

正是这多义的“诗”，造就了中国的“诗教”传统。

诗教，既是审美教育，也是情感教育、思想教育，归根结底，就是一种人性的教育，生命的教育。

“诗”乃艺术之内核，而艺术，首先代表的是美。彭燕郊老师说，美就是有诗意的东西，美不但是人类精神生活很重要的部分，而且是人类精神活动的灵魂。马克思在《1844年经济学哲学手稿》中说，“人是按照美的规律来塑造的”。席勒在《审美教育书简》中则强调“唯有美才能使全世界幸福，因为谁要是受了美的魔力，谁就会忘记自己的局限性”。美完成着人的自我提升，“因为正是通过美，人们才可以走向自由”，“只有美才能赋予人合群的性格，只有审美趣味才能把和谐带入社会，因为它在个体身上建立起和谐”。席勒还认为，美有道德的作用，道德的阶段，只有通过审美才能够完成。

彭老师在讲义中，不断地引经据典，来说明“诗”之功用。而当年北大校长蔡元培提出“以美育代宗教”，恐怕也正是基于“美育”所具有的“陶冶”“教化”作用吧！

随风潜入夜，润物细无声，诗与美，皆缘于情。所谓诗乃心之声，“诗者，志之所之也，在心为志，发言为诗”（《毛诗序》）。彭老师也强调，诗有赖于感情的“纯”，而纯，应该是对人类的美好的感情具有宗教徒式的虔诚。在诗人的艺术感受中起主要作用的，是他对现实世界的热爱。爱与美，也就成了彭老师诗歌的“宗教”。正如有学者谈到彭诗的境界：“在没顶的时代潮声中，拥有一片明净高远的天空，他所面对的是人类某些永恒的美的形态和普遍的情感形式。赫尔德说‘希腊艺术就是人道的学校’。何止希腊艺术，艺术从来就是人性的证明，在永恒的羁绊中它把人类从有限、渺小中提升到自由和绝对的境界”。

明乎此，也就明白了，诗教为什么还是一种思想教育、人性教育。当我们的思想政治教育充满了太多的“条例”与“空洞”，有时也不妨让受教育者重新领悟一点“诗”的魅力吧！

借用彭诗的话说，谁又会拒绝“爱”与“美”呢！

四

彭燕郊老师有一首诗《花是这样开的》。

千朵万朵的灯
一下子全亮起来了
千朵万朵的花
一下子全开起来

是谁把灯点亮的呢，彭老师说：“灯本来就是亮的，花本来就是开的”。花如此，人亦然，其实不需要太多的人工雕琢、制造、归整。一如彭老师另一首诗所描述的：

今天，我从一家制造假花的商店门前经过
我看到，他们正在加紧地制造大批纸花纸叶
我想，这很好
这块没有生机的土地，还是用各种彩纸来装饰吧

——《因为血液》

教育，其实就是一首诗，一首大诗。彭燕郊老师，在他的课堂上，用他的“诗教”，完成的，正是另外一种意义的一首“长诗”。诗分真假，教育也有高下之分，好坏之别。真正的“诗教”，不需要用“假”来装点，它打开、敞亮，让人听到花开的声音，感受到人世的美好。

五

在一个温暖的下午，在比较文学课堂上，讲彭燕郊，讲文学的接受与影响，我和我的学生们，来到一片有水、有阳光、有树荫的草地，然后，我们读彭老师的诗，读《无色透明的下午》：

是你在我身边走着吗？我知道是的，我的光

这是诗之光，教育之光，生命之光。

2012 年 3 月 27 日

张老师

一

印象中，张老师从来没有老过。79 年进大学时，张老师才 40 出头，就已经秃顶。那时还是讲师，在学生的眼里，就已经有点像老教授了。

大三时，张老师给我们上俄苏文学课。从“罗斯受洗”、《伊戈尔远征记》一直讲到《钢铁是怎样炼成的》……张老师的课，有条不紊，简明扼要，从来没有多余的话，语速也不紧不慢，刚好能让我们全部记下来。所以上这门课是最累的，大家全神贯注，课堂上只听见唰唰的记笔记的声音。稍一走神，漏掉一两句，就接不上了。一个学期下来，笔记积了厚厚的一摞，可惜没能保存下来。

张老师名铁夫，高鼻，宽额，有着列宁式的头颅。给人感觉，天生就应该是搞俄罗斯文学的。不知什么时候，便有弟子送他一个外号：铁夫斯基。

二

因为乡下孩子的羞涩、胆怯，大学里，我从来没有登过老师家门。张老师那时还兼着中文系的副主任，很忙，自然更没有机会接近了。临毕业时，面临人生的选择，因为毕业论文写的是外国文学，侥幸还得了个优，教外国文学的两位老师，曹让庭老师和张老师便推荐我来长沙铁道学院外语系教书，顺便协助他们办《外国文学欣赏》杂志。这杂志是铁道学院和湖南省外国文学学会合办的。当时两家可能有点矛盾，铁道这边办杂志的便把我当作是敌方派来的“奸细”，根本不让沾边。于是就老老实实做起了老师，教汉语、写作、大学语文之类。而对外国文学的那份感情，实在割舍不下，于是发愤考研。两年后，又回到母校，重为学子。那是1985年。

那年世界文学专业招了12人，分欧美文学和俄苏文学两个方向。因为大学里学的是俄语，自然选择了俄罗斯文学。

真正投身到张老师门下，听他侃侃而谈的机会反而少了。课多是讨论，每个专题都要准备，自己去发挥。因为师兄弟比较多，大家都不愿意老生常谈，挖空心思要想点新名堂，以博取老师在点评时多几句赞语，难免暗地里较着劲。大家都想多看点书，尽量准备得充分一点。这样一个学期下来，才发现，其实比本科时拼命做笔记更累人。

事后想来，能够在学术上慢慢地有点自己的心得，而不是完全跟在老师后面亦步亦趋，也许正是这样“逼”出来的。张老师其实很少跟我们谈做人为学的大道理。那时他当系主任，事无巨细都需要他操心，我们也就很少打搅他。去他家，都是事先约好，时间精确到几时几分，谈完正题马上走人，很少有闲聊的机会。至于我们读什么书，也是随便。尽管开学时给每人发过一个有关专业参考书的书单，却很少过问。那个时候的我们，都很容易追风赶潮流，见异思迁。在欧风美雨之下，啃了不少萨特、弗洛伊德，别、车、杜之类与专业直接相关的，反而疏远了。张老师也不说，任由我们跑马。

一帮年轻人住在一块，还有就是贪玩。牌桌上一吆喝，总是应者云集，争强好胜，一不小心便斗得天昏地暗，日月无光。张老师有次跟我们聊天，似乎无意间说起有老师反映，说中文系的研究生最喜欢玩牌了。我们听了，心里大叫惭愧！

虽然张老师是个很随和的人，也从来不直接批评学生，但不知道为什么，弟子们在尊敬之余，又都有几分怕他。怕上他家，怕与他单独相处。大家做论文也就非常认真，生怕从老师的眼神中读出一丝失望。经过几个月的苦战，关于陀思妥耶夫斯基的学位论文终于顺利完成。初稿拿给张老师看，他就说可以了。一颗悬着的心落了下来，几年苦读，总算没有辜负老师的期望。

三

毕业了，然后有了跟张老师的很多的第一次。第一次跟老师合作写文章，如果是由他寄出去的，他总要把我的名字放在前面；第一次上老师家吃饭，印象最深刻的一道菜是炖羊肉，肉质香嫩，汤汁鲜美，以后每次想上老师家吃饭了，打电话，就会先夸羊肉；第一次请老师到家里来（他后来说，我那儿子顽皮得很，把张爷爷当马骑，绕了很多圈还不肯下来）；第一次一起喝茶；第一次跟他出远门；第一次陪他卡拉 OK，唱《共青团员之歌》《莫斯科郊外的晚上》……

熟悉了，才发现张老师其实特别容易相处。出门，无论吃什么，坐什么车，住什么样的房子，他的一句口头禅就是：这样已经很好了。请他过来讲学、主持答辩，要派车去接他，他总是说湘大早上有趟直接来长沙的车，过来很方便的。相反，如果你要过去，他就会把一切都安排得妥妥帖帖的，早早地等在那里。走时，无论多早，他都要过来送你。

经常跟人说，最佩服张老师的，不是他的学问，而是他的为人，他的人格魅力。张老师待人接物，处事周全，具有非常好的行政组织才能。先后做过中文系副主任、主任、人文学院院长，每一任上都有很好的口碑。对于他来说，做官不是个人谋利的手段，而是一种付出，一种牺牲。时势所迫，被推到某个位置，为了当得起众人的信任，他会全心全意地投入，但他从来无心于此，因而也就拥有了一份心灵的自由。由官而民，对他来说反而是一种解脱。有一年，组织部门有意要把他放到校级领导岗位上去，省里来人找他谈话，他推辞的理由是：坐不得小车。湘潭大学机构改革，合并中文系、哲学系、历史系，成立人文学院，需要一个有威望能服众的人出来。学校领导多次找他，他以身体健康为由，不肯出来，领导只好说："你还是不是党员？"

人到无私格自高。张老师时时刻刻，总是先为他人着想，自然也就能够赢得他人最大的尊敬。湖南省比较文学学会的工作有声有色，大家都非常团结，具有很强的凝聚力，很大程度上与张老师的个人魅力有关。这正所谓桃李不言，下自成蹊。当老师多年，经常有学生说，何老师人好，他们从我这里学到的不光是知识，更有为人之道。这时，我总会说："那是因为张老师的影响。"

四

那天，张老师问我："去过海南没有。"我说："没有。"他说跟我同门的一位小师妹多次邀他去过年。我说："那好，我陪您跟师母去吧！"

张老师、曾老师与弟子何云波、龚小君在海南三亚海滨

长沙很冷。一下飞机，便仿佛进入了另外一个世界，温暖如春如夏。海口、琼海、博鳌、三亚……一路行来，从万泉河到热带植物园，从黎族村寨到天涯海角，看山，看水，看大海中的夕阳，竟也分外的"忙碌"。返回路上，在一个温泉度假村住下来。泡过温泉，吃过晚饭，再溜茶馆。很久没有陪老师这样无所事事地聊过天了。那晚他说了许多的往事，故乡、家庭、童年、大学时光……我问："什么时候认识师母的？"他告诉我他们读的是同一所中学，不同年级。我说："那张老师你读大学的时候，肯定给还是中学生的师母写过信吧！"张老师说："写过的，不多。后来她上了武汉大学，自然走到了一起……"

想象中，那个时候的师母一定是清清纯纯、娇娇柔柔的，可爱极了；想象中，他们在珞伽山、东湖边的樱桃树下牵手，一起读《卓亚与舒拉的故事》，唱《红莓花儿开》……直到现在，师母还像个天真烂漫的孩子，保持着一颗童心，对这个世界的一切，充满热情与好奇，对世俗的一些东西，又可以视而不见。海南一路奔波，每到一个景点，下车时，该穿多少衣服，张老师都会为师母提出建议。下车后，他又会细心地为她整理好衣领；师母上卫生间或做点其他什么，张老师总会耐心地等在原地，怕她一不小心就会辩不清方向。在家里，师母大概也很少上菜场，进厨房，理财管家之类的俗务，张老师也就包办了。每天，张老师很早就会起来，榨豆浆，准备好早餐。白天买点菜，做做饭，张老师会说："活动一下，算是长时间伏案劳作之后的一种调剂。"这时，我就想，师母是一个童话，张老师大约就是那个田螺少年，从少年到老夫，为这个童话撑起一片天空。

五

在海南，有次在车上，中午时分，张老师靠在椅子上，睡着了。我看着他，脸上隐隐地现出些老人斑，皮肤也有了些皱纹，少了些光泽……我就想，永远不老的张老师，竟也无法拒绝时光啊！记得有一年，由湘潭大学文学院承办巴赫金国际学术研讨会。闭幕式晚上的酒会上，大家一边喝酒，一边表演节目。那晚张老师唱了很多俄文歌，博得阵阵喝彩。本来有学生做主持人，为了更好地调动气氛，张老师又客串起了主持，让代表们各显其才。有时没有人上来，为了不冷场，他又自己唱了起来。晚会持续了很长时间，慢慢地，大家有些意兴阑珊了，张老师还在那里唱着……我知道，他是想让这次为了俄罗斯的聚会延续得长点，再长点。聚散总依依，时间啊，可否停留一下？

每次跟张老师聊天，一涉及俄罗斯，他就会变得特别的健谈，人也仿佛年轻了许多。心中的俄罗斯，永远的普希金情结，大约就是他心灵的绿洲吧！那里，有黑麦田，有白桦林，有伏尔加河，有丰美的水草……记得1999年，普希金200周年诞辰，请张老师过来作一个关于普希金的讲座。那天，他还用俄文朗读了普希金的《致凯恩》：

Я помню чудное мгновенье

Передо мной явиласъ ты

Как милолетное виденъе

Как гений чистой красоты

我记得那美妙的瞬间

你飘然出现在我的面前

宛如纯洁美丽的精灵

宛如昙花一现的梦幻

尽管大都听不懂俄文，但张老师声情并茂、抑扬顿挫地朗诵，还是把大家都感染了。演讲结束时，我说，又一次听到张老师谈普希金，谈俄罗斯文学，时光又仿佛回到从前。但愿以后还不断地有这样的机会。2037 年是普希金逝世 200 周年，张老师也快要满百岁了，那时，我希望，70 多岁的何老师能陪着张老师，一起再来重温普希金的诗：

И сердце бъется в упоенъе

И для него воскресли вновъ

И божество и вдохновенъе

И жиэнъ, и слеэы, и любовъ

我的心啊欢快地跳动

心中的一切又重新苏生

有了偶像，有了灵感

还有生命、眼泪和爱情

下面的学生使劲地鼓掌，大声说好！

2006 年 6 月写在导师张铁夫先生七十寿辰前夕

多年师徒成父子

师徒在湘江边品茶

一

前些天，接到师妹沈云霞的信，说起为先生庆贺七十大寿的事，她说想要弄得趣味怀旧一点，比如让先生唱俄罗斯民歌，比如我们朗诵普希金的诗歌，用俄语、中文和英文，师弟梁觉聪提了个建设性的意见，说排一出改编自普希金作品的戏剧，就由先生和我们一起演，想起先生在年轻的时候就演过戏，觉得是个好主意。那天和先生交谈的时候还说到时候我们找一个好去处，陪先生和师母过几天世外桃源的日子，先生欣然同意。让先生看自己的弟子团团围在他的身边，也是对他最好的安慰了。如今，他身边可以谈心的人越来越少了。他虽天性乐观豁达，那种寥落却也是不可避免的。以前和先生聊天都是说完事情就走，现在只要是去他家坐，有时就是一整个下午，先生谈兴很浓，总是惦记他的学生，也慨叹世事和人生的无常……

我回了封信，说生日当然要给先生好好地过。演剧是很好的建议，演普希金的亦可，自己编一部更佳，可以随意一点，生活化一点，让张老师、师母和所有弟子都进入角色……当然这要好好筹划！如今我想得更多的是“热闹”之后的事。先生其实是寂寞的，平时多陪陪他才最重要。大家都是匆匆忙忙，很少有真正陪先生喝喝茶、说说话的时候。陪他老人家，不一定要等到生日，比如这个春节，就可以找个安静的地方，住几天，听老师和师母说说往事……

写到这里，突然有种异样的感觉。读书时，对老师总是既敬又畏的，那时，老师就是真正的“导”师，无论学业还是生活，都是你的引导者、庇护者。那时，老师就是一棵参天的大树，永远翠绿着，挺拔着，为我们遮起一片绿荫。

毕业了，慢慢试探着，走进老师生活的世界，熟悉了，就不再怕了。老师在事业上会一如既往地支持你，当然，有什么事，你也可以为他分担一些了。久而久之，便有了些如亲如友的感觉。

后来，老师不再担任各种行政职务，虽然仍然教着书，带着研究生，有闲了，科研上也焕发出一个新的春天。但毕竟，永远不老的张老师，慢慢地也有点老了。不知从哪一天开始，对老师的“敬”与“爱”里，便多了一些“怜”的成分。

想起汪曾祺的一篇散文《多年父子成兄弟》，我们这些弟子跟老师之间，大约便是多年师徒成父子（女）吧！

子女长大了，当然得多陪陪父亲。陪他看风景，听流水，晒太阳，在有雨的日子里，为他撑一把伞……

二

秋天，去厦门大学开一个学术会，陪老师一起去的。到那里才发现，张老师的徒子徒孙，来了一大帮。开会，用餐，散步，游玩，大家都在一块，很是热闹。有一天晚上，在厦大海边的沙滩上，在月光下，大家席地而坐，听涛声，轮流背诗、唱歌，年龄最大的曾艳兵师兄还当场赋诗一首……这里有张老师的硕士，后来在曾师兄那里读博，有张老师弟子的弟子，几代同堂。我奇怪，弟子们怎么会到得这么齐？张老师说："都是我一个一个打电话，叫他们来的啊！"

原来如此！

然后便有些惭愧，以前也经常跟老师一起出去开会，每次都是到目的地，便自己一个人找朋友们玩去了。心里说：跟张老师反正有的是见面的机会。

也经常去湘大，答辩、议事，但大多是上午到，办完事，吃餐饭，就匆匆回来了。偶尔住一晚，也是一帮人在那里玩牌。问张老师玩不？他总是说只在年轻时玩过。张老师习惯早睡早起，大家也就不勉强了。

前几天，张老师来长沙参加外孙的百日喜宴。吃过中饭，他和师母就想回去。我说："别回去了，把长沙的师兄弟们叫到一起，聚一聚。"那天下午，在白沙源茶楼喝茶，大家便起哄，要让老师和师母讲讲他们过去的故事。张老师说："原来你们请喝茶，是早有预谋的。"大家齐声说："是啊，是啊！"

那个下午张老师和师母一边讲他们的故事，沈师妹一边在本子上记，我看着他们，想起沈师妹信里说的：她曾和聪聪商量，改编普希金的鲁斯兰和柳德米拉，然后想先生演什么角色，互相开玩笑说他年轻时当然是鲁斯兰，现在只怕只有魔王的角色归他了，呵呵，我们是不是有些太调皮了呢？

然后，我就想，其实敢于"调皮"了我们，可以编一个珞伽山下、东湖边上的"铁夫斯基"和"簇林诺娃"的故事。他们一个在华中师大，一个在武大：

正当梨花开遍了天涯
河上飘着柔曼的轻纱
"簇林诺娃"站在峻峭的岸上
歌声好像明媚的春光

师母姓曾，名簇林，大学读的是历史，研究生攻读西方文化，后来转向文学。据说曾是著名的美女、才女。那个时候的东方的“卡秋莎”一定也是很迷人的吧！那天晚上，在白沙井上面的小山上，在微微的寒风中，张老师还用俄语唱起了《莫斯科郊外的晚上》：

Не слышны в саду даже шорохи,
все здес за мерло до утра.
Если б зналивы, как мне дороги
Под московные вечера

Речка движется и не движется
Вся из лунного серебра
Песня слышится и не слышится
В эти тихие вечера

Что ж ты, милая. смотришь искоса,
Низко голову наклоня
Трудно высказать и не высказать
все, что на сердце у меня

А рассвет уже все заметнее
Так пожалуиста будъ добра
Не забудъ и ты эти летние
Под московные вечера

深夜花园里，四处静悄悄，
树叶儿也不再沙沙响。
夜色多么好，令我心神往，
在这迷人的晚上。

小河静静流，微微泛波浪，
明月照水面闪银光。
依稀听得到，有人轻声唱，

多么幽静的晚上。

我的心上人坐在我身旁，
默默看着我不声响。
我想开口讲，不知怎样讲，
多少话儿留在心上。

长夜快过去，天色蒙蒙亮，
衷心祝福你好姑娘。
但愿从今后，你我永不忘，
莫斯科郊外的晚上

然后，我们相约，我们都要去学几首俄文歌曲，到时在生日庆祝晚会上，为“斯基”和“诺娃”伴唱。

三

那天晚上回来，把老师和师母安排在学校的宾馆，又一个人陪老师说话，在学校的操场散步，转了好几圈。许多的心事，从来没跟他人说过的，却可以在老师面前全部倒出来，老师以他一如既往的宽容，理解你，开导你。问老师一些家事，他也一五一十地道来。我知道，老师的身后，也是有隐忧的。说着说着，在灯下，他的眼眶里便有了些闪闪的东西。

老师有两个女儿。我想跟他说，其实可以把我们当作您的儿子的！但终于没能出口。

分手时，我说，马上要进七十的人了，以后学问就别那么拼了，悠着点，写点闲散的文字。他说好。我说明天吃了中饭再走吧！他说不了，家里还有些事情要处理。第二天早上，我去送他们，心里实在不舍，说：“我的那帮弟子，你的徒孙们都想见见您，二年级的都在做论文了，也想请您给他们指导一下，只是担心老师太辛苦了。”张老师听了，也就欣然留了下来。那天上午，和几个弟子一起，跟老师一起聊学位论文，聊文学中的城市，聊陀思妥耶夫斯基、托尔斯泰、叶赛宁……中午吃饭，弟子们一个个起身向师爷、师奶奶敬酒。看席上酒香飘飘，人声沸沸，这时，我就想，这大约就是人们理想中的合家团聚、儿孙绕膝之乐吧！

在雨中送走老师，回来，历历的往事又浮上心头……

2006 年 12 月 31 日—2007 年 1 月 1 日，辞旧迎新之际，于潇湘听弈庐

黄土地上的守望

一

张铁夫老师来湘潭大学，整整三十年了。

1976 年 5 月的那个有雨的日子，隆隆的车轮为他的人生碾出了一道分界线。那年他还不到四十岁。

在大武汉，在焕乎其文的华中师大，张老师也待了整整二十年。不知道什么原因，他选择了百废待兴的湘大，我没问过。

那时的湘大，还是一块待开垦的黄土地。羊牯塘，那个没有了羊的地方，荒芜，贫瘠。张老师他们只能住在农家，在煤油灯下备课，炎热的夏天，把脚浸在水桶里，防蚊，驱热。

我七九年进湘大的时候，校门边尚余一排平房，据说那就是学兄们上课的地方。路还是黄泥巴路，一到下雨就泥泞不堪。看电影就在空地上挂一块银幕。那时，我们都把湘大叫作都市里的村庄，那时，学生办了一个油印的刊物，就叫《黄土地》。

那时的湘大人，都充满了理想主义的壮志豪情。他们从五湖四海汇聚到这里来，立志在毛主席的家乡办出一所一流的大学，所谓北有北大，南有湘大。张老师大约也属于这激情盎然中的一个。

最终，湘大终究没能办成北大。二十世纪九十年代，随着许多机会的丧失，人才的流失，相对那些走上发展的快车道的学校，湘大反而给人日益沉寂的感觉。这里有时代的原因，有地缘的因素，有人为的失误，还有就是，这些“都市里的村民”，虽然兢兢业业，任劳任怨，却过于朴拙，不会“作死的搞”。于是，湘大便慢慢显得有点落伍了。

但是，在这个浮躁的时代，大家都过于急切地想要“秀”出你自己，占据舞台的中心。有时不识时务，甘居边缘，也就更为难能可贵。就像王妍慧在《课堂外的三堂课》中说到的一件事，2003 年初，湘潭大学“比较文学与世界文学研究丛书”在北京举行新书发布会，张老师发言，说湘潭大学由于距离文化中心较远，确有其不足之处，但同时也获得了一种特有的优势。学者可以远离喧嚣的都市诱惑，克服时下流行于学术界的浮躁情绪，潜心涵泳于精神世界，坚韧不拔，持之以恒……

也许，这便代表了湘大的一种精神。二十世纪八十年代的湘大中文系，有不少优秀的乃至大师级的学者。他们都不事张扬，却在各自的领域潜心学问，辛勤耕耘，开辟出一方独特的天地。学生们置身于其中，不知不觉地，也就被感染了。

张铁夫与彭燕郊先生合影

曾经听过彭燕郊老师的“诗的艺术”课，听他朗读自己的诗《家》：

小小的蜗牛
带着他小小的家
世界是这样广大
而他没有占有一寸土地

听彭老师饱含深情地分析波德莱尔的《信天翁》：

云霄里的王者，诗人也跟你相同
你出没于暴风雨中，嘲笑弓手
一被放逐到地上，陷于嘲骂声中
巨人似的翅膀反倒妨碍行走

在这个喧嚣的世间，如何保持一种独立的精神、品格，也就至为重要了。彭老师的诗，越到晚期，越醇厚耐读，大概与他一直安守边缘、看世事沧桑有关吧！

张铁夫老师则以另外的一种方式，行走于世间。与一般的学者相比，他的为人处世，似更多了一些圆融。所以，他能创下很多的“政绩”，但他从来又无心于此，任何时候都保持清醒的头脑，知道如何有所为与有所不为。他在60岁的时候，才出版了自己的第一部真正意义上的专著《普希金的生活与创作》，此后便一发而不可收，接连推出《普希金与中国》《普希金新论——文化视域中的俄罗斯诗圣》《群星灿烂的文学——俄罗斯文学论集》。问他原因，他说：“在兼行政工作的时候，更多的时候是做点翻译，因为翻译可以随时停下，有空时再续下去。”当官对他来说其实是一种牺牲与奉献，退下来，反而是一种解脱，自由了。六十一甲子，生命在完成了一个轮回之后，进入了崭新的“第五季”。

几十年过去，湘大的领导换了一届又一届，张老师却像一棵不老松，永远坚守着，成了那块土地上的一种象征。如今，黄土地上的树，都已经亭亭如盖，而我们，也像那野草，不经意之间，疯长起来，泛滥成一片斑斓的绿色。也许，其中，便有着某种精神的延续。

二

张老师其实是个理想主义者。

据说，张老师在大学俄语系念书时就演过保尔，他在回忆他老师的文章中写道：“这次演出在我的人生道路上具有决定性的意义”。这部用“青春和生命写成的作品”，告诉了人们，什么叫理想、崇高、英雄主义……

而在张老师众多的翻译作品中，最让他倾心的，就是那部《面向秋野》了。

> 看完《面向秋野》的最后一页清样，已经是夜半了。我从椅子上站起身来，轻轻地推开窗子，一股略带寒意的清新空气猛然扑进窗内，使人顿觉神清气爽。作为一个译者，欣慰的同时，一种不可名状的惆怅又袭上心头。这个“深夜无言的旅伴，金色黎明的朋友，神圣家宅的友人”，要离去了，让人满是依依惜别之情……

从来没有见过张老师用如此饱含深情的文字，写一篇译后记。帕乌斯托夫斯基是个浪漫主义者，他的《金蔷薇》，以其灵动的思想、诗意的笔触，感动了许多中国读者。而《面向秋野》延续的也是这种“散文的诗意”。张老师骨子里也是一个喜欢“诗”的人，一个浪漫主义者。他后来以普希金作为自己终生的“旅伴”，恐怕也是因为这一点吧！

看起来，张老师与普希金，除了那个高鼻梁，其他实在是很少共同之处。普希金是个激情盎然的诗人，张老师则似乎永远是平和的，情感内敛的；普希金善变，好走极端，总在追求着刺激的东西：

> 我熟悉战斗，爱听刀剑之声
> 从小我就把武功崇敬
> 爱玩浴血厮杀的游戏
> 死亡在我看来十分可亲

张铁夫在普希金之家

张老师的生活，则总是井井有条，四平八稳，极有规律，甚至近乎刻板；普希金永远活在对爱情的追逐中，女性之美孕育了他优美的诗歌，张老师则总是说，自己是一个“没有故事”的人，有也是“没有意思”的故事……真无法想象，他却把自己的大半生，基本上全部献给了普希金，翻译普希金的文论和凯恩回忆录，撰写有关普希金的论文，完成普希金研究三部曲，一心培养中国“普希金学”的传人，那样执着、专一、无怨无悔。普希金似乎成了他一生难解的情结。

张老师曾经说，对于俄罗斯人来说，普希金有如初恋，永远难忘，而对他而言，普希金也是像初恋一样亲切和珍贵的。在那个只有革命、没有爱情的年代，普希金的诗歌，特别是他的自由诗和爱情诗得到中国读者的普遍喜爱，那是很自然的。不只是张老师，中国整整的一代知识分子，都曾经为普希金激动过。正像彭燕郊老师也把普希金当作他“心上的诗人”：“在当时的历史条件和文化氛围下，中国需要浪漫主义。长期的帝制禁锢，沉重的礼教枷锁……这时，忽然传来了普希金、拜伦个性鲜明、毫无顾忌的自由之声，人们不向他们奔去，才奇怪呢！”

张老师曾经以富于诗意的笔触，谈到过第一次接触普希金的那种“初恋”一般的感觉。后来，这份“恋情”伴随他一生，成了他“心中永远不落的太阳”。尽管年轻的一代，已经越过普希金，在现代主义的“荒原”上渐行渐远，尽管彭燕郊老师在经过自我反省之后也发出了“告别浪漫主义”的宣言，但普希金对张老师他们那一代人来说，代表的其实是一份青春的记忆。一生守着普希金，于是，我们也就从张老师平静的外表下，看到了滚滚的诗情的涌动；在他貌似刻板的生活里，感受到一份葱茏的绿意。一个人，到老了，还有诗，有梦，真好！

1833 年，普希金在一首题为《秋》的诗中写道：

我忘记了世界，在甜蜜的宁静中
我的幻想使我如痴如梦
于是，诗兴在我心中苏醒
内心里洋溢着滚滚的激情
它颤栗、呼唤、寻求，梦魂中
想要自由自在地倾泻尽净

有了这一份诗情，生命也就不寂寞了。

三

那天，在湘大商量文集出版的事，张老师让我再写个编后记，我说到时看还有没有话可说。回来，重读一遍张老师的论文、随笔，包括师兄弟妹们写先生的文字，想起过去的日子里的点点滴滴，竟有一种难以抑制的冲动，顺手写下一个题目：多年师徒成父子，文字也源源不断地从内心里流了出来……

其实，这种感觉，也是师兄弟妹们共同的心声。汤林峄写“恩师如父”，梁觉聪回味“我们都是一家人”的那种温馨的感觉，沈云霞写与先生结下的慈父般的缘分，还有，弟子们俏皮地给“师父”起外号，缠着讲“没有故事”的故事……在这个“家”的“子女”中，有风华正茂的少年，也有快要退休了的“长者”，大家济济一堂，不分彼此。当学弟学妹们总要尊我为“何老师”时，其实内心里是希望他们叫一声“大师兄”的。

在这个家里，张老师就是一家之长，既严格，不怒自威，又宽容、慈祥，充满民主的精神。就像当我以年轻人特有的叛逆精神，不断地写文章质疑保尔·柯察金的人生选择的时候，尽管张老师内心里可能不以为然，但他从来不会阻止我们去“说三道四”。而当我越来越“不务正业”，离陀思妥耶夫斯基、俄罗斯文学越来越远，在“棋声流水古松间”玩儿得不亦乐乎，张老师以他一如既往的宽容，让我们自由地去挥霍“才情”，他反而经常成了我等“不务正业”的义务宣传员。

而当弟子们到处跑马的时候，张老师一边远远地看着，鼓励着，他自己又总是沉静地守着他的书斋，在普希金的艺术世界里自得其乐。想起老一辈的学人金岳霖在西南联大教书时，曾有学生问他：“老师，逻辑学这门学问这么枯燥，您为什么要研究呢?”金先生回答：“我觉得它很好玩”。这回答，真是既率直可爱又耐人寻味。当金先生在哲学王国里自由嬉戏，既不把哲学看作是为某种政治利益服务的工具，也不把它当成谋取个人私利的手段，在那个纷乱的时代，肮脏的小阁楼便为他提供了“诗意地栖息”的精神空间。游戏，也便成了学问乃至整个人生的一种难得的境界。

如今，张老师做学问，恐怕也有了一点游戏的感觉吧！尽管他的学问永远是那么严谨，那么一丝不苟，但当他在做这一切的时候，不再仅仅是为了“名”与“利”，而更多的是出于精神的内在的需要，学问也就可以给人带来最大的快乐。

那天，我劝张老师以后可以多写点闲散的文字了。他一边答应着，一边说中国社会科学院外国文学研究所的陈众议所长主编一套外国作家学术史研究丛书，请他主持编写普希金卷。我知道，他 1991 年去俄罗斯访学时，做的课题就是“俄苏普希金学史”，并且准备了许多资料。如今他终于有机会把拟想中的《普希金学史稿》完成了，永远的普希金，看来还要继续与张老师相依相伴。其实，做什么已经不再重要，关键是它能给你带来精神的充实与快乐。由此，我们只能祝愿，未来的日子里，张老师能拥有更多的“波尔金诺的秋天”！

四

这本文集，名为《理想的守望与追寻》，便算得是那秋天里的一束小花，一串果实。这里有张老师近期研究普希金的一些代表性论文，这些论文承袭的是先生一如既往的朴实严谨的文风，哪怕是跟人论争，也是平心静气地说理，从不摆出真理在握、唯我独尊的架势。文如其人，这也是张老师做人的风格。而那些欧俄文化随笔，又让我们看到了张老师的另一面，在朴实的叙事中，蕴涵着一份深厚而绵长的情感。流连在普希金的彼得堡，沿着普希金的足迹，在下诺夫戈罗德、波尔金诺一路寻寻觅觅，一次次来到莫斯科的普希金纪念碑前，献上一瓣虔诚的心香……那感觉，真的就像在寻找少年时代的恋人的踪迹啊！而当来到列夫・托尔斯泰的故乡雅斯纳雅・波良纳，在那个“明媚的林中空地”，沿着那条名叫“普列什佩克特”的大路朝庄园深处走去，那是《战争与和平》中的主人公曾经走过的路，“树枝上的积雪偶尔落到地下的沙沙声”，把人引入作家的美妙的艺术世界。而弗拉基米尔地区的乡间小路，罗马斗兽场的废墟，威尼斯的叹息桥，巴黎塞纳河畔的圣母院，唤起的都是关于文学的情思与记忆……

有人说，文学就是回忆；又有人说，文学抒写的永远是关于寻求的故事。张老师的行走，就是他人生的一次次的寻觅。以内心里的文学来映照现实，以现实来唤醒记忆，而后，便有了一个动人的让人流连的世界。张老师写到波尔金诺，那个普希金家族领地上的两棵“小枫树”：

> 太阳火辣辣地当空照着，天气像盛夏一样炎热。然而我们惊喜地

发现，普希金故居附近有两棵小枫树，它们在万绿丛中发出红灿灿的光华，显得特别美丽。这两棵小枫树也许是秋的使者，它们听说我们要来，提前透露出秋的信息。小枫树啊小枫树，你们让我们亲身体验了“波尔金诺的秋天”！啊，这个美丽的夏日里的秋日！

腊月听蝉鸣，六月梅花开，小枫叶也在夏日里红了，跟着一起燃烧的，是在人生“第五季”里那颗饱经沧桑又永远不老的心。也许，这就是文学的魅力。呆在文字构筑的“林中水滴”的世界里，真的是可以让人怀念，又让人忘世的啊！

美国作家塞林格写过一部《麦田里的守望者》，主人公在结尾中说：“不管怎样，我老是在想象，有那么一群孩子在一大块麦田里做游戏……我的职务是守望，要是有哪个孩子往悬崖边奔来，我就把他捉住——我是说孩子们都在狂奔，也不知道自己是在往哪里跑，我得从什么地方出来，把他们捉住……我只想当个麦田里的守望者。”也许，张老师便是这样的一个守望者。当“黄土地上的村民”纷纷涌向外面的世界，他默默地坚守着；当弟子们在林间空地上疯跑，他小心地守护着……而当日后，长大了的“孩子们”回忆起来，这一切也就化作了一份难忘的“飘香的记忆”。

回忆，代表的是另外的一种生存。

有人说，文字是虚幻的，是空想。

其实，文字也是可以触摸的，有温度的，有时也是可以不朽的。

不朽的是对老师的那份永远的情怀，永远的记忆。希望在老师八十岁的时候，我们有机会为他编一套更完整的文集；希望在老师九十岁的时候，弟子们能再来陪老师朗诵普希金的那些激情盎然的诗歌；希望在老师百年华诞之时，我们能团团围坐在他身边，回忆那些一起走过的岁月……

（本文为《理想的守望与追寻：张铁夫先生治学育人之路》编后记，岳麓书社，2008 年版）

2007 年 1 月于中南大学潇湘听弈庐

永远的老师

一

张铁夫老师离开我们整整六年了。

弟子们聚会，大家经常会感叹一声：“要是张老师还在，就好了。”

2012 年 5 月，张老师的最后一个博士毕业，这之前，他刚办了退休手续。本来应该安享晚年了。不料查出肺癌，且已扩散，直接就从讲台到了医院。

张老师可以说是把大半生的生命，都献给了湘潭大学。

1976 年，张老师从华中师范大学来到湘大，那年他 38 岁，正是人生最绚烂的时节。他从讲师到教授，从系副主任、系主任到人文学院院长。在讲台上，他是优秀的老师；在办公室，他是出色的管理者；在家里，是好丈夫、好父亲，里里外外操持的一家之长。总之，在他人的眼里，就是一个完人。

做“完人”是需要付出代价的。当年的湘大，刚恢复招生不久，老师们都还住在农家，条件非常艰苦。张老师一家，却一住好些年，后来才搬到南阳村，几十平方米的房子，又住了很多年。学校分新房的时候，身为教授、系主任的他，又是一让再让，直到教授们都享受到了“福利”，他才最后一批搬进新房；评职称，师母曾簇林老师早就够了教授的条件，因为名额的限制，他一次次说服其“让贤”；因为德高望重，被学校强行推上新成立的人文学院院长岗位。弱势者容易结盟，文史哲强强联合，却可能正正得负。张老师竭尽心力，操劳过度，最后大病一场，也没能挽回这个新生的“学院”最终的散伙。在家里，张老师把一切家务都承担了，却从没听他抱怨过一句。张老师待人接物极为周全，但有时又近乎刻板。他研究普希金——俄国的浪漫主义诗人，一个情种，张老师却说自己是一个“没有故事的人”，女学生跟他请教问题，无意间靠前一点，他会马上退后一步，永远保持一米以上的“安全”距离。他与人为善，竭力帮助所有的人，却从来不肯“麻烦”他人。

二

就是这样一个习惯了帮助人，却很怕给人添麻烦的人，到了医院，成了病人，心里的不安、不适应可想而知。去看他，他总说：“你们都这样忙，以后少来。”在医院想多陪陪他，说说话，他总是会催促你早点离开；偶尔一个人陪着他的时候，喂他吃饭，他会满怀歉意地说：“你看，都是教授了，还要让你做这样的事情。”其实，在老师面前，自己就是永远的学生，何曾想过“教授”之类的身份。

随着癌细胞的扩散，老师的病情越来越重了。康复无望，从长沙的医院转回湘潭。尽管请了专门的护工，在湘大的几个弟子，晚上开始轮流陪护。我那时还住在长沙，新生的小女儿才半岁，但陪老师义不容辞。于是，每周来湘潭一两天，便成了惯例。老师越来越虚弱了。每天都要忍着癌细胞肆虐带来的剧痛，但他很少呻吟。因为长期卧床，股骨开始坏死，每天都要消炎、换药，其痛苦可想而知，但老师都是竭力忍着，不叫出声来。有一段时间，老师边西医治疗，边吃中药调理，确实也有一定的效果。但到后来，当一切努力只是在延长生命的痛苦，张老师开始拒绝额外的治疗。因为他想有尊严地活着，有尊严地离开这个世界。

想有尊严地活着的张老师，越来越依赖弟子们了。因为只有弟子们肯每天为他放俄罗斯的音乐，陪他说说陈年旧事；每天揉着他日渐失去知觉的腿，希望能为他增加一点生命的温暖；老师每天晚上都要喝很多次水，只有弟子能在睡着了的时候，听到老师轻轻的呼唤声，马上醒来，给老师喂完水后，再迷糊过去。如此一个晚上反复很多次，弟子们不厌其烦，无怨无悔。当老师排泄不能自理，有次护工疏忽，尿袋满了，尿管脱落，把床弄脏了。后来，老师便会经常提醒你，看看一切是否正常。

看着老师每天为这样的小事焦虑的样子，想起曾经写过的一篇文章《多年师徒成父子》，说读书时，对老师总是既敬又畏，那时，老师就是真正的“导”师，无论学业还是生活，都是你的引导者、庇护者。后来，老师慢慢地老了，对老师的“敬”与“爱”里，便多了一些“怜”的成分。而如今，老师躺在病床上，完完全全成了一个需要你照料的“孩子”。有次轮到我在医院陪张老师，晚上出去吃点饭，平时我都是很快就会回来，张老师却仍然不忘叮嘱一句：“云波，快去快回!”

听着老师的话，我一边答应着，一边眼泪就要下来了。

三

2012 年 11 月 16 日凌晨，老师终于走了。他说：

> 我老了，但我曾经年轻。
> 我死了，但我曾经活着。
> 人生之舟被病魔的暗礁撞得粉碎，
> 但灵魂已融入了无尽生命海洋。
> 感谢所有关心和帮助我的人们。

张老师交代，丧事从简，让他悄悄地走。那天的追悼会，却来了很多的人。湘大的领导、同事、学子，还有很多从外地赶来的学生，灵堂里挤不下，就待在外面，等着看张老师最后一眼。

追悼会上，我作为学生代表发言。说了一句：“张老师，我们亲爱的父亲，走了。”就差点说不下去了。

后来，在湘大中文系的课堂上，偶尔会拿出以前写的关于张老师文章，读一读，想跟学生说一说曾经的张老师。但每次文章读到中途，就会进行不下去，只好叫学生代劳。还有一次，湖南省比较文学与世界文学年会，为纪念湖南比较文学的元老，让我说说曾经的会长张铁夫老师。我说着说着，就哽咽了。

原来，生命中的有些人，是只能装在心里，不能形诸言辞的。

四

张铁夫老师曾经为湘大校友田园的一本散文集《月色无边》写过一篇“序”，题为“慢慢地生活，细细地感受”。他引用普希金《叶甫盖尼·奥涅金》中的诗句“急匆匆地生活，来不及感受”，来概括当下人的生存状态，而“能够穿透欲望的红尘，抵达生命的本真”的田园，让张老师感叹：“人能够如此生活着，真好，真令人羡慕！”

永远的铁失斯基

这是我见过的张老师写得最感性、最动情的一篇文字，一看日期：2012年6月，这应该是老师的绝笔了。

2018年11月15日

第三辑　湘大八记

秀山的山，琴湖的水，画屈潭的清幽，泽园的浪漫。自从那一天走进三拱门，仿佛就是一个前世的约定。

就这样，一生一世……

是山不是山

一

湘大有三山：南山、北山、西山。

它们是山，又不是山。

是山，是因为1974年复校时，这里就是一片荒山。据说当年是一片原始森林，大跃进时把树砍光了，成了黄土高坡，成了当地埋人的地方，被称为鬼坳子。

建校时，一些山被推平，盖起了教学楼、办公楼、教工住宅、学生宿舍、食堂……曾经的山，变成了校园。

我1979年上学时，学校就只有这一片。1983年大学毕业后，校园才开始向北拓展。有学生写《北山的城》（邓清柯）：

北山
你本是披着土色忧郁的无人开垦的处女地呀
以土地一样沉默土地一样单调的色彩
把蜷卧在丛生的荆棘里的形象
刻画在枕着荒冢的背景上
一天
手掌偶然抚摸你黄色的皮肤
感触到你的动脉和静脉在一齐颤动
你的地胎里开始了孕育一座城的阵痛

开始了风车似的呼吸风车似的呻吟
当地球深处流出一串殷红的旋律一串椭圆的旋风
于是像幼芽破土抖落一身黄土
好似婴儿出世踹掉血腥的胞衣
北山浮起了一座建筑群一座山的城
北山
你一个新时代诞生的大学城
你含着笑打开城市的窗城市的门
让八面来风夹带着新鲜的信息新鲜的血液
充实你的肺腑
你含着笑说每条路每条街都是新凿的运河
大江南北的弄潮儿纷纷涌向你城市的心
……

等我 1985 年重新回来读研究生，“北山的城”已经建成了，我成了这“弄潮儿”中间的一个。

有了“北山”，自然之前南边的校园就成了“南山”。

差不多与此同时，学校又往西边开发出一片，然后有了“西山”。

而南山、北山、西山，其实不再是“山”，代表的是学校的三个片区。一度，文科主要在北山，理科在南山，工科在西山。就这样文、理、工相对独立，又相互依存。

于是，是“山”不是山，一个大学，片区以山命名，这在中国、在世界的大学中，恐怕也不多见吧！

二

读大学时，北面的那些山都是光秃秃的。有张班上的几个同学的合影可以作证，几个同学站在这荒山上，做意气风发状，偌大的校园成了他们的背景。

编入学四十周年同学聚会纪念册《我的七九 我的湘大》时，我在这张照片下加了一行字：其实约女生可以有很多的理由，比如让我们到秀山上去读诗吧！

让我们到秀山上去读诗吧

这种地方只有“月下”，没有“花前”，其实最适合唱“黄土高坡”。

“秀山”也是后来的命名，那时我们压根不知道它叫什么山，也许本来就无名。

然后，每年学校都会有一“植树周”，只管植树，不问其他。

辛苦的一周，也是快乐的一周。几人一组，男女搭配，用锄头、铁锹，费很大的劲，挖一个大坑，然后把树苗移进去，培土，浇水……然后等着它长大。

就这样，一年年，荒山有了绿意，再过些年，它就郁郁苍苍了。

后来，人们把这山取名叫“秀山”，秀丽之山。

秀山是湘大“南”“北”的分界岭，从南山到北山，有一条步行道，共139级台阶，名“勤人坡”，大约是取“书山有路勤为径”之意。山上便有一雕塑，一册一册的书累积而上，仿佛旋梯，螺旋形上升，没有低，“只有高和更高”。

秀山上还有两个水塔，被湘大人称之为姐妹塔或夫妻塔，他们说，体现的是湘大人既研学术、又重情义的理念。

“夫妻塔”下，最美的时节，是阳春三月，樱花开了。整整一年的期待，就是为了那一刻的绚烂。然后，又零落成泥，等待着下一次的绽放。

山高我为峰

三

湘大还有一座山：泉山。

泉山与秀山本来是连在一起的。一条从南山到北山的大马路，把它们隔开了。

泉山处在学校的中心，北面是俱乐部，南边是图书馆，西边是运动场，东边是幼儿园、服务大楼、学生宿舍。难得的是，除了修了几条小路，一个小亭子，基本上保持着原始状态，郁郁葱葱，它仿佛成了校园的绿肺。

远远望去，它又像一只船，载满了绿色的希望，哪一天，它就会扬帆起航。

图书馆的周凌云老师写童年开始就陪伴了她的泉山，说泉山无泉，但并不妨碍小伙伴们置身其间时，如临泉听风。

其实泉山是有泉的。因为泉山有一个小山谷中，总有一汪水，静静地躺在那里。那天，我去探访这汪泉水，拨开树丛，踩着厚厚的枯叶，下去，果然见有一汪细细的流水。顺流而上，十余米处，水从一个涵洞中流出，看那清清爽爽的样子，应该是自然的泉水无疑了。

从南山到北山，有一大一小两条路，可穿过泉山。背着书包，踏着落叶，在林间走过，去上课，或者下课后，走走泉山的小桥，在松涛亭里听听松声，成了湘大许多学子的美好记忆。

泉山的小桥

孟泽在他那篇《原野上的湘大》中曾说道，他的一个学生，有次从图书馆自习出来，看到一对锦鸡从泉山的林子里像彩虹一样升起，美丽得“一塌糊涂”。他说，在任何大学校园里，也许都见不到如此景观。湘大的学子，真是有福了。

四

与泉山隔着运动场相望的，是慧山。

很多老师、学生都不知道这山被命名为“慧山”，而是习惯性地把它称为“西山”。

当年泉山就是学校的边缘了，往西是农田、水塘，然后就是“西山”。

后来学校“西部开发”，在“西山”建起了第二教学楼、实验大楼，还有一些工科楼。

但一段时间，那些农田、水塘还在。只有一条马路通西山。去那边上课，如果想抄近道，还得走田埂，真有走在乡间的小路上的感觉。

读书的时候，我几乎从来没有去过西山那边，感觉那是湘大的一个独立王国，一个“造核子”一般的神秘的所在。

后来修了第二田径场，把西山跟校园连在一起，西山才逐渐脱去了它神秘的面纱。

有学生把湘大校门、游息亭、西山称为湘大三景，写《西山夕阳红》（王志阳）：

> 记忆的深处有过许多的黄昏，读她的柔曼，读她的如血残阳，读她思绪般的天空，但总觉得湘大的黄昏最美，而湘大数西山的夕阳最红。
>
> 那个傍晚，我独坐在西山的那竹林中，只见太阳远远地走，那回头一笑便撒下了许多的光芒，然后挣扎着掉进远方的山坳，西山便又出落了一个美丽的黄昏。
>
> 我独自倾倒在这西山的夕阳红里了。

西山，就这样成了湘大一景，很多人反而不知道，它的名字叫慧山。

慧者，智慧也，慧根也。“慧”在佛教那里，更多了一分玄妙之义。如果说秀山、泉山还做了些人工的修缮，慧山则完全保持了原有自然风貌，连条小路也没有，只能观看，不能玩赏。也许，正是在这若即若离之间，就多了分慧悟吧！

五

其实命名就是赋予事物以一种意义。湘大的三山：秀山、泉山、慧山，都是后来才有的名字。秀美之峰、灵性之源、智慧之山，因为这些“名”，湘大也似因此增加了几分美好、灵秀与智慧。

三山都不高，有人说，其实就是“三土坡”，但因为有它们的存在，那些肆意生长的树、灌木、花草，那长年郁郁葱葱的绿，一个大学才不会那么拥挤、枯燥，才会有一分原野一般的质朴、淡定与从容。

其实，对湘大人来说，不同的人，都可以在这些“山”中找到不同的乐趣。

就像秀山下就是小学，泉山边就是幼儿园，那些山，便成了孩子们放学后的乐园。有曾在湘大上幼儿园和小学，后来随父母离开学校的朋友说，经常会想起湘大：

> 我们家一开始也住农民的小屋，我去上幼儿园时会经过大片的稻田，至今还记得稻田收割前绿油油、黄灿灿的稻浪；印象中从子弟小学的二楼楼梯可以直接走到山上，每天下午我们就在山里玩，等到学校广播响起就回家吃饭……

直到现在，孩子们回家，也经常会喜欢绕着秀山的小路，玩一圈再回去。而大学生则喜欢在这里读书，天气好的时候，几个人围着石桌聊天、玩牌。

秀山上，原来有一条水泥路，可容车通过，后来改成了红绿相间的塑胶跑道，于是，它成了喜欢长跑者的乐园。而一年一季的校内长跑比赛，这里成了赛道。迎着松风，勇往直前，想想，就很美。

如我等，则喜欢更偏僻的小道。在某一个无色透明的下午，在夕阳西下的黄昏，漫步在树丛，一边听鸟叫，看小鸟在树枝上扑腾、嬉戏，一边如卢梭般，做“一个孤独的散步者的遐想”。

有学生说，走完湘大这些“不为人知”的山路，就仿佛拥有了全世界。

六

有一年，在湘大新生开学典礼上，我作为教师代表发言。我说：“湘大确实是个读书、生活、谈恋爱的好地方。”

学生便笑。

守着这么好的几片山林，除了学习，不谈一场或者轰轰烈烈，或者静水流深的恋爱，确实可惜了。

据说，秀山的“勤人坡”本来是叫“情人坡”的，因为情侣、准情侣们多喜欢去那里约会。这“爱情的阶梯”共有139级，但据说白天与晚上去数会不一样。因为每天数出的数字都是新的，这爱也就多了分神秘与期待。并且，当年的“情人坡”，是一道道的石阶，蜿蜒上去的，相比今日的直线上升，更多了几分曲折的韵致。

湘大的这几片山，除了修了几条林荫道，某个地方盖了座亭子，立了一张石桌，几个石凳，其他基本上就没再做任何的修饰。草是野草，花是野花，只有各种树恣意地生长，慢慢就成了一片浓荫。在满地的落叶中，坐下来，读读诗，说说过去，聊聊现在，谈谈理想，然后抱一抱，然后有了人生的第一个吻，然后：

> 一千年，一万年
> 也难以诉说尽
> 这瞬间的永恒
> 你吻了我
> 我吻了你
> 在春日朦胧的黄昏
> 黄昏在秀山
> 秀山在湘大
> 湘大是地上的一个村
> 地球是天上的一颗星。

许多年后，读到法国诗人普列维尔的诗《公园里》，回忆起在湘大的那场风花雪月……

想想就够美的了！

水做的琴和画眉的倒影

一

1979 年，我 16 岁，来到湘大。

记忆里，湘大就是一片黄土高坡，黄土漫漫，最缺的就是水。

“我需要、需要水的抚摸。我的嘴唇沾满了宇宙的冰凉，我在悠远的期待里成为记忆的面具和符号。”（彭燕郊《德彪西〈月光〉语译》）

山之魂，水之灵，于是，我们对大片的水充满了渴望。

东坡村与南苑食堂之间，曾经有个荷花池，每年的夏秋，会开出洁白的、粉红的莲花，令人流连。

但这池实在太小了，承载不了几千上万的人对水的“抚摸”的渴望。

于是，我们会转向学校的周边，那些田野，真正的田野。

学校的东边，现在的教师公寓，那时是一片一片的稻田，还有一条小溪。

图书馆的周凌云老师回忆：

> 我上小学、中学那会儿，每天放学都去田野里玩。春天的时候，有大片大片的紫云英。

而我们，一群饥饿的大学生，最喜欢的是到那条小溪里去捉鱼。还有，在田间的引水沟里，堵住一段，放掉水，然后赤脚踏进泥沟里，翻出一条条的泥鳅、鳝鱼。个把小时，就有了好几斤，在水桶里活蹦乱跳。然后，当天下午，就急急忙忙拿到学校的老乡家里，晚上就是一餐美味了。

那油炸泥鳅的香味，想想，至今还齿颊留香啊！

那时，我们还喜欢到北边的一个大水塘里去游泳。那个水塘，水面很宽，在我们眼中，俨然就是一个小水库。尽情地游几个来回，顿时神清气爽，读书的疲劳一扫而光。

但那个水塘，每年都会有学生或者教工子弟溺水，有的被救，有的身亡。有一个下午，我正在水里游着，突然听到有大人的哭喊声，可能是有孩子不见了，同伴们也不知道马上呼救，回去叫父母去了。我突然想起，下水时，碰到一只小脚，我还以为是孩子们在潜水嬉戏呢，赶紧游回去，在下水的地方一摸，果然就是。

人工呼吸、按胸、压腹，都无济于事了。然后是更凄惨的哭声。

很多年后，仍然无法忘怀，那在水中，被我抱在怀里的孩子的冰凉的小手。

后来，学校向北扩张，索性把那大水塘给填了。

二

有人说，湘大的校园里，有三山，也有三水：荷花池、画眉潭、琴湖。

东坡村与南苑食堂之间的那个荷花池，因为缺少打理，池里慢慢长满野草，荷花没了，后来连池塘也没了。可惜！

荷花池

如今，在东坡村与松涛村之间，还有一个荷花池。秋天去了又来，荷花开了又落。有时，荷花池根本无荷，它就这样一直默默地守着东坡村与松涛村的那些“村民”们，不显山不露水的，送走几十年的时光，以致湘大的许多学子，根本不知道它的存在。或者路过，见到了，也根本不知其名，不会驻足流连一番。

湘大的水，最著名的应该是画眉潭。湘大不像长沙岳麓山下、湘江边上的学校，麓山巍巍，湘水亲亲，“西南云气来衡岳，日夜江声下洞庭”，具有天然的山水之胜。湘大的山，曾经是荒山，水也无名。画眉潭，便成了湘大人捧在手心里的一个宝。

其实，我们读书的时候，泉山和慧山（西山）之间，有个很大的水塘（据说叫画眉冲）。后来建第二田径场，水塘被填了，只留下了一条尾巴，就是如今的画眉潭。

二田曾经是一汪水

常常想着，湘大其实不缺地盘（三山能够保留下来，还有广场之“广”，就是明证）那个水塘如果能留下来，好好改造一下，那如今湘大的学子，也应该可以体会一下“水波浩荡”的感觉了。

好在还留了个画眉潭。潭虽不大，但精致。一潭、一亭、一水榭，一曲折有致的游廊，水边有垂柳依依，水里种了荷花，莲叶何田田，鱼戏莲叶东，鱼戏莲叶西，虽然没有画船，没有采莲的女子，在水边走走，满池莲花染尽芳华，也足以养眼养心了。

画眉潭的倒影

画眉潭地势有点低，从高处俯瞰，就像一个大型的水上盆景。在这里读读书，与学生一起聊聊学问，或者有情人在垂柳下的小凳上说说情话，确实不失为一个理想的去处。

后来，有了琴湖。

琴湖那一片，原来并不属于学校，后来征收进来，建了琴湖学生公寓、琴湖食堂，加上它与金翰林学生公寓比邻，那一片成了湘大学子最集中的地方。

但是一度，琴湖无湖。

印象中，二十世纪八十年代上学的时候，这里有几个水塘，清幽幽的水，配上周边大片的稻田，好一派田园风光。后来，这些稻田被开发商开发，建了“湘大教师公寓”。这片水域无人管理，周边成了居民的菜地，碧水不再。

这几年学校终于痛下决心，改造琴湖，把几片水域打通，终于初见成效。清清湖水，微波荡漾，天气好时，这里成了散步休闲的好去处。

琴湖，水做的琴，琴一般的湖，真是一个诗意的名字。

三

琴湖像一首诗，音乐的诗。

其实，这“诗”还可以做得更精致、更有内蕴一些。

比如，琴湖的景致，虽然大气，却不够错落有致。

比如，欲把琴湖比西子，周边守护“西子”的山林草木，还需要像个绅士，修饰得更文雅精致一些。

比如，琴湖之“琴”，琴身有了，“手提”之柄，却还荒在那里，无人打理。这琴的“把手”，就是当年的荷花池。如今，这一带开辟出一小方水域，有田田荷叶，但规模实在小了一点。

琴湖：水做的琴

据说，琴湖改造，本来也是湘潭市打造“大美湘潭”工程的一部分，后来因为经费原因，这“工程”停了下来。琴湖，具有音乐诗一般的美的湖，不知道什么时候才能以最完美的方式“演奏”出来。

湘大的山，因为它的原始、质朴、自然，凸显着它的魅力。

而水，却更需要细致的打理、精心的呵护、温柔的调养。

难怪有人说，男人是山，女人是水。

以品格论，山代表质朴、厚重、底蕴、伟岸、力量。

水却是清丽、温柔、灵性、变通、柔情的。

山是湘大的“魂”，它有着山一般的巍峨、厚重、质朴、野性。

水是湘大的“灵”，湘大也需要水一般的精致、灵性、温柔与包容。就像湘大的精神，海纳百川，有容乃大。

山不需要过分修整，让它自由地生长好了。

水却需要精心的呵护与养育。

一个大学的管理也是这样吧！规则与灵活、纪律与自由、培育与开放、继承与创造，两者的高度融合，也许就可以成就大学之“大”。

四

有一天晚上，带孩子在校园里散步。是春天了，因为一场疫情，校园里还静悄悄的。只有学校西边，新增的六百亩建筑工地上，工人们还在忙碌着，灯光闪烁，塔吊高耸，刺破黑暗。站在新修的桥上，俯瞰桥下，有两汪水，闪着银光。整个工地，因为这汪水，这光，仿佛也生动、柔媚了许多。

水边已经砌了护坡，一棵大树也被保存下来了。这片水据说还有了名字：西湖。

西山之西是西湖，这名字倒也恰如其分。“欲把西湖比西子，淡妆浓抹总相宜”，这“西湖”如果说难以比肩杭州的西湖，连扬州的瘦西湖也大大不如，我们就不妨叫它“小西湖”吧！也许，小有小的精致、可爱。

西湖，湘大人心中的未来的“湖”。天地乾坤大，“湖”中日月长。

想起彭燕郊老师的那首《德彪西〈月光〉语译》：

> 我需要水的抚摸，需要在水抚摸我的时候抚摸水。在我抚摸水的时候，许多许多晶亮的水珠跳了出来。在迷人的嬉戏里，许多次许多次它们在我的轻轻拍打下互相撞击，在狂热里粉碎，化着闪闪银光。

那时生命之光，永远闪亮，永远澄澈。

在泽园的草地里沐浴四季

泽园的浪漫

湘大有三园：泽园、沁园、静园。

静园在北斗村南端，当年经常有学生溺水的那个池塘，后来填掉了，在上面修些亭台，种些花草树木，就主要成了北斗村民的休闲之地。

不过，湘大最为人所知的园，还是沁园和泽园。

教室是上课、学习的地方，“园”则是休闲之地。一个大学，需要教学大楼、图书馆、食堂……也不可无“园”。

一

1979 年上学的时候，湘大只有教学楼和几栋教师、学生宿舍，根本谈不上“园”。看电影，就在教学楼旁的一块空地上，竖两根木杆，挂一块银幕，自己从宿舍里背个凳子，然后就可以消磨一个晚上了。它的好处是自由，来去自由，杵在哪里自由，正面看，反面观，也都随便。

读研究生的时候，学校在东坡村和服务大楼之间，弄了个露天电影场。一排排的水泥凳，从低到高，如梯田一般，很是壮观。

有湘大子弟在我那篇文章《湘大，那一抹乡愁》下面留言：

湘大就是我家呢！小时候跟着奶奶去教师宿舍叫卖爷爷奶奶种的小菜。满满的回忆。还有在那个千层阶梯那看露天电影。放假，去宿舍捡书本什么的废纸卖钱买零食的日子，好怀念。

那“千层阶梯”，看来是那个时代许多学子的“共同记忆”。

看露天电影，最适合跟三五好友，或者跟有点暧昧的女生一起。一边观影，还可以一边看月亮，数星星。对身边的那个人说：“你看到牛郎星和织女星了吗，他们要过河牵手了。”或者在微微的寒风中，问：“你冷不冷？”女生有意，会说有一点，无意就答还好。

不过，露天电影，最怕天有不测风云。后来，学校建了俱乐部，这露天电影场就被改造成了“沁园”。

沁园，一看名字，就知道与共和国领袖毛泽东有关。

毛泽东写有一首《沁园春·长沙》：

恰同学少年，风华正茂；书生意气，挥斥方遒。指点江山，激扬文字，粪土当年万户侯。曾记否，到中流击水，浪遏飞舟？

仿佛听见了沁园的水声

还有《沁园春·雪》：“俱往矣，数风流人物，还看今朝。”似乎特别适合校园的学子，意气风发，青春飞扬，指点江山，激扬文字：过去，俱往矣；当下，立壮志；未来，看我的。

沁园中有一假山，一凹槽，一水池，有水的时候，会形成一道水帘。特别是在夜晚，在闪烁的灯光下，变幻不同的颜色，煞是好看。

因为沁园边上就是幼儿园和子弟学校，这里又经常成了孩子们的乐园。还有，就是老人们唠嗑、晒太阳的地方。

二

相比沁园，湘大人似乎更偏好泽园。

秋天的泽园

泽园之为“泽”，自然还是跟毛泽东主席有关。泽者，惠泽也，代表的是一种理想主义的情怀。泽，也是水聚集之地，泽园也就更多了几分润泽、柔情。就像毛泽东既慷慨激昂，高唱“湘江北去”“问苍茫大地，谁主沉浮”，又柔情似水，低吟“挥手从兹去。更那堪凄然相向，苦情重诉。眼角眉梢都似恨，热泪欲零还住”（《贺新郎·别友》）。

对于湘大人来说，泽园，是读书、休闲的乐园，而少男少女的第一缕情愫，可能也是从这里开始的。

那首湘大版的《南山南》中唱：

你在泽园的草地里沐浴四季

我在画眉的倒影中感受孤寂

如果天黑之前来得及
我要和你再次相遇
南来北往
终将要见到你

泽园可以说是湘大最大气、最美丽、最浪漫的一个园子了。它处在湘大从南山到北山两条路的汇合之处，东有秀山，南有泉山，东南角是俱乐部，西南角是运动场，西边逸夫楼、法学楼，北面三教和外语楼、经管楼……可谓南来北往，东来西去，四通八达，人气自然旺盛。

冬日的泽园

但这里又相对独立，这里适合读书，适合休闲散步，也适合组织各种集体活动。晚上经常会看到学生，特别是新生的班级在草地上聚会，进行各种联谊、游戏、娱乐活动。孩子们也喜欢在这里玩耍，特别是当喷水池里喷出水花，或者水柱刺向夜空，伴随着孩子们欢快的叫声，泽园，也便充满了青春的活力。而湘大校园里最大的超市也在泽园边上，渴了，饿了，可随时补充能量。于是，浪漫之外，它又具有了一份浓浓的生活气息。

在泽园，你也最能感受四季的变换。冬天，当雪花飘起的时候，这里是一片白皑皑的原野；春暖花开，紫藤、樱花、茶花……争奇斗艳；夏天绿草茵茵，树木葱葱，带来一地阴凉；秋天，这里有五彩的树叶，最和煦的阳光……在泽园的草地里沐浴四季，放飞梦想，心也是柔软的，暖暖的。

三

那天，我们七九中文回校聚会，参观完俱乐部里面的校史馆，然后在泽园照相。四十年黄土朝霞，瘦了青葱，肥了霜雪，归来相见，仍旧作少年。于是，在泽园的草地里舞动青春，时光仿佛又回到了过去。

在泽园的草地里舞动青春

那时的湘大，其实还没有泽园。

回来教书，泽园成了我最喜欢的去处。

其实，对许多湘大人来说，泽园早就成了其生命、生活的日常。泽园北临三教（又称文科楼），西边是作为综合教学楼的逸夫楼，每天不见比想见都难啊！

曾经，很多次，春天或者秋天，天气好的时候，研究生的课，我都喜欢把硕士、博士生们带到泽园，大家在草地上坐下来，沐浴着暖暖的阳光，然后，开讲。有一届，有个研究生是诗人，硕士论文就研究中文系曾经的老教授彭燕郊的诗歌。于是，我们便会经常朗诵彭老师的诗，《春天，大地的诱惑》《钢琴演奏》《旋梯》《烟声》《无色透明的下午》……

是你在我身边走着吗？我知道是的，我的光。

于是，在泽园的草地里，我们也就拥有了许多个无色透明的下午。

长亭连短亭

泽园里的亭子

一

一个大学，有山，有水，有园，当然不可没有亭。

湘大的亭不少，不过最著名的，应该是秀山上的“游息亭”。

秀山是湘大的最高峰，“游息亭”就是最高的那个点。

通往“游息亭”，有好几条路。从北山走一个缓坡，或者南山，上勤人（情人）坡，登139级台阶，就是秀山那条著名的“马拉松”道的起点了。“游息亭”就在中段，再过去，下坡，就是松涛山庄了。还有一条路，从东坡村沿石阶而上，或者，在勤人坡的中段，沿一条小道，穿过茂密的林子，到了“游息亭”，俯瞰湘大，便有了一点指点江山，山虽不高，唯我独尊的感觉。

有老师写《沁园春·登游息亭寄兴》（何军山）：

> 展望岗头，赤岭童山，换尽旧颜。觉书声弦浪，清心悦耳；松涛花气，沸阁薰栏。壮丽文园，繁华时代，必有骚风起此间。游亭外，看兴邦多士，楚楚儒冠。回思往事无端。漫道我焚琴煮鹤闲。叹唐经宋典，游魂撩糠；秦文汉赋，故纸斑斑。南苑词人，东林墨客，谁去消磨章句间。斯文地，问三湘英俊，谁主吟坛？

二十世纪八十年代，“游息亭”刚建好的时候，秀山很多地方还光着。后来，不断地植树，才有如今的绿盖如荫，松涛阵阵。

2019 年，湘潭大学招生宣传的主题词就是：湘大是个读书的好地方。想想，坐在亭子里，汲风云雨露，伴日月星辰，在松风中遨游书海，真的是乐莫乐兮此读书啊！

如今的游息亭

还有的，喜欢在黄昏时，或者夜色下，在亭子里练功、锻炼，吸天地之灵气，成灵腑之明澈，那可能也是另外一种境界吧！

二

湘大的二园：沁园和泽园中，也有几个亭子。

沁园的中轴线，假山、水槽，然后就是一亭。这亭无名，四根椭圆的柱子，圆顶，顶上有一铃，看起来就像成吉思汗的帽子。不知道是不是寓意《沁园春·雪》中的“一代天骄，成吉思汗，只识弯弓射大雕。俱往矣，数风流人物，还看今朝。”

沁园的另一头，还有一亭子，五根圆柱，柱上雕着龙纹，琉璃瓦，檐角上翘，颇具中国古风。亭名“沐风”，沐浴东南西北风，任尔春夏与秋冬。与边上的“东坡村”，可算得是相得益彰。

沁园的圆顶亭

八十年代的沐风亭

沁园的亭子走的是古典风，而浪漫的泽园，自然也需要有活泼可爱的亭子相配。喷水池的一边，有一蓝一白，两只大蘑菇相伴，还有一把白“伞”，撑起一片蓝天，白天，供孩子们嬉戏。夜晚，月光下，小亭里，灯火朦胧中，文青们也就可以浅吟低唱了。

泽园还有一长亭。一圆形的亭子，白柱，蓝顶，然后带起一长廊，看起来就像老鹰捉小鸡中的母鸡带着它的一群孩子，在那里嬉戏。尤其是长亭顶上，各种藤蔓植物覆盖在上面，紫萝藤花摇曳生姿，在阳光下舞蹈，在微风中招展，这亭，也就有了生命，有了无限的妩媚。

> 碧云天，黄花地，西风紧。北雁南飞。晓来谁染霜林醉？总是离人泪。
>
> ——王实甫《长亭送别》

坐在这长廊里，一边吟着古人的诗，一边想想自己的心事。然后庆幸，在这样美好的地方，读读诗，发发呆，也是人生的一种奢侈的幸福啊！

泽园的长亭

三

湘大的亭，最得天独厚的，一为秀山的游息亭，另一个就是画眉潭上的那个亭子了。

一个在山之巅，一个在水中央。

一个适合登高望远，指点江山；一个最宜烟雨蒙蒙，浅吟低唱。

画眉潭的亭，适于远观，在水之湄，在柳树枝条的拂疏中，在睡莲花的簇拥里，看它亭亭玉立，还有那摇曳多姿的倒影，自是无限风情，诸般画意，尽在不言之中。

那亭，又是可亲近的。沿着曲折有致的游廊过去，凭栏处，四面风景都来眼里，在石凳上坐坐，万般心事尽付水中。

有时，我在亭上看风景，看风景的人也在岸边看你。

有次，晚上跟一帮学生聚会。饭后走走，不经意间就来到了画眉潭。大家坐在亭子里，谈谈学问，说说闲话。一轮明月挂在树梢，月光如水，想起台湾诗人冯青的一首诗《水姜花》：

然后
就在这样悉索的水面
看到
月光涌动

两岸的灯火也湿了
我眉睫的露水盈盈
开了又开的素花
静静的在秋色中疲倦

画眉潭：亭亭玉立

跟学生谈起这诗，他们都说好。水的那边，有一学生在吹笛，笛声飘过来，是李叔同的《送别》：

长亭外，古道边，芳草碧连天。晚风拂柳笛声残，夕阳山外山。
天之涯，地之角，知交半零落。一壶浊酒尽余欢，今宵别梦寒。

大家都安静了。只有那如泣如诉的笛声，在夜空中回荡，不绝如缕。

四

很多时候，看到画眉潭中央的亭，就想着，那就是画眉潭的“睛”。

可惜，这“睛”却无名。

沁园的亭叫“沐风”，也许，我们可以把它叫“听雨”，或者直接就叫“画眉亭”好了。

还有，就像秀山游息亭上的两副对联，就是游息亭的“魂”。没有了“魂”，那亭就平凡得不能再平凡了，谁会肯驻足多打量它几眼呢？

然后想着，画眉亭上如果也有几副让人过目不忘的楹联，让人回味，让人不舍，该多好啊。

可惜了！

一个大学的文化，不光在图书馆，在教室，也在一山一水，一器一物之中。

五

湘大其实还有很多无名的亭子。比如松涛山庄前、荷花池边的亭；比如校工会办公平房边、守着泉山的那亭……

泉山上的无名亭

有的亭，有名有有名的优势。

有的亭，无名也有无名的好处。

就像泉山山上还有一个亭，无名，守在一片树荫下，一个角落里。从南山到北山，抄小道经过泉山的同学，大多不会拐过去停留一会，甚至可能目光扫过，也不会多看一眼。

亭也很简陋，四根柱子，支起一盖，四飞檐。

因为简陋，不堂皇，它又与周边的树、杂木，乃至树下的落叶，高度地融为一体。连水泥柱子，也成了绿色的柱子。

无名，又在偏僻的角落，无人关注，也无碍观瞻，这亭又成了学生们的涂鸦之地。或祈祷“考研成功”，或表达对某位女生的爱恋：“爱在这里，不曾远离”“爱你一辈子”，或者相约“疫情过后，十年后见”。还有打油诗：

> 滚滚红尘是非多，
> 敢于爱你不寂寞，
> 人间烦恼天常在，
> 今朝南山放声歌。

大约，这也算一种校园文化吧！校园文化当然需要高大上，需要规则与秩序，但有时也不妨容忍自由、多元的存在。就像在欧洲的许多城市，有着古老的文化和高度现代的文明，其涂鸦文化也别具一格。

只是有点不明白，那位在 2020 年 3 月 19 日留言的男生，为什么要“疫情过后，十年后见”呢？难道湘大就是你的初恋，你想要让自己变得更有出息一点，然后再回来，大声地说：“亲爱的湘大，我回来了。”

湘大，就是那一抹乡愁。

何处是归程？长亭连短亭……

补记：

文章发出后，据朱向群老师说，还有一亭，在机械学院锻压楼边，名二维亭。

那天，我费了不少工夫，才找到锻压楼，沿路进去，竟别有洞天，一片不小的地方，有草坪，有池塘，池塘边有假山，二维亭就矗立在池边。亭的栏柱上有一副对联：

道生一一生二二生三三生万物自然而然

心和气气和精精和胎胎和婴儿应运而生

这对联颇耐人寻味。这亭的独特之处，亭里居然还有一木梯，踏着木梯上去，顶开一小门，上有一阁楼，供奉着神牌，小桌上插着蜡烛和香，顶上画有龙蛇，这一切颇具神秘意味。朱老师说，二维亭还有故事呢，只一直没机会向她请教，这里面究竟有着什么样的故事。

二维亭

在南山的阶梯里人来人往

有一年，全校性的通识教育课“西方文学欣赏”安排在南山一阶梯，那里可是装满了我们大学时代的许多记忆。我往南走，学生却纷纷北上，时光仿佛在倒流，勾起许多感慨，然后有了那篇《南山南北山北》。

80年代一阶梯讲座一景

1979年来湘大读书时，一教是唯一的一栋教学楼。据说原来的设计是六层，但那时流行“朝农”模式，把大学办到广阔天地去。受其影响，湘大也准备在全省办14个分校，总校的规模，则由原计划的3000人降为1000人，于是，当1976年建成的时候，这教学楼就被“瘦身”，只剩下四层了。

我们进校时，“朝农”风已经刮过，但楼已无法加高。于是，四层楼的一教和边上的一、二阶梯教室，就成了我们上课、集会的全部天地。

当时，各系各专业一般都只招一个班，所以基本上都是小班上课。上课多在一教。大课或讲座之类，则在阶梯教室。

那时的学生好学，湘大的学生似乎尤甚。一门无须考试的普通的摄影技术选修课，只能容纳一百来人的一阶梯，居然可挤进几百号人。有的学术讲座，里面实在已经水泄不通，便有学生趴在窗户外，就那样一、两个小时，照样如醉如痴。这情景，如今恐怕只能在追星族中一见了。

那个时代，读书人的理想就是成名成家，知识之“家”，博学、专学之“家”，就能成为一个时代的偶像。

一、二阶梯实在容纳不下学子们求知的热情，而后有了三阶梯、四阶梯。如今，三、四阶梯层层加码，如同那旋梯，不断盘旋，不断上升，终点也不是结束，竟也成了湘大一景。

还有，学校各系有什么集体活动，如文艺晚会、歌咏比赛、诗歌朗诵之类，都会放在阶梯教室。印象最深刻的一次，是中文系歌咏比赛，我们班选了一首印度尼西亚民歌《哎哟妈妈》：

河里青蛙，从哪里来？
是从那水田向河里游来。
甜蜜爱情从哪里来？
是从那眼睛里到心怀。
哎哟妈妈，你不要对我生气，
哎哟妈妈，你不要对我生气，
哎哟妈妈，你可不要对我生气，
年轻人就是这样相爱。

当别的班都雄赳赳气昂昂唱革命歌曲时，一向只会“闷骚”的七九级，却一鸣惊人，选了这么一首爱情歌曲，几十个人无伴奏一唱三叹，在几百位同学、老师面前，抒发柔情。那时学校规定学生不准谈恋爱，结果可想而知。这被视为我们班大学四年最大的一次“箧瓢”事件，是谁主导选的歌，直到现在也“查无此人”。回头想想，原来老实巴交的七九中文也“风骚”过啊，这让我对那“主谋”充满了敬意。它也成了同学们至今还津津乐道的话题。

还有一次，中文系举行诗歌朗诵会，很少写诗的我，也凑了一首小诗，叫作《献给祖国一片绿》。普通话不好，又从来没在公开场合“表演”

过，不敢上台，托一位同学代为朗诵。这“诗”，其中有一段：

一个绿色的梦
染着静夜的温馨，
叩开刚刚睡醒的同学的心扉。
这里——
是绿色的苗圃。
有灿烂的阳光，
有知识的乳汁，
这里——
有希望的光，
有生命的绿。

结果，点评时，有老师说：“这诗，有些地方用词不当，比如，梦怎么会是绿色的呢?”这给了我幼小的心灵以极大的打击，从此再不敢言诗。

许多年过去，在校庆六十周年编的《校友诗歌选集》中，我意外地看到这“诗”也光荣入选。脸红耳热之际，我想，也许当年那位老师是对的。要是他多夸我几句，让我写诗的热情从此一发而不可收，那得多糟蹋我们祖国的伟大诗歌啊！

二

当年的一教

读书时，一教刚盖好不久，只有一棵大松柏孤零零地杵在那里，别的树还没怎么长起来，绿草也不如茵，不少地方还光秃秃的。

但我们仍然喜欢在教学楼前照相，表示我们爱学习。还有，我们喜欢到一阶梯后面的那个阳台上去仰望星空，顺便看看从下面经过的女生。

印象中，一直以为那个阳台很高大，结果，多年后回来当老师，旧地重游，发现一教已经浓荫如盖，而那个“高大”的阳台，掩映在树丛中，躲在阳光的背后，成了一个背景。

春色中的一教美得一塌糊涂

而当年看电影的那块空地，也已经被参天的大树覆盖。那用于挂银幕的两棵树，不知是否还记得，他们当年那孤零零的模样。

后来，在中南铁道的时候，也曾回来做讲座，就在一阶梯，那个“梦”开始的地方，讲硕士开始就陪伴着我的陀思妥耶夫斯基，作为“省优秀青年社科专家”讲“成才”之路……

那天晚上，在一阶梯上课，我跟学生说起，当年如何在这里唱“河里的青蛙从哪里来”，还有那“绿色的梦”……讲着讲着，就有些恍惚了，不知今夕何夕。

三

后来，回来读研，北山已经开发，第二、第三教学楼也已经建好。

很惭愧的是，很少往西山那边去，以致很长时间根本不知道二教在哪。反正是在西山之“西”，可却无缘去取“经”。

我们研究生的课，基本上都在三教。课多是讨论，大家把桌子围成一圈，每个同学先讲，然后老师再点评。为了博得老师的几句赞扬，在课前拼命准备，在课上努力表现，斯情斯景，竟也历历在目。还有，跟老师的合影，也多是以三教为背景。三教就这样，与研究生三年的岁月，有了许多的牵扯。

后来，回来当老师，除了三教，上课最多的就是在逸夫楼了。只不过，从台下走到了台上。当年看风景的人，成了学生眼中的风景。

有学生写课堂感想：

> 听何老师的课，心灵有如在浩瀚的沙漠甘饮清泉，那种深入骨髓的清透与甘甜，让人刹那间忘却尘世的所有，一切，突然变得明朗与纯粹，一切，也如此旷远与宁静。
>
> 站在大学毕业的路口静静凝望，岁月的风铃在耳边叮当作响，四年的时光在指尖悄无声息的滑落中即将走向尾声，而在大学能遇见何老师算是给遗憾漫山遍野的大学生活添上了绚烂的一笔。

逸夫楼

想起当年自己在大学里听彭燕郊、张铁夫、曹让庭、王勤、刘庆云等诸位先生的课，那种醍醐灌顶的感觉，那种被掏空后的充实的快感，然后觉得，大学的楼，是因为有人，有难忘的老师，才会生动起来，才会让人永远记挂着。

四

那天，我们七九中文入学四十周年聚会，然后，又一次回到一教。

一教是湘大最有历史感的一栋楼，一如一位沉稳而不惑的智者，一年年，静静地送走一届又一届的学生。

而当他们归来，可能会发现，那些树又长高了，园子更漂亮了。一教，一年四季都在变换着模样。春天，有一树树的白玉兰、红花继木，放肆地灿烂着；夏天有紫薇，有满树的浓得化不开的绿荫；秋天有红灿灿的鸡爪槭，有白色的桂花飘香；冬天，有满地的松针，有沉静的绿，有银装素裹……

秋天的鸡爪槭

银装素裹的一教

每一个季节，都有不一样的美。

不变的，是对母校的那一种思念，那一份情怀。

那天，我们走进教室，当年上课的情景又仿佛一幕幕地回来了。没有了老师，大家便推举班长来给大家上一课。班长说，今天给大家讲一个词，然后，在黑板上郑重地写下：波者，水之皮也。然后，大家便笑；然后，下课。

再上一课

我们班有位同学，名字就一个“波”字，大家私下里叫他“水皮兄”。

而当年，现代汉语的王勤老师，第一堂课，就是让大家讲讲“茶拿来”和“拿茶来”的区别……

然后，我们又到一阶梯举行班会活动。那“甜蜜的爱情从哪里来”的歌声，仿佛还在那里飘荡。

你在逸夫的阶梯里畅想未来

我在南山的教室里回忆过往

也许，一个大学，就是在这雨洗风磨中完成着精神的传承。

当年，我们即将离校的时候，有同学在教室的黑板上写了一副对联：

人杰地灵惟楚有材

国振邦兴岂能无我

那时，校园里的每一块石头都想着去补天，而一间间教室，就成了他们通向未来的起点。

睡在我下铺的兄弟

一

"湘大八记"之一《看山不是山》在湘大公众号上发出，有学生留言：欢迎您来北苑九栋做客，那里或许也能勾起您的回忆。

真要谢谢这位同学，我研究生毕业后，就真的再也没有机会走进过学生宿舍了。

但后来回到湘大教书，每次从学生宿舍旁经过，我都会把脚步放慢，留恋地、好奇地张望一番，特别是南苑的那些宿舍。

上大学时，就住在南苑，那时也只有南苑，东边两栋，西边四栋，后来东、西又各增加了一栋。

记得四年搬过三次家，从西一，到东二，再到西三。搬来搬去，都离不开那弹丸之地。

那时的学校，小有小的便利。教学楼、宿舍、食堂，三点一线，都是数百步，几分钟即到。

那时的宿舍，走廊开在一边，一间间的大房子，南北通透，六张高低铺的床，可以塞进 12 个人。

我进校时，不知是不是报到稍晚了一点，留给我的，就只有中间的上铺了。

一选定终身，宿舍搬了，格局不变。就这样，四年，一天好几次，爬上爬下，练就一身好轻功（回家时爬火车，就有了大用场）。

我们七九级中文 35 个男生，三个宿舍，另两个宿舍都是同班的，剩下我们11人，便插进来一个七八级的师兄。后来，七八级的师兄毕业时，又进来一位八〇级的师弟。其间有位同学，因病休学一年，也留一级到了八〇级。我的同乡、八〇级的郑山明君写《我的大学生活》，说他也曾住这样的“综合宿舍”，八〇级两位，七八级一位，与七七级的师兄们住一起。

这样就成了“国际纵队”，各个年级的消息在这里汇合，晚上宿舍夜话，便会有“国内”和“国际”新闻的联播。

12个人同居，有时难免会有磕磕碰碰，但大多时候，大家都相互体谅，友好相处。如果哪个同学生日，或者有什么喜事，比如在校报上弄了块“豆腐干”，得了几毛或块把钱稿费，买瓶甜甜的葡萄酒，大家在食堂里多打几个菜，就可以聚餐了（上馆子，那是想都不敢想的事情）。

那时，教室和图书馆座位紧张，我们自习也常常就在宿舍。所以书都是堆在桌上或者在床靠墙一面码一排。但每个星期一次的全校性卫生检查（是评文明寝室的重要依据），麻烦就来了。桌上要一尘不染，不能有任何东西（我们常常发牢骚，桌上无书，还是读书人吗？负责检查的回答：规定就是规定）。于是，每周都有一次，忙于让这些书东躲西藏，就权当是捉迷藏、锻炼身体了。

我们把游校园也当作了政治学习

还有，每周一次的政治学习，一个寝室就是一个学习小组。学习也在寝室。班上会把六朵金花分到各个小组。男女搭配，学习不累。拥挤的宿舍，顿时会温馨许多。天气好的时候，就去户外，于是经常把游校园也当作了政治学习，美其名曰：此乃爱“校”主义教育。

因为总共就那么几栋宿舍，男女生分配下来，总难以归整，所以某一栋宿舍，就会有男亦有女。或者男生一层，女生一层，或者以中间为界，男左女右，这应该是叫“综合宿舍楼”了。

在这样的“楼”里，隔壁或者楼上楼下就可能有女生，走廊又是通透的，男生的穿着、举止、言语就会注意得多。毕竟，人都是在他人的目光中完成自我的塑造，何况，用我们一位同学的话说，还有“满楼红袖招”。

经常，每层楼正中的那间房子，住着老师，有的是辅导员，有的是家属不在学校的老师。无形中，在男女生之间，起着隔离带、边境线的作用。

中间那“套间”一般会隔成前后两间，叫前房和后房。记得中文系的著名诗人彭燕郊教授，因为家属在长沙，他一个人就曾住在那样一间屋子里。据彭老师说，小套间后房住的是数学系的郭青峰教授。原来，身边就有大师啊！无形中，我们仿佛也多了一分书卷气，一种上进的动力。

二

韶峰文学社的唐旭丹老师，发给我八十年代湘大学生宿舍的一些照片，她说：“当时的学生好安逸，有的在走廊上晒着太阳，有的在下棋，有的在弹琴唱歌，还有的在洗衣服。宿舍虽然拥挤，脸上却洋溢着青春的笑容。”

八十年代湘大学生宿舍一景

韶峰文学社是湘大教工们的一个文学社团，不少老师就是在湘大成长起来的。那里，其实也有他们自己的青春。

从前的日子，因为没有网络，没有劲爆的娱乐，似乎更慢一些。那时，宿舍的走廊，因为都朝阳，就往往成了公共活动的场所，可以晒太阳、看月亮、数星星，可以聊天、打牌、下棋，可以在无所事事时，看楼下经过的女生……

不过，二十世纪八十年代中期，我回湘大读研究生，已经不在南苑，而住北山青年楼去了。那时的青年楼，青年教师，研究生，男的，女的，都在一栋楼里。

那也曾是湘大最热闹的一栋楼，学友、球友、棋友、牌友、侃友……组成不同的群体，同声相应，同气相求。楼下的篮球场，下午永远是热火朝天，不光打篮球，还有打羽毛球，站圈练排球的，还有，一块空地，两个砖头一摆，就是足球场了。晚上，哪个女生，做了点好吃的，不用吆喝，就有人闻香而动，不一会就宾朋满座了。

青年楼也曾是湘大最北的一栋楼，一到冬天，凄厉的北风吹过，有人称之为“呼啸山庄”。

那时没有空调，学校便给每间宿舍装了一个用于取暖的煤炉。但需要的藕煤得自己到煤店去拖。藕煤供不应求时，就只能把散煤拉回来，自己做。那时，我们不光自力更生，还承包了老师家的煤球供应。天气好的时候，楼下空地里，一片一片等着晒干的煤球，铺排开来，一时也成了冬天一景。

然后，就是在这样有炉火的冬夜，我们三五聚集，高谈阔论，我们读完了论语、老子、庄子、萨特、弗洛伊德、尼采……还有金庸的武侠小说。飞雪连天射白鹿，笑书神侠倚碧鸳，然后觉得自己也有了几分侠气。

三

许多年后，回到湘大，想去看看曾经住过的青年楼，却发现，这里已经成了女生宿舍，大门有人守卫着，只能远远地瞻仰一番，遥想一下当年了。

如今的湘大，学生宿舍，除了原有的南苑，后来的北苑，主体已经转移到金瀚林和琴湖了。

金瀚林出“翰林”，琴湖有湖。

琴湖有湖

非常时期，快五一了，往日热闹的校园还寂静着。有博士生转发“湘大八记”之《水做的琴和画眉的倒影》，说：

> 对于已经半年多没见的学校，何老师的文字总是让人感动——我们的湖景房，已经好久不见，甚是想念了。不知道那群灰色的水鸟还在不在捕鱼，那年再次回到湘大回炉再造的时候，天天就是上课、读书、写文字，所以每天清晨和傍晚，最喜欢看那群（其实数来数去是四只）水鸟在琴湖上空徘徊俯冲抓鱼，飞走去琴湖食堂后面那方小树林，喂养自己的小雏鹰。还有我们专业的团宠，我帮米粉店老板家小孩喂养的蚕子应该已经饿没了。想想那时，整个班级由伦哥带着大家钻小树林子采摘桑叶帮我喂蚕的情景，也是这段读书期间不能忘怀的美好时光，当然还有马院新洲师兄打着伞帮我围着琴湖找桑叶的情景，班上几位宝妈帮我从长沙和衡阳给蚕带“进口桑叶”也是历历在目的回忆。也许这些生活细节不好写进以后的“致谢”，那就先在此记录一下吧。

能够住在湖景房里，每天读书、做论文之余，可以看水鸟、养蚕，真是一件幸福的事情。

知识、学问，有时代表的就是一种生命的体验。有道是：担水砍柴，无非妙道，行住坐卧，皆是道场。

大隐隐于村

松涛夕照

一

不少大学，教工宿舍都被命名为“某某村”，大约哪怕身居城市，大家也都对曾经的乡村怀着种种的不舍。湘大整个学校就曾被戏称为“都市里的村庄”，自然更加都是村了。

湘大校园里有四个村：南阳村、东坡村、松涛村、北斗村。这些名字起得真好，南阳有高卧，东坡自悠然，松涛声入耳，北斗星满天。自然、辽阔、大气。

湘大建校的时候，老师都住在真正的村庄——附近的农民家里。后来才建了南阳村。南阳村靠着运动场，两排，一排 4 栋，一排 10 栋，这 14 栋房子，便成了湘大老师们最早的安身之地。尽管这些房子，小的 20 多平方米（带厨卫的小二间），大的也才 30 多平方米（小三、大三间），有的是红砖所砌，有的还是大板房（水泥板架起来的，冬凉夏热，春天潮湿，不透气），但从不通水电，备课在煤油灯下，还不时有“异物”入室的农家，能够来“南阳”安居，已经是社会主义高级阶段，心满意足了。

“南阳有隐居，高眠卧不足”，南阳村虽然简陋，但却藏龙卧虎。那时，湘大曾经的那些大师们，都曾居于“南阳”，像中文系的羊春秋、萧艾等先生，还有我的硕士导师张铁夫先生。读研时，张老师住在东边一排一楼的一套房子里，每次去拜见老师，都有一种朝圣般的胆怯、敬畏与庄严。

还有，我的老家永州新田，南蛮之地，每年能到湘大来读书的也就一到两个，我们便都喜欢去两个住在南阳村的老乡家，打打牙祭。特别是在田野中捉了泥鳅、鳝鱼，便去他们家煎了炖了。在那饥饿的年代，留下许多饱满的记忆。

后来，学校往东、往北扩张，然后陆续有了东坡村、松涛村、北斗村。不少中、老年教师“北上”或“东进”，南阳村便越来越年轻化，除了一些“南下干部”（北上之后因为离婚又南下的），南阳村成了年轻的爸爸、妈妈和孩子们的“乐园”。

马院的刘小莉老师曾经写过一篇《南阳村的回忆》：

> 南阳村有好几幢的结构是通走廊，孩子们经常在走廊玩耍，大人们也经常在走廊里聊天，冬日阳光下，女人们则围在一块织毛衣，聊家常，有一种过日子的气氛。家家户户都敞开着门，随意进出，吃饭的时候，端着碗出来，互通有无，或者干脆将几家的菜集中到一桌，颇有点原始共产主义的味道。
>
> 南阳村的房子面积很小，但很温暖，小夫妻斗了嘴，本想一辈子不理，但房子太挤，隔不了几分钟就撞到一起去了，互相望一望、笑一笑，这仇恨就没了。客人们到南阳村来玩也很随便，不要预约、不要敲门，进门不要脱鞋，茶时喝茶，饭时吃饭。房子面积小的最大好处是容易搞卫生，用不着钟点工，巴掌大的地方，自己动手，几扫把，几拖把就划拉干净了。

我大学的那些留校的同学，有一段时间也都住在南阳村。有时，我回学校看他们，便会亲自体验到刘老师文中的情景。在某家，吃饭了，吆喝一声，大家便都来了。吃过饭，在走廊里，在冬日暖暖的阳光下，聊聊天，叙叙旧，真好。

后来，这些同学陆续搬到了北斗村、松涛村，有的同学调走了。慢慢地，南阳村也逐渐沉寂下来。后来，学校新建办公楼，运动场改建成文化广场，南阳村靠运动场的10栋房子也被推掉了，成了景观绿地。偶尔经过那片绿地，有时会奇怪，当年竟能容纳那么多栋房子，那么多的人。

南阳村东边的4栋还在，也不知道哪些人还住在那里，偶尔经过，已是满眼的陌生。

二

我的导师张铁夫老师，后来搬到了东坡村的一栋房子，住四楼。另一位硕士导师曹让庭老师，在同一个门道，住二楼。于是，每年回学校来看看两位老师，东坡村也就变得亲切起来。

我们曾把张老师比作是“麦田里的守望者”，他送走一届一届的弟子，让他们在外面的世界里疯跑，他自己，却守着湘大，守着他的书斋，安安静静地做着自己喜欢的事情。他的学术成果，大多是六十岁以后出来的。他有时来长沙，想多留他一会，他经常急急忙忙就要回去，问为什么？他说住不惯，在湘大待久了，自在惯了，感觉长沙的空气都不对劲。

彭燕郊老师，后来从学生宿舍的“套间”里搬出来，也住进了东坡村。他曾写《在湘大的日子》：

> 左维老师、沧南老师，还有郭青峰老师和我同住一楼，郭老师仍然是我的邻居。来了一个外籍老师，也住那里。学校没有围墙，校区里还住着农民，楼下就有水田，农民正在忙春耕，有时想出去走走，一走就走到田野里。在城市里住久了，这下算是圆了少年时代的梦，那时我的理想是做一个乡村教师，生活在农民里，在大自然里。

顺便说明一下，“左维老师”是当时湘大的校长，90多岁的沧南老师至今还住在东坡村，笔墨耕耘，一蓑烟雨任平生。

湘大圆了彭老师回归乡土、回归大自然的梦。他八十年代诗如泉涌，创作了大量新乡土诗歌，成了湖南“新乡土诗派”的代表人物，也许，与湘大的这段生活经历有一定关系吧！

后来，随着学校边上的“湘大教师公寓”的建成，很多老师搬出了校园。东坡村成了老师们开车上班、上课的必经之地。原有的一段路便成了瓶颈。直到两栋房子被拆除，新修的广东路拉通。一边是篮球场，是街舞广场，一边是沁园、子弟学校，前面是宽阔的广东路，东坡村成了人气最旺盛的地方之一。

可于我而言，随着张老师的离去，随着师母也去了长沙，他们的屋子空了下来，只有那些书，寂寞地守在那里。每次经过曾经的那栋楼，心里都会觉得空荡荡的，仿佛没有了着落。

三

曾经，让我感觉最神秘的，就是松涛村。

后面是秀山，前面是一汪池水，树木森森，几乎要把整栋整栋的楼都覆盖了。那感觉，就仿佛走进了北大未名湖畔的静园。

如今浓荫掩映中的松涛村

上大学时，秀山边的这几栋房子刚建好，是校领导和老教授们住的地方，所以这里轻易不敢来，只敢远远地望几眼。如果恰逢某位白发苍苍的老教授拄着拐走出来，觉得能跟他们在同一个学校，自己头上也仿佛有了光环。

中文系的姜书阁先生就住在松涛村，没有机会在本科的课堂聆听他的教诲，研究生又不在一个专业，也就一直无缘听姜先生的课。但姜先生已经是一个传说。毕业于清华，民国时做官做到国民政府的财政次长，二十世纪五十年代后在遥远的青海传道授业，七十年代末，在行将垂垂老矣时，在湘大焕发生命和学术的第二春……有时在秀山的小道上见到姜先生，看到那鹤发童颜、仙风道骨的样子，自己仿佛也受了感染。腹有诗书气自华，自己仿佛也有了读书上进的动力。

前排姜书阁先生（中）、羊春秋先生（左）、彭燕郊先生（右）

而彭燕郊老师，后来也搬进了被他称为“校长楼”的松涛村。他说：

> 房子更宽了，我终于能够把全部藏书搬来，书多，吸引同事、同学常来聊天。每天晚饭后，少则五六位，多则十一二位，都喜欢到我这里来，来得早些，就一起到屋后的北山散步，来得晚些，就聊天直到要就寝时才告辞。我生活在温馨的大家庭里。

我那时还小，根本不敢到老师家去。但想想那个场景，就够美的了。

难怪有人说，大学就像空气，自有一种气氛、氛围，无形之中你就受了熏陶。有学子曾写《老教授 夕阳 我》（田小兵）：

> 徜徉西山，看夕阳红遍，是件怡然爽心的事。漫步于夕阳红光

中，我追寻着夕阳的每一丝、每一缕。突然，我止住了脚步，我被眼前一幅画深深地吸引住了，我绝没有想到一位老教授拄着拐杖立于血红残阳中会有一种无与伦比的壮美！他纹丝不动，眼望前方：中山装、拐杖、皱纹、白发、眼镜铸成了一尊屹立的雕像……渐渐地，在我眼前闪耀成一个朦胧的光环，那样高洁，那样神圣，似乎在唤起我心中的一种激情，又似乎在赐予大地一种幸福之光。我惊住了，为这无限热烈的夕阳，为人与自然至善至美的和谐。我开始懂得了一种生命的历程。

也许，正是在这一刻，这位同学读懂了一部叫人生的大书。

松涛村后来又在秀山的另一面辟出一块，建了好几栋房子，于是，一些普通的老师也有机会在那里听听松涛声了。有老师写《校园杂咏》（湘舸）：

春日常闻百鸟声，更有山花放芬芳。
浓荫滴翠壁留痕，粉蝶扑窗午梦惊。
喜居郊外多野趣，时有牧歌伴书声。
放眼校园风光好，学习学问两宜人。

有道是大隐隐于村。就像北斗村，前面的那个园就叫静园。泰山北斗，起于平凡；为人为学，贵有静气。一个人如此，一个大学，恐怕也是这样吧！

后来，湘大教师公寓建成，很多老师搬了出来，校内的这些村便显得有些沉寂了。不过，这教师公寓总觉得少点什么，首先名字就这么直截了当，毫无回味之处。好在，隔着围墙，秀山就在面前。每天，透过窗户看几眼，或者绕过围墙，在山里走一走，浮躁的心，仿佛便安静了许多。夕阳下，小桥边，回首向来萧瑟处，归去，也无风雨也无晴。

一生一世三拱门

三拱门水彩画

一

许多年之后，面对校园，一个老太婆将会回想起，她父亲骑单车将她从市里奶奶家接到湘潭大学上幼儿园的那个遥远的下午。当时，湘潭大学是个刚复校两三年的大学，一座教学楼，几栋学生宿舍，盖在一片荒原上，黄土漫漫，活像史前的旷野。

这是图书馆的周凌云老师在转发我的那篇《湘大，那一抹乡愁》时说的一段话。

那是1979年，一个4岁的孩子眼中的湘大。

1974年8月的一天，虚了16岁的湘大和一个10岁的孩子相遇了，这一缘分让他们不离不弃一起成长共同走过了46年：

初到湘潭时，学校的校址尚未选定。第一站我随父母到了板塘铺。后来听大人们说因板塘铺那带选址占用耕地太多，……我们很快就从板塘铺搬到了羊牯塘。当时的冻肉厂十分支持湘大的建设，腾出了一栋宿舍平房给湘大筹备处。我们第一批到校者都住进了平房里，住宿、办公室都在一起。当时我家隔壁就是校办公室。夏天的晚上我们常常会搬个竹椅坐在外面，看满天的星星，看拖着长长的尾巴划过天空的流星和一闪一闪亮晶晶的萤火虫，最开心的事就是听当年住在我们隔壁的左维伯伯、王树谦伯伯、石光伯伯给我们讲故事。

这是朱向群老师讲她当年与湘大的邂逅。

其实，每个人都有与湘大相遇的不同的方式，每个人都有自己心目中的湘大。

1975 年，湘大迎来了复校后的第一届学生。开学典礼，在一块空地上，搭了几个台子，背后是临时盖的几间平房，做教室和宿舍，然后，这就是整个的湘大了。

据朱老师说，在参加开学典礼的那些“脑袋”里，其中就有他们几个小学生的小脑袋。大约，那时的大学生人数太少，大学与小学的开学，也就索性混到一起了吧！

湘大自 1974 年复校，很长时间都没有校门。我们经常在湘大老照片里看到的那个门，有点像一个临时的工地，临时搭起几根架子，权当是“门”了。

当年颇有时代和湘大特色的校门

等到1979年，16岁的我上大学的时候，如今宽敞的北京路还是一条窄窄的黄泥巴路，边上黄土飞扬的运动场据说当初是个池塘。曾经举行开学典礼的那块空地上，拓展出一个生活广场，这里有公交车站，有商店，有邮局，有照相馆，简直成了湘大师生们的生活服务中心和对外联络、交流中心。

1985年，湘大终于有了自己的校门——三拱门。

自从有了三拱门，湘大人便有了许多共同的记忆，共同的牵挂。

我常常想起那年的九月
你提着行李踏进三道拱门
映入眼帘的场景那样的熟悉
人行匆匆你重新出发
你说她任何为人称道的美丽
不及你第一次遇见她
被阳光抹绿的盛夏时光
是你人生中最美丽的记忆
走上半生只为拥抱她
铜像广场定格背影
晚安

湘大版的《南山南》，道尽了许多学子的共同感受。在最美的年华，遇见你，我的湘大。那感觉，仿佛就是初恋。

二

1985年9月，我来湘大读研究生，三拱门刚刚立起来。

我们都喜欢在这里照相，寄给远方的人，告诉他（她），三拱门，就是湘大。

据说，三拱门的设计灵感，来自伊拉克巴格达大学的校门，但被赋予了新的形象与内涵。有人说，“三”代表的是文、理、工的交叉、融合，以个人而言，当然也可以是德、智、体的全面发展；有人说，它像汉字

“山”，不断进取、勇登高峰；而每一道拱门像汉字的“人”，三人为众、众志成城；而拱顶是开放的，探索永无止境……

“三”，在西方是“三位一体”，在中国是“三生万物”。老子谓“道生一，一生二，二生三，三生万物”，“三”体现的是“多”，是阴阳和，是吸纳、融合、生长、创造，是涵精咀华、化育万物，也许，代表的正是湘大的精神。

当年，湘大的老师从全国各地汇聚而来，海纳百川，成就了湘大之“大”。

湘大学生的好学也是有名的。阶梯教室的鼎沸，图书馆的长龙，书店“抢”书的疯狂，曾让湘大一些学子记忆犹新。

孟泽教授在《湘大是一片原野》一文中曾回忆说：“在我们的宿舍一楼，有一间书店，当时全校七七、七八、七九几个年级的同学加起来大概还只有一千人，但是，那间书店的书架上却总是空空落落的。书到哪里去了呢？被买走了，来什么买什么，来多少买多少，只要是书。我一直记得书店里两个大小伙子守着孤零零三五本书的荒诞剧情景。”

我在“湘大八记”之《在南山的阶梯里人来人往》中说到当年在阶梯教室听选修课和学术报告时人山人海的情景，便有同班的王德亚同学在留言中补充：

> 物理系老师讲的“摄影技术”（有几个下午），我也听过，那老师的形象我还记得。还有物理系盛家铁老师讲的“激光知识”，我也听了，现还记得激光分类中的“脉冲式激光”。那时“激光”刚刚兴起，学校能给全校学生讲如此新知，亦见其新潮、前卫。学校配合“激光”，还在一教四楼电教室放过内部片《蓝光闪过之后》。

如今在中国人民大学做俄语语言文学教学与研究的陈方教授回忆她童年时的湘大：

> 我的童年记忆又被你的妙文唤醒了，我似乎想起阶梯教室确实是听讲座（报告）的地方，记得有一次不知什么人做的什么讲座（小学

时的我对此毫无兴趣），阶梯教室挤得水泄不通，我们几个在里面玩的孩子想贴着窗子溜到外面，结果走到一半发现好多学生为了视线更清楚，一脚踏着长桌，一脚蹬着窗台，几乎高耸入云地在听讲座，我们已无回头路，犹豫片刻，就从那片人体高架桥底下冲了出去……

有这样一种氛围，想不受感染都难啊。

前些天，中文系七八十年代之交几个年级的朋友圈里，传着七七级师兄袁铁坚写的一篇文章《一个真实而坦诚的人》。文章追忆前些时去世的中文系老书记马国兴。马书记以团政委的身份从部队转业到学校，在“尊重知识，尊重人才”的时代氛围中，也成功地实现了自己人生的转型，他“与人为善，公平处事，而且极具包容心。”学生的一些貌似思想解放“超前”的做法，曾引起风波，但在中文系都被淡化处理，学生毕业也未受影响，这才有了这些校友日后的成就和他们对母校的努力回报。

也许，正是这种开明与包容，才成就了二十世纪八十年代的中文系，八十年代的湘大的生机与活力。

三

今日铜像广场

2007 年，湘大继续扩张，三拱门作为校门完成了它的使命。

2008 年，湘大 50 周年校庆，广场上立起了毛泽东主席铜像，然后有了铜像广场。

2018 年，湘大 60 周年诞辰，铜像广场被纳入湘潭市精美城市建设工程，进行提质升级改造。宽阔的大道，连绵的树林，大片的绿地，广场真正地“大”了起来。

校门被前移到了二环路边，它其实不是门。那刻着“湘潭大学”四个字的石碑，沉静、素朴、大方，内敛而不张扬，它是开放的，仿佛只是一个路牌，指引你走进湘大，走进书的海洋。

今日新校门，是门不是门

迈步进去，你便走进了湘大的现在，也走进了湘大的历史中：

学府堂堂，伟人所倡。
鸿业奕奕，群贤共襄。
胸怀天下，立足湖湘。
广育英才，化育栋梁。
博学笃行，凤翥龙翔。
盛德日新，报国强邦。
跬步千里，日就月将。
矢志一流，勃兴未央。

这是湘大的“足迹”，也是湘大的精神。沿着这“足迹”，从 1958，到 1974、1978、2005……直到今天。

1958 年，湘潭大学诞生，毛泽东主席亲自题写校名，并嘱托：一定要把湘潭大学办好。

1974年，国务院批准恢复湘潭大学。

1978年，湘潭大学被国务院确定为全国16所文理工综合性重点大学之一。

2005年，教育部与湖南省签署协议，将湘潭大学列为省、部共建学校。

湘大，就这样一步步走过来。

三拱门，则成了湘大的一个符号，一种精神象征。

如果说，湘大是一本书，三拱门便是开启这知识殿堂的钥匙。

数风流人物，还看今朝。

当年的一田，如今成了文化广场，成了学子们聚会、开演唱会，放飞梦想，舞动青春的地方。

文化广场边的办公楼，据说设计者的理念，是让它成为一本徐徐打开的书。

北京路，让三拱门与图书馆遥相呼应，互相致意。

博学笃行，盛德日新。大学，就是一个读书、修炼的地方。

在书山学海中成长。

然后，开始新的旅程。

四

要分别了。然后，来到三拱门前，再留下几张照片，再大声地说一声：再见。

再见，就是为了再次相见
我们都曾经历过人间的悲欢合离
怀着远大的梦想走出三道拱门
你说未来的道路不太清晰
全世界的湘大人给你勇气
向前跑吧
黑夜给你好梦

新的启程 新的一场旅行

毕业了，无论你走得多远，飞得多高，你会无数次梦回三拱门。因为它早已成了你生命的一部分。那里有你的青春印记，你的懵懂幼稚，年少轻狂，你的梦想，或者，你的初恋。

湘大是我的初恋，我的初恋是你。

永远记得的是初见你时的模样

你带我追溯宇宙的起源
引导我思辨人生的方向
你教我做傲雪的梅花
风中挺立的白杨
你一次次告诉我应该喜欢自己的改变
我却自私地希望你永远保持初见时的模样

——皇甫少华《多想告诉你——献给母校湘潭大学》

也许，这就是初恋的情怀吧！就像我们时时为湘大的发展、变化而欣喜，却又时时怀念她旧时的朴素的模样。

离开母校三十六载，我们七九中文入学四十周年聚会，钟大兴同学写了首歌《我和我的母校》，然后让大家学唱：

我总想飞得更高

我最亲爱的母校
三道拱门永远把我拥抱
你像母亲一样引领我守正创造
我和我的母校
像蓝天和那鹏鸟
鲲鹏是天的骄子
天是鲲鹏的依靠
每当蓝天在感召
我总想飞得更高
我们憧憬
诗和远方
共成长同欢笑

自从那一天走进三拱门，仿佛就是一个前世的约定。

据说，三拱门每一“拱”单壁弯折处高 13 米，双臂合起是 14 米。1314，我们与三拱门，与湘大，也就这样“一生一世”了。

第四辑　湘大江湖志

写完“湘大八记”，就想着写写湘大的人，湘大的江湖。但如要写湘大的前辈大师们，那是要焚香静坐，诚惶诚恐，高山仰止的，且难免论资排辈之嫌，索性先写写熟悉的人和事，任人唯亲，嬉皮笑脸，没有正经，皆成文字。他们中有校长，有教授，有社长，有诗人，有铁杆校友，有学生眼中的“男神”……试问江湖都几许，纵横四海，我湘雄起。

谢哥：纹枰碧水悟钓禅

入学时的谢哥

一

谢哥姓谢，名伯端。湘大中文系七八级，我的师兄。

先看看网上谢哥的简历：

谢伯端，男，1953 年生，汉族，湖南辰溪人，副教授。

1970 年参加工作，先后在辰溪县谭家场公社谭家场大队、锦滨公社唐家人大队插队务农。

1976 年回城，在湖南省辰溪县轻工业局泥木建筑社工作。

1978 考入湘潭大学中文系汉语言文学专业学习。

1982 年毕业后留校任中文系教师。

1988 年开始，历任湘潭大学中文系副主任、教务处副处长、成教学院院长。

1995年4月，任湘潭大学党委委员、副校长。

1999年1月，任湖南商学院党委副书记、院长。

2005年4月至2013年11月，任湖南工程学院党委书记。

这简历，给人的第一印象，是官运亨通。29岁才大学毕业，42岁就到了副校级的位置，46岁成了大学校长。

可是，临到退休，还是个副教授。这在中国的大学里，如果不算“独一”，不知“有二”在哪？谢哥毕业当老师，做方言研究，已有良好基础，以一校之长的身份，弄个教授、博导当当，恐怕易如反掌吧！可他一旦到了管理岗位，就坚决与“学界江湖”划清界限，绝不脚踏两只船，左右逢源。这也正是我最佩服谢哥之处。

有读者可能纳闷了，你口口声声“谢哥”，置领导的威望于何地？可我这一辈子，无论背后还是当面，就没叫过“谢校长”“谢书记”，而只有“谢哥”。一是习惯了；其二，这“谢书记”的平易近人，没有官架子，实在不是装出来的，而是在骨子里，他就透着一股“平民”气。这“书记”真的叫不出口啊！这在我与大小领导的交往史上，也算是独一份了。

二

谢哥虽为师兄，但他的“方言”和我的“俄罗斯文学”，实在是不搭界。心理上走得近，是因为一样好玩的东西：围棋。

我学棋也晚，1988年研究生毕业那年才接触围棋。我的围棋启蒙老师，是同班的邱运华。他本科毕业后去内蒙古大学读研，研究生毕业回湘大教书，俨然就是围棋高手了。我从被让九子开始，但进步很快，毕业后不久，我就是可以跟邱佬平下了。有次，从长沙回湘大，在邱佬家下棋，谢哥正好进来了。他一边观棋，一边问：“让几子？”邱佬说：“平下。”谢哥便惊讶：“从来没听说何云波会下棋，怎么一下子就这么厉害了？”

谢哥的围棋，大约是上大学的时候学会的，他们班有好些围棋爱好者。后来下棋的同学大都毕业走了，留校的谢哥、谭哥（谭松林，后来还曾为我主编的《世界围棋通史》做过编校），还有邱佬，大约都是有段的水平，就算是围棋高手了。

然后，有机会见到谢哥，就会下下棋。据谢哥说，湘大教工围棋协会成立的主要发起人，除了1983年毕业分配来湘大的罗约克，还有他和计算机系的副主任邹老师、中文系的杨升初（王勤的研究生，毕业留校）。教工协会的证件、公章由他保管。邹副主任和他当时都是校工会委员，所以成立教工协会得到了校工会的支持。学生围棋协会成立更早一些。老师里，罗约克水平最高，而他、邹主任、杨升初都差不多，应该就是一级到初段水平。教工协会第一次发段位证，谢哥被定为一级。后来仿照湖南省九星杯围棋赛，学校举行了一次定段赛，他拿到初段证书，终于成为有段的“棋士”了。

做《围棋与湘潭》，本来想写写湘潭的领导干部们跟围棋的结缘，谢哥说不妥，不肯接受采访。过了一段时间，我发一微信，说：“正在写关于谢哥的文章，你领导不接受访谈，可阻止不了我用文字来巴结或调戏领导啊！”他说：“千万别写！”我解释：“我只写围棋和钓鱼，跟领导的经国大业无关。”然后，他终于发过来一段文字：

> 我们几位师兄弟下棋，印象深刻的有：我们下棋做不了“君子”，老要指指画画，刘刚强怕我指点，把宿舍门关上和别人下棋，我只好找个凳子，趴在门上的窗户上，拿根棍子指指点点。杨升初后来在北山青年楼分了一间房，这就有了下棋条件，我和他两人经常下通宵。最气不过的是和你下棋，刚开始时可以让你三子、两子，谁知几个月过去，变成你要让我的子。

趴在窗户上还要指点江山，真是神来之笔！

只是，谢哥是否下过让我二、三子的棋，我真的没有印象了啊！

后来，谢哥到湖南商学院当校长，我们在同一个城市，见面的机会多了一些。记得有一次去他学校，我带给他一块棋盘，是2001年参加贵阳围棋文化节的时候买的，与正常棋盘一般大小，但可折叠，做工精美，还镶有金边。这可是我最心爱的一块棋盘，咬咬牙，怀着嫁女一般的心痛，托付给了谢哥。那天，我们就在这块棋盘上下了一盘让子棋。将谢哥痛宰一顿，才稍稍平息了一下依依不舍的悲伤的心情。走时，还不忘交代，好好爱护这块棋盘，下次我们再下。

可后来很多年，都没有“下次”了。尽管因公因私，都还去过商学院（如今的湖南工商大学），还有后来去湖南工程学院（在湘潭），我们都只“口谈”，不再手谈。但只要说起围棋，往昔的点点滴滴涌上心头，满满的都是温馨。

因为编《围棋与湘潭》，终于又有了一次见面下棋的机会。那天，约了谢哥，还有湘潭文史专家何歌劲、刘安定，负责《围棋与湘潭》日常事务的棋友欧阳遏舟一起来湘大。结果刘安定先生说他们几个都住得很近，索性在他家小酌吧！

好几年不见，见了面，首先问：“那块棋盘可安好？”谢哥答：“好着呢！”嫁出去的女儿无恙，这才安心喝酒、吃饭。饭后大家撺掇谢哥，和何教授来一局。然后，许多年之后，我们又一次纹枰相对。两人平下，一招一式，大家和风细雨，难见战火硝烟。其间，有旁观的棋友指点某块棋如此这般，就可以杀死的。我笑笑，说：“抱歉，没看见。”然后，小胜终局，大家皆大欢喜。

许多年后与谢哥围棋一局

完后，聊天，问谢哥忙什么呢，答：“垂钓、下棋。”在网上下，在2、3段之间升升降降，自得其乐。

三

2013年，谢哥退休，他写《退休真好》：

会海文山随梦逝，
蜗居独处也江湖。
垂纶四季筹谋细，
对弈三更计虑疏。
蹭网开机忙点赞，
刷锅配菜乐炊厨。
顽童皓首桃源钓，
长慕沅湘有楚徒。

由庙堂入江湖，迷棋之余，谢哥又开始回归学术，接连写出《辰溪方言》《张家界方言》等专著，以示那什么学术，不就是码字嘛，为官时非不能也，是不为也。之后，谢哥又迷上了垂钓，且从此成瘾。他先在自己的“领地”木鱼湖练功。木鱼湖公园是他任湖南工程学院党委书记期间，由学校出土地，湘潭市人民政府出资金，校、地共建的开放性公园。据说如今已绿树成荫，水波荡漾，他说，偶尔得闲，去木鱼湖公园甩几竿：

共建谋筹犹在目，
而今退位扮渔翁。
柳丝拂面遮冬日，
野鸭追虾入苇丛。
大学城中求学问，
木鱼湖里起禅风。
行人偶遇呼书记，
惊起涟漪碎碧穹。

在木鱼湖小试牛刀，自觉功力渐长，然后背着钓竿辰，闯荡江湖：湘潭、长沙、株洲、辰溪、麻阳，以至上海、深圳、东莞、惠州，遇水则喜，四处游钓。并且，平时钓，过节、生日也钓；白天钓、晚上钓；钓瘾发作时，梦里还钓：

残荷碎雪鲫鳙隐，
困顿厅堂叹几声。
标动提竿疑巨物，
南柯梦醒是三更。

他夫人写《钓鱼人的苦与乐》：

老伴退休后迷上了钓鱼，而且一发不可收拾，越来越痴迷，恨不得天天呆在水边。用钓友们的专业术语来说就是“中毒”了，无药可救，唯有钓鱼才能“解毒”。

钓友们自己总结：世上最苦、最累的，一是小偷，再就是钓鱼的了。

可“中毒”了的谢哥，却不以为苦，反以为至乐。虽然钓技跟他的棋一样，呵呵哈哈（他 QQ 的昵称就是“水平不高”），时不时当“空军”，有时，连初涉此道的老婆也不如：

老婆好运上连竿，
钓友齐夸技不凡。
塘主嘻嘻讥讽我，
回家做饭洗衣衫。

技不能高漫自娱，且可随缘道我赢，下棋如此，钓鱼亦然。“水平不高”的谢哥，却技进乎道，大有得道成仙之势：

修仙何必蓬莱境，
碧水渔歌映晚霞。

莫问俗人天下事，
青山绿水半神仙。

野钓不知三伏暑，

清凉自在浸丹田。

谁知白发空心境，
碧水天涯悟钓禅。

山闲闻鸟语，水静见鱼游。
习习清风拊，无暇戚戚忧。

谢哥的钓鱼水平，不知是否如他的围棋，业余有段。而在无鱼咬钩时，坐在水边胡思乱想，凑成的钓鱼系列打油诗，在我看来，应有专业高端水平。就如我等下棋，技不如人，但境界比你高，道行比你深，文字比你好。“手谈”不行就“口谈”，让你肃然起敬，高山仰止，哈哈！

四

湘江桥下指点江山

谢哥 1978 年入湘大求学，1999 年，身为副校长，因工作调动离开，在湘大度过了 21 年的时光。后来回湘潭工作，退休也在湘潭。如今，还时不时回趟湘大，看望过去的老师，为了母校，也为了曾经的“方言”研究。他曾在 2015 年同学聚会时写过一首诗：

从来大势定浮沉，入学方知梦境真。
羊牯塘边吟屈子，青山坳下伴伊人。
歪瓜裂枣皆仙果，凤子龙孙也草根。
皓首唏嘘思往昔，同学情谊仍痴心。

不光是“同学情谊”，对母校，大约也是如此吧！2019 年，他们七八中文已经退休的同学，还弄起了一场场“说走就走”的旅行：

识君四十年前，而今皓首三湘转。书遗石鼓，衡峰雁去，将军血战。观崀山鲸，漂夫夷水，品新宁宴。谒愚溪拗石，青莲圣脉，泪斑竹，群龙奠。

说走江湖相见，浪天涯，诸神称美。高歌佐酒，雅荤添兴，风姿多倩。丢石联娇，留情池柳，舞酣人眩。约来春就走，梦萦羊牯，盛年重现。

“梦萦羊牯，盛年重现”，下棋钓鱼乐陶陶，无论走到哪里，但“根”还在羊牯塘，在湘大，那梦开始的地方。

老龚：反面的正面

张铁夫老师与88届研究生弟子合影，前排左起龚伯禄、
张老师、龚小君、张维嘉，后排左起詹志和、曾思艺、何云波

一

老龚，名伯禄，是我本科的师兄，研究生同学。在班上年龄最大，本科七八级的，八五年读研时，已经快要“不惑”了。

我们那一级，12个人，分欧美和俄苏文学两个方向。两个导师，曹让庭和张铁夫老师，一人带6个。课一起上，看起来就像一个研究生班。老龚当我们的班长，人很随和，喜欢说笑话，冷幽默的那种，把人家逗笑了，自己还作古正经，极严肃的样子。特别是那种带点“荤”的笑话，他可以从头到尾不带一个“荤”字，却能把人逗得前仰后合，还回味无穷

（有同学评论他的“痞”，是智慧的“痞”，痞而不俗，嘴痞身不痞，“唯愿众人皆快乐，甘背痞锅独自行”），高，实在是高。

龚兄人长得到处都是圆圆的，慈眉善目的样子，我们都亲切地叫他“я的龚”（“я”是俄语代词，读“亚”，“我”的意思）。不过，他还是最喜欢女同学叫他“老龚”（老公），每当这个时候，他都会大声地应着，一脸狡黠的得意的笑。

老龚原在岳阳师专（后来改为湖南理工学院）教书，有两个孩子，老婆户口在农村，没有“工作”，自己又出来读书，家里经济自然紧张，但从来没有见他叹过气、抱怨过什么，总是一副乐呵呵的样子。

不过，有时也会看到他发脾气，呵斥人。那是在牌桌上，我们班的另一位同学詹志和（湖南师范大学本科，在吉首大学教书，研究生毕业后去了湖南师大，我们经常问他：你究竟是把师大还是湘大当作你的母校，他总是嘿嘿地笑，不答），还有诗人曾思艺同学，只要和龚兄做队友，就会经常被他骂得狗血喷头。詹兄脾气好，不与他计较，牌局便能继续顺利进行。思艺是邵阳人，又是诗人，有点个性，便经常要跟“я的龚”摆事实，讲道理，明辨是非，然后，牌桌上的斗智便经常会演变为口舌之争。后来，他们都不大愿意跟龚兄一边，我便经常成了龚兄的队友。一来俺们牌技不错，二来龚兄从来不敢骂我。因为我的策略就是：一旦有错，我先骂他。这叫对待同志要像春天般的温暖，对“恶人”就要严厉管教不留情面，哈哈！

老龚生活过得一直很节省。毕业后，他回到岳阳，慢慢开始“出人头地”，当上了系里的书记，后改任学校的工会主席。老婆的工作问题解决了，两个孩子也上了大学，毕业后都事业有成，生活用一句俗话说，真的是芝麻开花节节高。见面时，他都要邀请我们去他那里，说：“到时候要杀一头肥猪。”

只是，这猪一直连毛都没见着（后来“杀只猪”就被调侃成了“杀蜘蛛”）。他自己倒是有滋有味做起了什么“文学与孤独”之类的课题，还跑到北大去进修，做起了访问学者（据说有一年在张家界开中国比较文学年会，一老者不起眼，被服务员恶声恶气欺负。老龚一改平时好脾气，大声训斥服务员，并亲自搀扶老者上楼，老者大为感动。老者是那比较文学江湖里的一棵大树，从此为老龚撑出一片荫凉，还专门为老龚那“文学与孤独”的书写了序），老龚也在菩提树下顿悟成“佛”，“孤独”成了教授。不过，看他每天喜滋滋笑面佛的样子，真不知道那“孤独”是从哪里来的。

龚兄六十岁到点退休。那天，我们去湘大给两位研究生导师祝寿，他们一位七十，一位近八十了。路上聊天，龚兄很“严肃”地提出：何老现在是围棋界的名人了，还成了中国首位“围棋博士”，可当初他还是我的启蒙教练呢。说起来，他也应该算是我的导师之一，也应该纳入此次被“祝”之列。

这“导师”得解释一下，当年研究生班上，龚兄和詹兄，还有古代文学的罗毅罗弟子（何以为“弟子”，以后再慢慢道来），那时都号称围棋高手。我研究生毕业那个学期，等着答辩没事干，便学起了围棋。先挑战身边的这几个“高手”，他们都一副高深莫测的样子，从来只热衷虐我，不肯传招。我只好拼命看书，一个月就把他们打回原形：“高手”原来是菜鸟。可等何云老在棋界混出个模样来，他们便到处吹嘘，当年“为师”如何如何……

席间，我祝酒，祝两位老师健康长寿。我又说，龚兄也想升级，取得跟两位导师一样的资格，这次就算了。十年后，再来为他们一起做七、八、九吧！大家便笑，纷纷说好！龚兄也笑，说，好啊！好啊！只是下次不能让某某同学参加了，他远道而来，手机都没有一个，还要借那些本科的学弟学妹的机子打电话，幸亏人家不知道他是谁，不然把老师们的脸都丢尽了。

大家便笑得更厉害了。

二

龚兄回了岳阳，想念时，有时大家会约在长沙聚一聚。那时还有一个研究生同学邓江祁，在省教育厅当处长，经常是他张罗，加上在师大当教授的詹兄，正好凑成一个四人组，吃饭、聊天、晚上玩玩升级、斗地主。

龚兄经常喜欢和我做队友，乐呵呵地，一边赢牌，一边享受被我“笑骂”的滋味。

后来，江祁、詹兄先后退休，我从中南回到湘大，大家聚会日少。有时去岳阳，会首先问：“龚兄，你那肥猪准备好没有。”他便笑，说：“好了好了。”可我自己的研究生弟子在岳阳的也不少，每次龚兄揣着老伴特批的“银子”而来，却哪有他这“师伯”买单的机会，没能把对何云佬的深情厚谊表达出来，为此龚兄总引为憾事。

有一次，我四川的一位博士师兄来长沙开会，完后说想去洞庭君山看看。我便开车，第一站先投奔龚兄，龚兄终于乐颠颠有了做东的机会。饭后去参观他学校里的别墅。别墅就在洞庭湖的内湖南湖边上，杨柳依依，湖光山色，水波潋滟，晴雨皆好。三层的小楼，宽敞大气，让我们羡慕得流口水，连问：“别墅可还有？你们学校还要人吗?”

然后，就在龚兄的别墅里转悠、喝茶、聊天。在高大上的别墅一楼，庭院里，龚兄还种了菜，养了鸡鸭，于是，空气里，便弥漫了农家的味道。我们便笑龚兄，装模作样做了教授，骨子里还是农民啊！龚兄便呵呵地笑。

回到湘大，不时会想起龚兄那笑眯眯阿弥陀佛的样子，想起过去求学的那些时光。然后跟龚兄说，有机会回湘大看看吧。他说好，却一直没能成行。

有次他跟我要陈玉莲老师的电话，事后他告知，跟陈老师联系上了，其实是想了解一下两位师母曾老师、冯老师的情况。我突然想起当年的许诺，给龚兄，还有两个导师，一起做七十、八十、九十大寿，现在，龚兄也过了七十了，两位导师却已经不在了，那样的机会再也没有了。

想起，不觉泫然。

补记：

“湘大江湖志”第一篇写谢哥，龚兄在微信里说，把文章发到七八中文同学群里了，反响很好，他们都夸你和伯端呢！我说：“‘江湖’里也有龚兄。”他说：“你千万别写我，笑话我，要写就写那些正面人物。”我便笑龚兄，原来你自认反面啊，那我就只写反面中的正面，哈哈！

然后，难产了很久的题目，就突然冒出来了。

只是，写完亲爱的“Я 的龚”，我真的不知道，哪是他的正面，哪是反面啊！

桂佬孟泽：八十年代的精神传承

一

湘大中文系曾经有三老：姜书阁、羊春秋、萧艾，他们都是研究中国古代文学的，如果加上诗人彭燕郊，就是“四老”。

我读研究生的时候，我的几个本科同班同学，已经毕业留校当老师，也以“老”相称，于是有了刘老、邱老、桂老，号称“新三老”，又被称为“三剑客”。而我，还在读研，为了凑数，就成了“何云老”。

刘老名演林，大学时就是很能写的才子、诗人，毕业后当过中文系辅导员、写作课老师，后来成了湘大的宣传部部长，后来又去其他高校高就，成了校级领导。

邱老，名运华，我们平时都叫他“邱毛”。邱老曾经跟我同一个专业，做俄罗斯文学，还是我的围棋启蒙老师。邱老教外国文学，做过中文系副主任，后来去首都师大，当人事处处长、副校长，现在是中国民间文艺家协会党组书记（正儿八经的正厅级干部），从事弘扬祖国民间文化的伟大事业。

桂老，原名张桂喜，有时我们亲切地叫他阿桂。毕业留校。做了教授后，可能觉得这名字有点俗，便有了一个非常大气、诗意的名字：孟泽。

这年轻的“三老”，以其颜值和朝气，当时在中文系的人气，大有跟老“三老”比肩之势。这也因此惹来一些误会和麻烦。比如，有一次，在系资料室，大家都在找书看杂志，有老师叫了一声“刘老”，那老资格的刘建国老师，正好也在，便回过头来，慈祥地看着那位老师，此“刘老”

非彼“刘老”，那老师作声不得，只好讪讪不能语……还有，有老教师向领导提意见，他们年纪轻轻就称“老”了，那置我等将老未老的于何地？于是，“三老”知错就改，书写时，“老”而成“佬”，口头上，习惯成自然，大家依然如故。

时在湘大任职的谢哥曾讲过一个小故事：

> 潘长良校长到湘大后，对大家喊“刘老”“桂老”“邱老”不理解，问我为何年纪轻轻却称“老”。我告诉潘校长，这个“老”要加个单人旁。潘校长哈哈一笑。

当年“大学老师”听上去很美，待遇却低。三剑客囊中羞涩，曾和后来以《青瓷》爆得大名的浮石一起，写了几本武侠小说，卖给书商，用的都是金某、古某的笔名。大有在金庸、古龙之后，执江湖牛耳之势。

至于我自己，研究生毕业后，回到长沙铁道学院，也索性一直以“何云老”自居，倒也不见异议。至于同学间，有的故意要称“何云佬”，那也就哈哈了。

二

闲话少说，言归正传。这里单表著名的桂佬。

桂佬孟泽之于湘大，最广为流传的就是他关于湘大的那段“名言”了：

> 这是一片不失野性和宽大的原野，在原野上长出来的花果林木，总是让人感觉到健旺丰沛的草莽气息和生命力，感觉到自由和生猛，当她逐渐成长起一份精致和文雅、严密和理性时，她就不只属于湖南乃至中国了。

这是1998年，湘大40周年校庆时，学生访谈桂喜教授时的一段话。文稿《原野上的湘大》发表于学生办的一个内部报纸《读书人报》，但不影响它广为流传。有校友说，在湘大，这段话之知名，仅次于伟大领袖“一定要把湘潭大学办好”的嘱托。这说法虽有点夸张，但也由此可见它的影响力。

桂佬大学跟我同班，不同寝室，来往其实并不是很多，不知怎么的，就攀上了亲家。那时，我们都是女朋友还不知道出生了没有呢。毕业写留言，还正儿八经地亲家长亲家短的，“翘首望君成，莫负断肠人”，弄得不明内里的还以为那什么什么的。

毕业了，桂佬留下来读研，师从羊春秋先生。我先去了长沙铁道学院教书，两年后，1985 年，才重新回来，住北山青年楼，湘大的研究生和年轻教师都住那里。那时他研三，我研一，却碰巧（也许是操作）住在了一起。然后，一起读书、打球、看球、玩牌之类都不说了。那时，他正做毕业论文，研究明代文人、狂士徐渭，每天晚上都纠结于徐渭的那种挣扎、分裂的人生中，睡得很晚。而我，习惯早起，于是，无怨无悔地给他买了一年的早餐，他也默默地享受了，大家都好像有了一种默契，感谢的话也免了。

一个人做一件好事并不难，难的是天天都做好事，还没有人知道他在做好事，哈哈！

很多年以后，何云老在桂佬的心目中，首先仍然不是学问，而是那早餐。

三

二十世纪八十年代的湘大，充满着蓬勃向上、生生不息的活力。这首先有赖于一批大师的熏陶。桂佬在那篇《原野上的湘大》中回忆当年的课堂：

> 大约大三的时候，彭燕郊先生（20 世纪中国诗史上，不可能没有关于他的篇章）和萧艾先生（愿上帝在他的身旁保护他卓越的不同寻常的才思、愤怒和刻薄）在同一个学期给我们开设《诗歌欣赏》《王国维研究》的课程，当他们用当时中国学界最“前卫”的思想和学识，向我们滔滔讲述波德莱尔的《信天翁》、雪莱的《西风颂》，讲述王国维如何在古典与近代、东方与西方的苦闷疑虑中自沉昆明湖时，

我有一种被扩张、被启蒙的强烈感觉，混沌初开的感觉。其时，我开始读到李泽厚的《美的历程》，我几乎把这本书抄了一遍，我第一次体会到，即使是已经流逝的生命原来也可以是灵动和温润的，美的表达就是生命的表达，而生命是无法或者说不应该简单地概括和定义的，它永远体贴不尽，永远在被发现和创造中，全部文化史写满了这种体贴、发现和创造，让人魂牵梦萦。

湘大原野上的桂佬

受其影响，老孟也成了这样一个用“生命”在做学问的人。从硕士论文对徐渭的那刻骨的“悲”与“痛”的体察开始，到写作《广陵散——中国历代狂士》《有我无我之境》，自出机杼，一空依傍，到后来做博士论文《王国维鲁迅诗学互训》。以我们这一代人的学养，以我们时下的学科归类，能够以此为题作研究的人不会太多，有能力和悟性从王国维、鲁迅身上找到问题意识，把两个表面上风马牛不相及的人冶于一炉，做出别具一格的“互训”的人更少，连“互训”这个词也是老孟在首都师大十号楼冥思苦想的创造。学者陶东风曾有这样的评判：

《王国维鲁迅诗学互训》从20世纪两位最伟大的思想家王国维与鲁迅的思想状况与文化身份的共同结构特征——两歧性入手，对两人的诗学进行了别具一格的互训，于常人不留意或以为无处着手之处另辟蹊径，并终于通幽，这既得力于作者异于常人的运思能力，更受益于作者秉持之敏锐聪慧的生命感受，加之文字灵动而富穿透力，终于写出了这篇才气横溢的论文。

后来，老孟又到在湖南教育电视台讲《洋务先知——郭嵩焘》，从古典到近代、现代，从文学到诗学、哲学，在专业分工越来越细致的今天，他却反其道而行之，逐渐从“专家”成为“杂家”。当学术需要一份生命的体贴与温度时，知识、学科的人为分类，有的时候就没有多大意义了。

也正因为如此，他的学术，也常常越出体制之外。他基本不报项目，没有申报过政府级别的奖励，论文也常常非C刊，尽管大家都知道他学问极好，文章写得漂亮，著作也不少，但有时填起表来，便难免有些尴尬。他常常说，一个好的大学，就应该养一些“闲人”，让他们从容做学问。他曾寄望于湘大“在她已有和将来一定会要发展出来的每一个学科，应该着意造就与吸纳具有独立品格和学术优长的真正的知识分子，大师或准大师，而不只是每年发劳保福利似的在校属各单位评多少高级职称。”但在现代急功近利的大学竞争中，哪个学校又有功夫百年磨一剑一般慢慢地熏染“大师或准大师”，让他们从容生长呢?

四

2001年，老孟去首都师大读博。正好长沙铁道学院和湖南医科大学、中南工业大学合并，组建中南大学。我跟他说，如果想来长沙，就来中南吧！于是，就这样，我们成了中南大学外国语学院比较文学的同事，住在铁道校内。那时，铁道的比较文学，有孟泽、钟友循（中国现代文学研究专家）、张旭（翻译学研究的后起之秀），再加上我，被人称为“四大金刚”。这“四人组”放在国内任何一所大学，都堪称强大，但孟老、钟老都是属于只管埋头拉车，自得其乐，哪管前面是阳关道还是独木桥的。在课堂上，钟老师是言必称鲁迅，孟老师则经常是从一本书、一个话题开讲，然后就海阔天空了。领导也不管，反正学生喜欢就行。

孟老师留一头长发，思想也前卫，骨子里还保留着难得的“愤青”气概，学问好，讲话的声音带磁性，属于“男神”级别，自然引来崇拜无数。我曾写过一组“校园情话”：

听课

一群研究生与老师一起吃饭，一漂亮女生跟一位老师说：“老师，我要敬你一杯酒，表示道歉，因为我从未去上过你的课。”老师说：“那要罚酒。”女生说：“可是你的课我全听过了。”老师问何故？女生鬼鬼地笑，不答。

过后，该女生跟其他人解释：有一粉丝，一有孟老师的课，必六点半就起来梳洗打扮，必第一个到教室，坐在第一排，全程录音。回来必反复播放，如此坚持两年，同一门课已录了两个版本。她与之同室，早就听得耳熟能详了。

如此的“情话”，还有不少，被崇拜的主角基本上都是不高大但超级有范的孟男神。“男神”在球场上，排球、篮球也都是好手，如果哪天没到，便会有女生问：“你们那位艺术家老师怎么没来？”

五

看360百科，关于孟泽的介绍也特别：

曾师从羊春秋习古典文学、吴思敬习文艺学。他看起来很像前卫艺术，十五岁孟泽考入湘潭大学中文系。他投身学界三十年，却因为极具个性的形象，屡屡被人戏称为“艺术家”。

长发、蓄胡，讲话温文有礼，而他真实的身份是中南大学外国语学院的教授，殿堂之内侃侃而谈中西艺术的差别。而在媒体上，他又以“公共知识分子”的姿态出现，关注长沙的地域文化，也留意政府与民间的互动。在某种程度上，他延续了这座城市八十年代的精神脉络。

这好像是《潇湘晨报》某次评长沙年度“风尚学人”对作为入选者的

孟泽教授的介绍。虽有点为吸眼球之嫌，但将其品行定位于延续“八十年代的精神脉络”，倒是恰如其分。

有着“魏晋士人”风度的老孟，多年来，自我期许就是“做一个真正的学人”，后来又改为要“做这个时代的漏网之鱼”，始终保持对人文、对社会现实的一种自我独立、理性审视的姿态。他之为中国历代狂士作传，“狂者进取，狷者有所不为也”，希望能从中国历代“狂士”的言行中找到“中国文化与思想真正的异质性和异端血液”，找到那种“足以支撑一种经典文明的个性与人格力量”。他之研究王国维、鲁迅，希望去追究在历史转型期一代知识人的选择与困境，虽“心里受伤，永难痊愈”，仍决绝而不悔。而作为双峰人，他从同乡曾国藩（双峰旧属湘乡）身上看到的是“理想主义怀抱与‘好汉打脱牙和血吞’的实践精神”；他从父亲身上看出的是家乡人的普遍个性：固执、刻苦、认真、自尊、自我中心、自以为是。正是这种独立的、理性的、审视的眼光，使他得以超越那种关于故乡、关于家国的廉价的抒情，而有了一种理想主义怀抱下的冷静、决绝而深沉的爱。他甚至还写过“艺术、游戏、宗教——关于足球的精神梦游”，他也许正是从中国历代狂士之“狂”，在足球那“快乐是浪，悲伤是浪底的潮”中，找到了一种精神皈依，一种久已难觅的江湖侠义精神。

快乐之巨，一如悲伤之深。

那天，中南比较文学毕业的研究生聚会，我作为曾经的“中南”人，论文答辩委员，被邀同聚。几个老师聊天，谈到教师以“言语”为业的种种的不容易。老孟曾经在湖南教育电视台“湖湘讲坛”讲“洋务先知郭嵩焘”，在《光明日报》“光明讲坛”讲“苦闷的先知：郭嵩焘”，在长沙图书馆思贤讲坛讲“三起三落——晚清时局与郭嵩焘的困局”……郭嵩焘作为“洋务先知”，曾为首任驻英公使，后兼任驻法公使，最早睁眼看世界，“先知先觉”，对时局有清醒的认知，却不见容于一些所谓的“爱国”者，被指为“汉奸”，最后被朝廷贬回到故乡湘阴，却连故乡人也不能容他。在另一个同乡左宗棠事功达到顶峰时，这个苦闷的先知却是“一生怀抱未曾开”。说到这里，大家一番感叹唏嘘，然后默然。

补记：

《桂佬孟泽》贴出，引来评论无数。长沙会无轩的女主人三三在转发文章时说：

好像一直没有想过为何孟泽兄微信名前面会加桂佬这个问题，今儿才算明白。很多时候，旁人看长沙城是娱乐，是烟火，是坡子街，是解放西，是马栏山，其实长沙城不可替代的是作为基底的岳麓山以及从岳麓山散发的文化高地的光芒。或许因为岳麓山是山不在高的典型，长沙城的精英多半都和孟泽兄一样，光芒内蕴，不疾不徐，自带生人勿近的疏离，其实是对烟火气不是特别适应的隔离。

与烟火气保持一定的疏离的桂佬，自带光环。

有湘大曾经的学生回忆说桂老师的课讲得太好了。有文新院的老师爆料："桂佬那时给我们上古代文学，总有外院的女生来抢占前面的座位，我印象最深的是一个法学院的女研究生，长发飘飘……（此处省略 18 字）"。

有铁道英语语言文学专业曾经的研究生说："读完第二部分何老与孟老令人艳羡的友情，想起上学时力挺何老，与孟老支持者剑拔弩张的局面，忽然觉得有点委屈。"

我问："还有这么激烈的斗争啊，我怎么一点也没感觉到呢？我以为学生都是钟老、孟老、何老、张不老一起喜欢呢！"

然后这位同学解释：

同学们对钟老的喜欢是单纯的，所以能够和平共处；对何老、孟老的喜欢是带有占有欲望的。平时说话，都是俺家何老、你家孟老……三言两语下来，话不投机，一场唇枪舌剑不可避免。

哈哈，在铁道的时候，不止孟帅，原来何老也曾经帅过啊！

少雄兄：春在溪头荠菜花

家有书香格自高

少雄兄说，上大学的时候，第一次读到《陌上柔桑破嫩芽》，竟然让他泪流满面：

> 陌上柔桑破嫩芽，东邻蚕种已生些。平冈细草鸣黄犊，斜日寒林点暮鸦。山远近，路横斜，青旗沽酒有人家。城中桃李愁风雨，春在溪头荠菜花。

也许，就是那“城中桃李愁风雨，春在溪头荠菜花”触动了他的满腹心事吧。

一

少雄兄写过一篇《翻过一道道山岗——高考杂忆》，细述他如何翻过一道道“山岗”，终于走进湘大的曲折经历。

少雄兄姓张，名先鉴，字少雄，家中排行老五，前有“伯雄”“仲雄”“叔雄”“季雄”。父亲在当地算得上是一个知识分子，讲究，所以孩子都有“名”有“字”，自称名、敬称字，是一种人文传统，可惜现在已经基本消失。

少雄兄故乡华容，就是曹操败走华容道的地方。华容北连湖北，东临岳阳，东北通洞庭湖。这个像“沙撮”一般的地方，看那些地名，什么斩龙石、倒马岩、缺鼻嘴、洪山头、南砍山……便知要翻过一道道山岗，走向外面的世界，不容易。

少雄兄说，他在那里度过了一段清贫、愁苦、懵懂、猛犟的少年时光。父亲的命运，随时代的变化起起落落。一九四八年至一九五三年是军人，五三年至五七年是人民教师，五七年至七九年先后是“右派分子”、受管制的“摘帽子右派分子”和“五类分子”，七九年平反昭雪后又是人民教师，八〇年起是退休教师，八二年起是离休干部。

如此充满戏剧性的人生，自然也在孩子们的成长历程中打下深深的烙印。上小学的时候，据说他就曾遭遇三次“政治”性的事件：第一件是“锄头枪”，三四年级时，用锄头对着天上飞过的飞机“扫射”，被告发；第二件是“野菜刀”，小学操场上的沙坑里发现野菜刀，被怀疑是他故意埋下的，试图谋害革命干部子弟和革命教师（这野菜刀可以用来割地菜，后来读到“春在溪头荠菜花”，这“特殊记忆”，才会让他触景生情）；第三件是“铅笔线”，五年级时，在他的语文教材毛主席像上，被发现有一条一寸多长的铅笔线，这岂不是“阶级斗争新动向”……

就这样，小学毕业后，便“一颗红心，两种准备”，被热烈欢送到“广阔天地”去“大有作为”。后来，费尽九牛二虎之力才读上初中。初中毕业，又收到一份“大有作为”通知书，跟着哥哥们一起，做起了泥瓦匠。在做工中，认识了几位三中的老师，才偷偷上了一个“半工半读”的高中班，白天学习与实践农业技术（制造菌肥、制造机瓦、烧制机瓦等），晚上学习文化知识。

有一次，县里有个外语比赛。外语成绩奇差的他，听说第一名可以奖励一台收音机，并且，所谓的比赛，不过就是默写单词。经过一番苦练，这个半工半读班的学生，竟意外地取得第一名，不仅收获了收音机，还被转到正规班上，成了一名真正意义上的高中生。

七八年高考，还是高一的他，也报名参加了考试，并且上了专科录取分数线。学校告诉他，已经被岳阳师专录取，但作为高一学生，可以不去，他说非常想去读。结果，传到县文教局的话，是他不愿意去，然后，名额自然被成绩排后面的一名考生顶上了。

就这样被“调包”。有好心的老师安慰他：“好事，大好事，明年考个重点大学”。见多了的父亲安慰他，还写下一首诗《少雄高考归来有感》：

一杯饮罢又一杯，喜得吾儿考试归。
客岁不容登大榜，今番竟可入秋闱。
青钱万选凭才取，铁砚千磨有志为。
升与不升心莫冷，高峰头上更高飞。

果然，1979年，换到另一个县的一所中学寄读的他，报考外语专业，高考拿下380分。那年文科本科线是300分，重本线是340分。380分足以进北大。但填志愿时，本来保守一点填的是北京师范大学，考虑到他是在另一个县没取得合法手续参加的高考，万一……犹豫再三，最后第一自愿还是改成了当时本省的全国重点：湘潭大学。

这一改便决定了他的命运。幸亏改了，华容方面因为他的“背叛”行为，不肯给他办理户口和粮食转移手续，结果他只好拿着沅江市文教局提供的有关说明材料和团组织转移材料，就来到了湘潭大学。湘大爱才心切，竟也接纳了这个“黑户口”高分的新生，当然，前提是在户口和粮食关系转移之前，他必须自己带划拨粮票到学校换取粮食。

后来，在各方面的协调之下，事情终于圆满解决。

二

1979年的湘大，中文与外语都在一起，叫文学系，包括三个专业：中文、英语、日语。

这样的格局其实挺好，中文与外语可以互通有无，相互促进（可惜大三的时候，便分家了）。少雄兄在外语学习的同时，在中文系甚至哲学系、历史系大量听课，培养了他广泛的兴趣。他说，对他影响最大的是中文的两位教授：姜书阁先生和彭燕郊先生。姜先生在中国古典文学界是重镇人物。少雄兄潜入姜教授课堂，偷听他讲古典诗词与文论；虽然听课次数不多，却因此喜爱上了中国古典文学。一位援华英国教师回国，姜教授亲笔书写送别诗一首：

西来化雨趁东风，
筑馆迎宾舍上宫；
异日相逢瀛海外，
不劳重译两情通。

“不劳重译两情通”，是说中国文化将崛起与远被海外，汉语也将随之成为世界通用语言之一。姜教授这首诗，使少雄兄虽学的是外语，却更加钟爱国学，敬畏汉语。而母语永远是与母国联系在一起的。少雄兄由此感叹，一首诗，功效竟有如此之大啊。

还有彭燕郊先生，讲授过民间文艺学、现代诗歌、现代诗学等课程。少雄兄说，这些课他都听了，并且种种机缘使他成了彭老师体制外入室弟子。他一度以诗歌与诗学研究为业，因此将彭老师称为“真正的授业师”。少雄兄说：

那时的湘潭大学，是一所山村大学。在连绵起伏的小山丘中，它远离尘嚣，却回荡着智慧的大音，闪耀着灵魂的大光。四十多年过去了，大音仍然扣动着我的心弦，大光仍然清润着我的心目。

前些时，从前的一位学生相约，与老孟，还有少雄兄在长沙小聚。几个七九的哥们，说起过去的大学时光，酒兴一下子就上来了。少雄兄不光回忆姜先生、彭老师们的课堂，还兴致勃勃地讲到当年在大学里经历的三次“事件”：

其一，与哲学的一位兄弟打嘴仗。那位老兄在校刊上发文，说外语专业女生外译汉文字水平差，但这文章基本上抄自一本翻译教程。少雄兄护“美”心切，把校刊文章和教材那节贴在一起，加了一首打油诗，发在墙报上。打油诗名《吵抄钞》：

W 高潮，来高吵，
女生前面卖学好。
来高吵，往高抄，
剽窃技巧实高妙。

往高抄，投文稿，

投稿图槁，家里无钱买年糕。

少年意气，过足嘴瘾，哈哈！

其二，“政治避难”。

有一次，少雄兄画了一幅漫画，登在墙报上：一大胖子与一胖一瘦两小子，大胖对小胖说：“此吾传人也。”这漫画被某系领导指为影射，放出话来，漫画作者无论是否认错，都要开除无疑。少雄兄一听，三十六计，走为上计，赶紧逃离学校，在株洲街头，正好碰上班上一同学，然后去其家“避难”。系里有关人士也追踪而至，是那位同学的老爸保护了他，没把他交出来……后来有老师说，一个学生，画了一幅漫画而已，就要开除，未免有点小题大做。校方也从善如流，这事便不了了之。

其三，班上一女生，与湘潭某单位的一位男士谈恋爱，受了委屈。他与班上一帮男生便代表“娘家人”去打抱不平，与对方的一帮人干了一架。

我们便夸，当年的少雄兄，真的有一番英雄救“美”的气概啊！

如今已中年油腻的少雄兄便呵呵哈哈，那晚酒也多喝了不少。

三

其实，与少雄兄真正熟悉，不是在上大学的时候（尽管我们同届，又同在文学系），而是在中南大学合并之时。

那时我在铁道外语学院，忝为教授，少雄兄在中南工大外国语学院，做院长。2000年，中南工业大学、湖南医科大学、长沙铁道学院合并，组建中南大学。三家的外语，也面临整合的问题。就学校整体而言，中南工大更强一些，但外语，铁道有一定的优势。谁来执牛耳，便成为一个问题。铁道这边志在必得，竞选的口号也很漂亮：人不分南北各尽其才，地不分东西各尽其利。竞聘那天，少雄兄却是本色出演，先讲了一番施政纲领，然后说自己的不足，就是太爱买书、读书了。然后提问环节，有人问他如果做院长，会怎么抓大学英语四级考试。少雄兄又对现今的大学外语教学发了一番不够“堂皇”的议论。下面有一半都是大外的老师，投票结果可想而知。

所谓性格即命运，信然。

少雄兄一直对中国外语教育与学术研究的现状不以为然，而他自称“易学先生”，一天到晚谈国学，也被那外语的江湖视为“异类”。并且，有时“才高”便容易“自傲”。有传言，说他作为院长去听老师的课。可以把该老师例句中出现的语法错误，第二天就作为案例在别的课堂宣讲……不知这“传言”的真实性，也一直没向少雄兄求证过，对心高气傲的少雄兄来说，清者自清，浊者自浊。2002 年，他索性自绝于“外语”，去了中南的高等教育研究所，当所长。然后，在教育学研究中，竟也风生水起，其执行主编的《现代大学教育》杂志也成了 C 刊，在教育学那片江湖里，算是有了立身之地。

那时我还在中南，少雄兄约我为《现代大学教育》写点“教育漫话”，于是，《第三只眼》《可怕的标准》《怎样的风采》《钢铁是怎样没“炼”成的》《大学老师，你为什么还不下岗》之类颇有“负”能量嫌疑的文字，竟也登了大雅之堂。然后，自我勉励，批评中国教育是为了它好，所谓“负”“负”得正嘛！

少雄兄自命“潇湘渔叟”。平生一大癖好就是藏书。长沙的各种古旧书店，是他经常光顾之地。据说有一次，与同样爱书的少妻，在书店发现一套《全唐诗》，爱不释手，但一看定价，60 多元，一个月的工资还不够呢，咬咬牙，把书请回了家，代价是，夫妻俩吃了一个月的面条。后来藏书过一万五，书无处安置，学校分福利房，作为副教授，本不够三室一厅资格，校长特批一套。有老师有意见。校长说：“你家有过万的藏书，也给你一套。”

少雄兄买书、藏书、读书之余（但好像少出书，述而不出），兼好奇石、枯木、书画，刻点闲章，烹制美食，弄点玩意（他说上大学前就做过木匠），时不时在微信里晒一晒，有朋友喜欢，就可顺走。还有赏经、钓鱼、喝酒、收罗各种玩意，高教所的一帮哥们，也被他带动起来，春在溪头荠菜花，大有“竹林七贤”之风。

那时，中南提出以应用文科为发展方向，这帮哥们对学校领导的“英明”决策，不仅不大力研究、宣传推动，还在背后时不时说几句“怪话”。主事的领导一怒之下，把作为校级独立单位的“高教所”撤了，把他们发配到不相干的学院去。不过，《现代大学教育》编辑部仍然相对独立，算还有最后一块阵地。

那天喝酒时，大家说起某某C刊的主编，东窗事发时，被查出上亿的资产，几十个情妇……然后，我们就问少雄兄，当主编多年，资产多少，可也有几个“红颜知己”？少雄兄便笑，说家中只有藏书三万，老妻一个，美眉的毛发都没捞着一根。

那天，少雄兄的夫人也在座，我们便说：“那只能说明嫂夫人太有魅力了，哈哈！”

在座的桂佬孟泽说，我们当年都是读书中毒太深，圣人的话全信了。

大家再说几句闲话，酒的滋味慢慢地淡了，便都散了。

我的七九：四十而“骚”

湘大，我们回来了

湘大中文系，七七、七八的基本上都是人精，不少人在社会上摸爬滚打十几年，练就铁布衫和水上漂功夫，高考一来，千军万马过独木桥，他们又捷足先登，甩开一大片，大步流星走进大学校园。在湘大的黄土高坡，他们胸怀天下，心系苍生；课上课下，跟老师混得烂熟，纵论天下，教学相长。还有球场上的帅哥，引来无数美眉的追捧，如果不小心走错了浴室，那一定会引发一阵阵尖叫：“幸福来敲门，怎么就这么突然。”

八〇的呢，也不甘落后，不光有系花，有才女，光一个程兴国就撑起一片江湖，弄得翻江倒海。程诗人说爱要大声说出来，有爱就有世界。带着才女上情人坡，去水塔上摘星星，才女说，给每个女同学都摘一颗吧。程诗人爬着天梯上去了，然后说，今晚天上月明星稀，只摘到最亮的一颗，那就是你……

七九呢，却处在夹缝中，论才华、老道不如七七、七八年级，论活跃、大胆不如八〇。他们就像一支杂牌军，大的过了二十五，小的十五不到。并且，大多来自乡下，正如小谢（“蓬莱文章建安骨，中间小谢又清发”的“谢”，名新茂）同学写《我的大学》：

摘星星，八〇中文李建林作

> 他们大都和我一样，来自乡村。在进大学之前，他们除了学习，其生活半径，大致都局限于村庄的周围。农民，是大多数同学的底色。如果是山村，则被崇山峻岭压迫着，虽有朗月清风催生着心中压抑不住的梦想，却只能让梦想伴随着陡峭的山路如游丝一般缠绕。如果是平地或丘陵，则被田野里的泥泞裹住双腿，让梦想在泥泞之中泛着浑黄的颜色。除了书本，他们基本什么世面都没有见过。如我，在上大学之前，没有坐过火车汽车，没有穿过毛衣胶鞋，没有尝过苹果香蕉，甚至，没有进过县城。

何云老也是，平生见过最大的城市是湘潭市，在大学里当过的最大的官，就是寝室长，结果班上让介绍经验，却把自己弄成了“结巴”。班上有好几位著名的“诗人”，何云老只敢偷偷地写诗：爱着一个人，但不敢说。结果这“诗”后来被桂佬孟泽在很多场合当作范例，说七九的如何纯洁无瑕，那“诗”如何言简意赅，简单中的素朴，平淡中的深刻……哈哈！

而我们班的那些真正的诗人、才子，如刘演林、严福金（艺名乔言，现称严观）、曾思艺、李少赢（绍银）等，平日里舞文弄墨，临毕业时，创办了一个刊物：《旋梯》。他们在发刊词中牛气冲天地说：“没有比青春的骚动更为强烈……他强硬，他冲动，他的生命的热血渴望着燃烧。”

结果，写出的诗是这样的：

> 我从来不敢存些微希望
> 想得到你的青睐

只要别人和你同在
我情愿站在你的门外

啊，梦中我不正是和她
充满着甜蜜温柔的爱
驾驶着这小巧玲珑的象牙舟
在神秘而广袤的太空里遨游

难怪别人说，七九的只会闷骚。

小谢同学说，七九的在言行上大都充满了“羞怯与拘谨”，“忸怩”而“稚嫩”，“稀泥糊不上墙”。在学校与系里组织的各项活动中，很少抛头露面，也很少有活跃分子。也因而，在老师们眼里，我们这个班在所有活动中，显得没有多少“存在感”。

不是我不想，闷骚的更想偶尔“烧”一把。七九的喜欢写写画画的不少，有次，在一教二楼，大张旗鼓地弄了个“七九中文书画大展”，办得轰轰烈烈，看的不知几许？一张照片也没留下来，校报也不见半个字的消息，然后，这“大展”只成了“传说”。

还有，系里搞歌咏比赛。班上主事的，选了首新加坡情歌，几十副嗓子在台上吼：

甜蜜的爱情从哪里来
是从那眼睛里到心怀
哎哟妈妈，你不要对我生气
年轻人就是这样相爱

在台上吼得气壮山河，但老师一说，要好好学习，不能谈恋爱，便都信了。结果，六朵金花都插在了别人家的牛粪上。

这有一位男同学，著名的刘佬，本来只敢站在“门外”守望，毕业后终于开了窍，作为辅导员，利用职务之便，成功闯进八〇中文一位学妹的闺房，算是为七九争回了一点面子。结果，却差点演变成一个班级事件。那八〇的李建林同学记载：

娟秀活泼的尹红是我班年龄最小的，自然深得全班关注，集百宠于一身。但被高年级的大才子刘演林看上了，红妹妹自然难逃‘魔掌’。当然红妹妹对刘才子也算‘小鸡看绿豆’，对上了眼。此事被我们班知道了，自然不能轻易让‘刘老虎抢亲’成功。于是，各种抗议阻挠活动揭竿而起。虽然抢不过刘老虎，但起码红妹妹的‘哭嫁’赢得了‘娘家人’的首肯和青睐。

刘老虎抢亲，李建林作

总之，无论如何，七九中文外交史上，终于有了一次难得的大获全胜。

二

七九中文读书时饱受挤压，大多只好向内转，拼命读书，却也造就了许多同学的内秀。毕业时，桂佬孟泽、邱佬运华、喻佬名乐考上研究生，三年后毕业，又都在母校或回到母校当了老师。还有五位同学则直接留校，超哥（李伯超）在教务处，红哥（陈忠红）在校办，张爱国兄在团委，刘佬在中文系，钟大兴在中南学习了一段时间，回来在中文系做团支部书记。加上八五年回湘大读研的何云老、曾思艺，前后达十人，占了全班的四分之一。一时间，湘大七九中文的江湖，人才济济，大有后发制人、威震武林之势。

就说那刘佬，毕业作为老师留校，但先做一年的学生干事。“干事”一上来就兴头十足（是否有私心，就不好以小人之心度之了），第一件事就是组织中文系的学生搞篝火晚会，跳集体舞（有学生去后山弄松树枝，还与当地农民发生了争执），结果轰动校园，引得其他系也纷纷模仿。

其二，元旦晚上，在雅园餐厅演四幕话剧《可口可乐》（施华耕、程兴国、金杏等参演，只不知有没有“红”妹妹），观众如堵，据说蔓延到了餐厅外面。演戏的也演得投入，散场了还不肯离去，大冬天绕着校园转了好几圈，畅谈演出心得。

第三，中文系女子篮球队拿全校篮球赛冠军，篮球健将刘佬功不可没，之前作为教练组织球队，严格训练，一丝不苟（至于对男队的训练为何不够“严格”，成绩不够突出，原因不知）。

许多年后，刘佬说起这些，还眉飞色舞，情景如在目前。当然，也有箧瓢的时候。有一年，老师文艺汇演，刘佬组织中文系教师排练了一个节目，京剧《沙家浜》片段“斗智”，陈淞老师演阿庆嫂。那年大雪，陈淞老师在外地，怕她赶不回来，临时换了角。而陈老师为了“艺术”，硬是冒着大雪，不远千里回来了，但演出在即，不好再调整。之后，为了这事，陈老师向系领导告状，说自己的艺术生命就这样被剥夺了，要求追究责任。而之后很多年，见到刘佬，都视而不见……刘佬说不管，我也照叫“老师”不误。

那时，七九的哥们大多单身，囊中羞涩，精力旺盛，他们或忧国忧民，写《中国老百姓的前途》（湘大中文“新三老”之桂老、邱老、刘老著），高呼“中国人发出了最后的吼声”；或行侠仗义，以古某、金某之名写侠义小说，欲除天下不平事，且看今日大丈夫；或风花雪月，编情爱书系：什么“巴黎最后的探戈”“白日美人”“月色撩人”……把湘大的月色也弄得风情万种。

还有就是聚会、打牌、喝酒、聊天。除了超哥早早谈恋爱，喜欢搞点地下活动，其他的哥们常聚在一起。据说有一次刘佬生日，买了一桶鲫鱼，他白天有课，叫张爱国早点下班，先做菜。结果，那晚的鲫鱼汤鲜美无比，更胜平常，原来，那天停水，只能用装鱼的桶子里的水煮鱼，结果发现桶里有臭袜一只……哈哈！

刘佬后来离开教师岗位，去学校做宣传部部长。他发现，湘大人都太实诚，埋头苦干，却不大会“包装”“宣传”自己，他上任的第一件事，就是做湘大“形象”工程，为此专门成立了一个“形象办”，自己亲自兼任主任。大学“形象”包括理念、行为、标识、制度等。行为如教师、学生守则，标识如校徽、地名、路名等，而“理念”的重要体现就是校训、校歌。原来湘大的校训“团结、勤奋、求是、创新”，实在没有特色，他把刘启良、王立新一帮教授找来，几番斟酌、讨论，最后终于将湘大校训确定为“博学笃行，盛德日新”。《中庸》告诫学子们要“博学之，审问之，慎思之，明辨之，笃行之”。而《易系辞》谓：“富有之谓大业，日新之谓盛德”。《尚书》则曰：“苟日新，日日新，又日新。”湘大校训脱胎于此，既传承传统，又被赋予了时代的新的内涵，也成了湘大人的一种精神标识。

湘大是毛泽东主席亲自题写校名并嘱托一定要办好的大学，校训的书写，大家一致同意用“毛体”，从毛泽东主席的书法中去搜寻，却唯独找不到“笃”字，只好用拆卸组装法，“组合”成功。

还有就是校歌，2000 年，刘佬召集一帮人讨论，自己亲自参与执笔，而后有了湘大的校歌：

韶峰高，湘水长
人文胜地，科教殿堂
恰同学少年，扬青春航帆
经风雨，求大道
博学笃行做国家栋梁

韶峰高，湘水长
荟萃中西，传承湖湘
兴千秋大业，写天下文章
通古今，怀忧乐
盛德日新做国家栋梁

2008 年校庆五十周年前夕，校歌的文字又做了少许的修改，如“写天下文章”变成了“谱天下华章”。湘大的校歌，也就这样一直传唱下来，成了湘大精神的一种体现。

那天，我跟刘佬打电话，说江湖志想写写他。他说：“你千万别写我，要写就写写整个七九中文的同学与湘大的关联。”还有校训、校歌的产生过程，有人也劝他写一写，他也没答应。我说：“那毕竟是湘大校史中的重要一环，应该!”

三

因为各种原因，七九的很多同学，后来都陆续离开了湘大。

最先离开的是大兴，调到团省委工作。不久又自己闯荡，在北京、长沙两地跑，很少听他说起自己公司的业务，但班上聚会，他总是第一个出资赞助，出钱出物还出力。

忠红兄从校办到湘潭市，从湘潭县委书记一直做到市委常委、秘书长。看他上大学时就知道《从平凡的事做起》：“天下大事，必作于细。千里之行，始于足下”，便知此子未来必有所成。

爱国兄曾担任湘大团委书记、宣传部副部长，后辗转永州、郴州，一路摸爬滚打，从副县长、县长、县委书记，到市人大副主任、党组书记……一步一个脚印，走得坚实。

后来，刘佬也因为组织需要，离开湘大，从娄底职业技术学院院长，到湖南广播电视大学党委副书记，然后正校级督导。回忆过往，他说：“最怀念的还是曾经的湘大的时光。”

当老师的呢，邱老、思艺、何云老曾被称为湖南俄罗斯文学研究“三驾马车”，后来思艺走了，成了名教授，邱老也走了，学而优则仕，成了厅干。

还有桂佬孟泽，湘大学生眼中的男神，据说上课时来蹭课的无数，永远有长发飘飘的外系的女生，抢占第一排。后来，这“盛况”漂移到了长沙，成了中南之一“景”。

名乐兄，一个曾经很纯正的大男孩，放着大学老师不当，去做了记者，成了名“记”，《湘潭日报》社社长，兼某某“痞协”会长。后来，他又把儿子也送进了湘大，还说以后要让孙子孙女也读湘大，一家人的母校，其乐也融融。

超哥呢，既做行政，又在读完汉语言专业研究生后，一度在中文系当老师。有班上的同学描述：“三十来岁，个子高挑，浓眉大眼，很有成熟男人的魅力”。然后就有美眉天天念叨：好喜欢，好有范。可惜李老师全不知情。后来，“李老师”成了“李副书记”，又成了“李校长”，湘大一校之长，然后就有当年的同学感叹：那些美眉真有眼光。

2007 年，当何云老从中南调回湘大，举目四望，除了超哥，其他同学都已星散。一度，超哥去湖南科大做了校长，剩下何云老孤家寡人，影只形单，只能在记忆中去追怀曾经的热闹的时光。

李伯超校长在湘潭大学新生开学典礼上致辞

2019 年，湘潭大学新生开学典礼，伯超校长代表学校致辞《学习成就未来》，何云老作为教师代表发言《遇见你，我的湘大》。便有七九的同学感叹，终于在湘大又看到七九中文的身影了，真好。

2019 年 10 月，喻社长在七九中文入学四十周年聚会时说：

> 我断断续续地在湘大工作，但极少有聚会时的感觉。这告诉我自己，没有你们的湘大，是别人的湘大。我自己记忆中的湘大，自己情感认知里的湘大，一定是七九中文班的湘大。

是的，其实每一个人心目中的母校，都是与教过你的老师、与同学联系在一起的。七九英语的少雄兄说他曾写过一篇文章《母校死了》，引起一些误会。少雄兄说，他想表达的不过是曾经的老师都不在了，对“母校”的爱恋仿佛也就没有了着落。

四

2019年国庆，入学四十年、离别湘大36年的一帮哥们姐们，又在校园里重逢。用铁杆校友德亚兄的话说，那是因为：为爱寻找，为缘坚守。

聚会筹备小组决定，鉴于七九中文在校时的辛酸史，将此次聚会主题定为：让大家骚起来。四十不骚，更待何时？结果，读书时只会闷骚的七九同学们，一个个“骚”气十足，诗兴大发，文采飞扬，大有让秦皇汉武，也稍逊风骚之气势。

万立民兄写《忆秦娥—回湘大》：

情也怯，明月可识远方客？远方客。瘦了青葱，肥了霜雪。千里万里风雨帖，十年八年长相约。长相约。今夜不醉，何年何月？

水皮兄李波作《大学入学四十年同学欢聚湘大感韵》：

云外欣闻归雁声，黄花时节约重逢。
莲城地僻难容驾，母校恩深敢忘情？
莫叹青春成皓首，犹思豆蔻是佳人。
无前兴会同窗聚，煮酒松涛早望君。

还有那最小的丁妹妹，赋《江城子·四十年聚首感怀》：

未忍骤去轻扬鞭，杨柳岸，何须看？星移斗转，倏忽四十年。欲寄尺素兼彩笺，秋阳艳，夏荷残。　　平生最忆是湘潭，鳅鱼鲜，雨湖寒。鬓乱足跣，相携游昭山。时光不老人不散，诗社里，旋梯边。

然后大家感叹，当年“防火防盗防师兄”差点没防住的春茹妹妹，竟有如此才情，真是小看了。

还有那王靖波同学的打油诗：

这帮兄弟老来骚，
为赋新辞竞作妖；
听说聚会癫又傻，

同学情谊无人超。

竟也饶有趣味。而德亚兄做对联：

湘水潆潭一湾独大深藏学；
七星曜九三拱居中满焕文。

在历数湘大地理与人文的同时，又把“湘潭大学七九中文”巧妙地嵌入其中，真是用心良苦。

那次的聚会，我们向母校赠送校训湘绣牌匾，回到曾经的课堂再上一课，向老师汇报自己的成长与现状。

旋梯书苑诵旋梯一代巨匠齐景仰；
松涛山庄听松涛万里雄风共和鸣。

——谷中林

那天，我们还在旋梯书苑，跟在校的旋梯诗社的同学一起，举行诗歌朗诵会，朗读彭燕郊老师的诗歌，还有七九旋梯诗人们的作品，毕竟，是七九的几位同学刘演林、曾思艺、严福金创立了《旋梯》，然后又把接力棒交给八〇、八一的同学，然后一代代传下去，直到今天。

因为它高出云表，刺入蓝天深处，
翘首仰望时，总有烟雾缭绕。
拔地而起是为了上升、再上升，
视野便越过烟雾而控制了全景。

——彭燕郊《旋梯》

不断进取，永远上升，这也是湘大的精神。而旋梯，便成了湘大人的又一精神标识。一个诗人，一个诗社，一个班级，一个书苑，一所大学，精神也就这样代代相传。

补记：

文章贴出，七九中文的同学纷纷补充素材，其中首推铁杆校友德亚兄。他说很多细节可以完善，仅举数端：1. 在那个禁止谈恋爱的年代，本应带头遵守的唐书记，却堂而皇之地以妹妹偕女同学来校看哥的名义一住数天；2. 易大贵看《金瓶梅》之来源及其后续效应；3. 胡茂盛听课笔记抄得多，马列文论考试得满分；4. “迷惘中的追求，狂热后的思考”；5. 你这个寝室长严重失职，每次卫生检查，都是我独自一人采取坚壁清野战术；6. 徐远辉当电视机管理员，拒不为彭厅开电视；7. 某女生一篮鸡蛋求偶；8. 黄伟把其父 50 年代的西装拿来穿，也算是开了风气之先，比后来胡耀邦倡导穿西装还早了几年；9. 食堂里的蒙娜丽莎（曹木清教授女儿，其母是中文系资料室杨老师）；10. 左维校长率队检查我们寝室卫生时，说蚊帐内不该挂女星日历。

在蚊帐内挂女星日历的就是兄台德亚，自称：左右活屏风，一个个怡官红佛。他还补充了大贵和阿莲的故事，邱老的故事：

> 邱老在读时常常回忆他小学时牵着娟娟的手上学的情景，而后喟然叹曰：不知娟娟现在怎样（娟娟一家多年前离郴）。神奇的是，某天，娟娟突然回到郴州红旗造纸厂（只生产牛皮纸）找阿华哥来了，从此，永续前缘。

还有名乐兄考研，招考学校导师组居然集体来湘大组织面试，待遇之高，前所未有；还有彭图远做经济学论文；徐远辉拼命学世界语，有异志；还有情书王子李皮……

结论：“闷骚”更“骚”。

铁杆校友德亚兄

在师生见面会上的德亚兄

一

七九中文入学四十年周年聚会，与老师座谈，每位同学汇报自己的学习与工作经历，德亚兄说起一件往事，说着说着就声泪俱下了。

他说，那是1979年9月的一天，大学的第一节课，课间休息时，有位老师来找他。那位老师温和而简单地问了几句“你就是王德亚”“家住哪里”之类的话，问话时，不停地带着什么目的似的看着他。原来那位老师参加招生录取，在录取提档时，发现他的体检表上，在视力一大栏的左右眼上下两格中，只在中线上写了个1.5。当时招办以为是“独眼龙”，准备退档。是这位老师建议招办打电话问问所在的县、公社，查清一下，在得到不是“独眼龙”的肯定答复后，他才被录取了。那位老师一开学，就特意来现场验明正身。看到他后，非常高兴，觉得自己做对了一件事情。

好险，如果不是因为那位老师的细心与称职，一个人的命运可能就改变了。那年湘大只录取了400多人，图省事的话，随便从后面的志愿中替补一个上来，也是轻而易举的事。

德亚兄为此还曾写过一篇文章《对别人的命运负责》，发在《湘大校友》上，并在心里永远记住了那位老师：刘圣效。

后来，德亚兄成为铁杆校友，处处维护湘大，大约也跟入学的这段经历有一定关系吧！

二

德亚兄与我同一宿舍。南北通透的房子，20来平方米，要装下12条汉子，拥挤可想而知。六张床，高低铺，德亚兄的床在靠门的上铺，有点像“国门卫士”，有着守土之责。

大学里，饥饿，是大家的共同记忆。

下课铃响，大家冲锋一般奔向食堂，打了饭，在回寝室的路上，几分钟，饭盆就已见底。德亚兄经常是冲在最前面的那个，吃得也最快。常常，我们吃到一半，他在公共水房里已经洗完碗回来了。

晚上早早地就饿了，心思便都在是不是去寻点夜宵上。如果争论一个问题，输赢都是以食物计。或者，直接就赌吃。吃完了算白吃，吃不完加倍付钱。有一次，大家凑饭菜票，在食堂买回十五份回锅肉，三大盆，赌德亚兄一次吃光。第一盆，被他风扫残云，一会盆子就见底了，把我们这些看客也弄得直咽口水。第二盆，速度逐渐慢了下来，但还是被消灭了。到了第三盆，明显地便有了为难之色，开始频繁上厕所。我们问：没事吧！艰难地答：没事。如此上了三次厕所，渐渐地，回锅肉没了踪影，让我们几个出饭菜票的，心痛了好些天。并且一直没机会求证一下：跑三次厕所，究竟何为？

还有一个跟吃有关的故事。有一天下午，中国女排的一场决赛，德亚兄跟一帮同学看电视直播，比赛结束，天色已晚，食堂窗口已关门。饥肠辘辘的一帮人敲窗，没人应，结果把窗玻璃也敲烂了。事后学校追查下来，说王同学是首犯，当严加惩戒。系里管学生工作的副书记让写检讨，德亚兄坚决不肯写，高呼：为中国女排加油，看球有理，爱国无罪。结果差点被处分。幸亏当时的书记宽容，才不了了之。

孔夫子说，食色，性也。不过，饱暖才思淫欲，对于饥饿中的人来说，吃饱才是最重要的。至于“色”，那时学校规定，大学生不准谈恋爱，并且班上本来金花就少，男女比例失调，于“色”，大家大部分时候，也就过过嘴瘾而已。晚上熄灯后，宿舍夜话，从校花、系花到班花，自然成为热门话题。还有，食堂里的“蒙娜丽莎”（一位教授的女儿，在食堂做工，据说很是妩媚动人，迷倒一片），还有哪里又有“豆腐西施”，德亚兄作为消息灵通人士，晚上的卧谈会，常常都是由他主持，绘声绘色，活灵活现，就这样度过了许多个活色生香的长夜。

德亚兄经常挂在嘴上的一句话就是“满楼红袖招”，并且常常伴有爽朗的意味深长的笑声。那时男女学生可以同一栋乃至同一层楼，一边是男生，一边是女生，自然时时可以见到妖娆秀丽的风景。“满楼红袖招”，彼情彼景，想想就够动人的了，哈哈！

德亚兄也会把“红袖”们招到自己的领地，蚊帐内挂满了当红女星的日历照。德亚兄骄傲地宣称：左右活屏风，一个个怡官红拂。后来，丁妹妹对此有生动描述：当年德亚兄猛地把蚊帐拉开，将满帐美人图呈现在大家面前的场景历历在目。有诗为证：将军兵败红绡帐，一片降幡出芙蓉。

有一次，学校组织文明卫生寝室检查评比，当时的左维校长亲自带队。看到德亚兄“金屋藏娇”，连连摇头，嘀咕“干吗要贴这个”，然后走了。俺们文明寝室的荣誉就此泡汤。

寝室的同学颇为懊丧，痛定思痛，觉得有必要整改，大力开展“扫黄打非”的专项活动，寝室“文明”面貌由此焕然一新。第二次评比，我们寝室终于成为全校两个“文明寝室”之一，每人奖励一个大搪瓷茶缸。

“色”途知返的德亚兄，从此痛改前非，肩负起捍卫文明寝室荣誉的责任。他后来说，我这个寝室长严重失职，每次卫生检查，都是他独自一人采取坚壁清野战术。

德亚兄具有极强的集体荣誉感。我这个寝室长，经常在其位不谋其政。他便常常挺身而出，代施号令。

德亚兄不仅关心寝室和班上的荣誉，对学校的发展也极为关心。有次，因为某些问题，学校上了新闻，学生游行，要求校方给一个说法。德亚兄在一篇追忆左维校长的文章中说：

我也是游行队伍中的一员。在有校长书记和知名教授住的松涛楼前，我们高喊着“教授当权，专家治校”。住在一楼的左校长打开门，站在门外的台阶上，什么也没说。

三

毕业后，德亚兄分到岳麓书社，从普通编辑，到编辑室主任，直到副社长。湘大教授们的不少文史类著作，都是由他亲自编辑。后来，他还一次性捐给旋梯书苑两百多余种一千多册图书。

平时，德亚兄言必称湘大，有机会就要向学校建言献策。学校有什么重要的活动，他都想方设法参加。而如果谁敢说几句母校的不是，他一定跟你急。

德亚兄具有很强的故乡和母校情结。他曾写《李白游衡山论》，竭力寻找李白游过他的家乡衡山的证据。“衡山苍苍入紫冥”，从洞庭湖溯湘江、南穷苍梧，衡山是必经之地，李白没有理由过衡山而不游，呵呵！

而对母校，德亚兄在一篇名为《认识左校长》的文章中，说真正让他对当时的校领导产生敬意的，是多年后，他听病床上的易祖洛教授讲到，还在被管制中的他和韩长耕教授，带着几分胆怯前往正在延揽师资的湘潭大学看一看，没想到左维校长和张勇书记当即设宴，举杯诚邀。“那时我‘反革命分子’的帽子还没摘呢！你说，我还能不去吗?”

这也由此改变了他对左校长的看法。在左校长去世时，他前往吊唁，并撰联：

敢招牛鬼蛇神天下名师涌古潭纳士人皆出左
能历艰难困苦寰中俊秀投湘大育才我却多维

海纳百川。当年70年代中期复校时，敢于把一些尚未平反的“牛鬼蛇神”招致麾下，才成就了湘大之“大”。德亚兄经常为学校曾经拥有的一些大师而自豪。他们过世时，他必前往送行。他为羊春秋先生撰联：

春风化雨万千桃李承恩露

秋水明眸百十篇章启俊才

张铁夫老师在世时，德亚兄曾为之出 70 寿辰纪念文集《理想的守望与追寻——张铁夫先生治学育人之路》。张老师去世后，他撰挽联：

师界强磁铁

人中伟丈夫

这字字句句，其实包含着对曾经的恩师们的一分敬意与追怀，也是对他们身上所包含的湘大精神与品格的一种概括和弘扬。

退休后，德亚兄焕发人生第二春，全国各地，到处去跑马拉松，从南国到北疆，最远跑到了漠河。他还不时在七九中文班级群里，展示一下肌肉和各种荣誉奖章。后来又把夫人也拉上，夫唱妇随，夫妻双双把“马”跑，羡煞人也。2021 年，跑完北极·漠河极昼马拉松，他撰联作记：

北鄙龙江岸与蚊虫恶战戴月归来万丈雄心岂可漠

极光理想中将凹凸飞奔披星散去千顷碧血能成河

然后，我们一致赞曰：王者德亚，源出衡山；琴心剑胆，湘大铁杆；食之封神，红袖添香；体坛新星，一马当先；老骥伏枥，再铸辉煌！

山明兄：月是故乡明

山明君姓郑，是我的学友，也是老乡。我们都来自湘南的同一个县，相距也就10多里路。后来一前一后进了湘大，我七九，他八〇，学的都是中文。毕业后我先参加了工作，他毕业就读研。等我两年后再回母校读研时，在同一个专业（世界文学），不同导师名下，“师弟”摇身一变，成了我的研究生师兄了。

作者与山明君在湘大的原野上

正因为如此，我们就有了许多共同的记忆：共同的故乡，共同的母校，共同的老师。

故乡湖南新田，“农业学大寨”时曾有“南有新田”的美名，但一直是个贫困县，教育落后县。我79年高考，全县文科第一，也就勉强进了当时是全国重点的湘大（我们班好些同学，总分都比我高），山明君大概也差不多。我们县每年能进湘大的，也就一两个，四年，才勉强凑齐了五君子一淑女。

人少，湘南人又特别重乡情，同学老乡之间，他乡遇故知一般，抱团取暖，来往便非常密切。那时，湘大教工中，有两家是新田的，那里就成了我们共同的“家”，时不时在老乡家聚会，留下许多美好记忆。在山明君的一篇文章《我的大学生活》中，有一段描写：

> 秋天，田野一片寂寥，晚稻收割之后，田里的水已经放干，只剩下排水沟里还有一些泥水。我们约定时间，在没有课的下午提上桶子，走入稻田，将水沟里的水舀干，慢慢将淤泥翻转过来，那些从没有遇到危险、正在泥里准备安心过冬的拇指粗一条的鳅鱼便被暴露在阳光之下，无处遁逃。半个下午时光，便捉满大半个塑料桶的泥鳅和鳝鱼，用手掂掂，就知道至少有十来斤。然后踏着夕阳的余晖，将鱼提到有家室的老乡家里，放在铁锅里煎成金黄，再放上生姜、辣椒、青蒜，加水焖上几分钟，一道色香味俱全的佳肴便端上桌来，供大家享用。老乡还会舀几壶家酒助兴，在觥筹交错中，叙叙乡情、聊聊趣事，成为大学岁月中最美好的记忆。

我，就是这里的“我们”中的一员。许多年以后，想起那炸得焦黄的泥鳅和鳝鱼，还觉口有余香。

读书时，山明君性格偏内向，又住在“综合宿舍”（与七七、七八的师兄住一起），成为班上的“驻外使节”。这“身份”便有点尴尬，在班上虽能享受“班民”待遇，但总是隔了一层。在宿舍里，“弱国无外交”，面对那些满腹经纶、口若悬河的师兄们，只有洗耳恭听的份，根本插不上嘴，于是只好进一步“向内转”，到书里去寻找精神的慰藉。

书为他打开了一扇扇窗户，书也为他的人生开辟了一条新路。大学毕业继续读书的生涯，也就似乎是顺理成章了。

研究生因为同专业，不同方向（他是欧美文学，导师曹让庭老师，我师从张铁夫老师做俄苏文学），除了吃吃喝喝，我们学问上的交流，似乎也就更多一些了。那时他做毕业论文《论浪漫主义的自我发展历程》，浪漫主义恰恰也是我感兴趣的话题，因为我本科论文做的就是雨果的浪漫主义，然后不断地会跟他有些讨论。他讲的“自我”其实是作为个体的自我，而标题中的“自我”也可以是浪漫主义作为一个流派的自指。我当时就提醒过他这种歧义，但他并没有太在意。果然答辩时就有老师提出，论文对浪漫主义的发展历程论述不够充分，要他修改。结果虽然如期毕业，硕士学位证书却延期了几个月。

好事多磨，山明君毕业留校，在湘大中文系当起了外国文学老师。当了两三年老师，可能山明君觉得“动嘴”并非他所长。他曾回忆本科时，一位北方某高校的学生，到湘大来，到处找人辩论。先是与历史系一位夏姓同学辩论，两人棋逢敌手，不分伯仲，后又跑到他们的综合宿舍：

> 只见他思路开阔，反应敏捷，口若悬河滔滔不绝，语气抑扬顿挫，肢体语言恰到好处，一个多小时下来，面不改色心不跳，始终不见落下风，其风姿神态，令我想起诸葛亮在东吴舌战群儒的景象。当时虽没有问他的名字，也不知他最后混得如何，是否成为一代辩才，心里对他却是羡慕得紧。

也许，这种羡慕，也还包含着他内心深处的一种对自己口才的自卑吧！正好，妻子在县里工作，湘大调不进来（说起来，他们的相识，还是介绍人通过我传的话呢，只是我这“媒人”名不正言不顺，最终也没捞着皮鞋穿和猪头肉吃），无奈之下，他选择了回永州，走从政之路。老师认为他的性格未必适合官场的打拼，曹、张两位导师都曾挽留，但他去意已决，曹老师最后握着他的手说：“在地方混不好，就又回学校来啊！”他说：“好。”

二

在他人眼里，不适合从政的山明君，回到永州，在地委机关里，从“爬格子”开始，竟也一路“绿灯”，从挂职副县长，到市委副秘书长，到市教育局局长，再到湖南科技学院的副校长，成了厅级干部，不说功成名就，应该基本上可以衣锦还乡了吧！本来，我也一直觉得，以山明君的朴拙、内秀，应该更适合待在高校做点学问。然后我就想，有才的，哪怕不能八面玲珑、巧舌如簧，也总会有人赏识的。

至于其中的甘苦，就只有山明兄自己冷暖自知了。

曾经读过山明君的一篇小文章《两支圆珠笔》，讲他从政之初的一段经历：

到地委工作约两个月，就遇上地委主要领导调整。原地委书记年龄到点退休，新来的书记年纪很轻。领导更替，对下面的人是一件很敏感的事情，山明君却显得麻木而迟钝，只是潜心静气、日复一日地誊抄公文，一副置身事外的派头。有一天清晨，他一大早就到了地委大院。在办公楼外，竟意外地遇见了新任地委书记。书记虽然没有笑容，却也平易近人，吩咐他："你去商店给我买两支圆珠笔来。"

到了商店柜台，问题却来了：买什么颜色的圆珠笔？是买两支外观颜色相同的还是两支颜色不同的？一番思量，最后自作主张，选了两支外壳为黄色的圆珠笔，因为黄色代表尊贵。回来，把买好的笔交给书记。书记接过笔，在手上掂了掂，只说了一句话："两支笔一样的颜色啊。"语气里隐隐带着几分不满。

时过境迁，随着机关工作经验的增加，山明君逐渐明白，书记交代他去买圆珠笔，应该是考核他适不适合做秘书，因为他当时是地委机关为数不多的研究生。山明君最终没能顺利过关。

山明君总结："我的性格决定了我的行为，很多时候喜欢认死理，不会解读别人的心思，处事也缺乏灵活性。……好在领导包容我，指导我，我虽然能力不强，但勤奋努力，不给领导帮倒忙，也不给领导添麻烦，一路走来，工作上总算没有出现大的波折和错误。"最后，山明君在外人眼里，也应该算政坛的成功人士了。

至于那两支圆珠笔，颜色是否一样，差别何在，其中的深意，恕我等愚钝，直到现在也参悟不透、不得要领啊！

三

有一年，去湖南科技学院讲学，恰好郑副校长有公务外出，他托人带给我一本书，本来以为是他从政多年的"经验"之谈，拿到书一看：《乡愁的滋味》，里面"那些年""那些事""那些人"，全是关于故乡的陈年琐事。一篇篇读下来，才发现，其实他的"官"做得并不快乐，那内心深处绵绵不绝的"乡愁"，其实是他的一个回归之"梦"，一种情感的慰藉。

有评论说，《乡愁的滋味》"既是一幅描写二十世纪六七十年代中国湘南农村风土人情的生活长卷，也是一部记录中国地方社会颇多生动细节的历史文献。”书中写过年、酿酒、赶圩、春耕、双抢、抗旱、打石灰、割草、记工分、摸鱼、烧窑、挑煤、碾米、织布、补锅……一路读来，小时候乡村生活的记忆，一一浮现在眼前，那样真切，那样熟悉。对我来说，小时候，春耕、双抢、割草、摸鱼、挑煤之类的活，我也都干过，也参与过生产队的“记工分”，但如酿酒、打石灰、烧窑、织布之类，其流程写得那么细致、生动，则是我等无能为力的了。原来，山明君初中毕业就停学务农过一年。1974 年高中毕业，又在“广阔天地”历练，1980 年才上大学，前后整整六年，他在乡镇水泥厂干过，也做过养路工，烧过窑，还有基本全套的农活，他又是一个有心人，孤寂时，喜欢耐心地观看各种手艺，难怪他会对“中国湘南农村风土人情的生活长卷”那么熟悉，有那么细致的刻画。而另一方面，“回忆”既是记录，其中也是一种情感的寄托。“回忆”在心里百转千回、刻骨铭心，也就酿出了一坛乡愁的老酒。

酒入愁肠，化作相思泪。山明君在书的序《遥望乡愁》中坦言，多年的城居生活，并没有让他适应“城市的喧嚣、官场的角斗、人际的疏离与防范”，他的灵魂在城市上空漂浮，内心一直在向往故园、遥望乡愁。他说：“于我而言，乡愁是村口的那条小溪，是那口常年不涸的水井，是那条弯弯曲曲的山路，乡愁是那些终日在田间劳作的乡亲……乡愁还是池塘边妇女的捣衣声，母亲深夜纺纱的呜呜声，婴儿静夜的啼哭声……”思念虽苦，乡愁却也成了他“生命的源泉、心灵的滋养、情感的归宿、快乐的方向”。

其实，这里还包含着在社会现代化的过程中，中国乡村的变迁带给人的一种失落感。正如山明君在与同窗易晓明的访谈《不止是乡愁》中所说：

> 大量的土地荒芜，人际关系变得冷漠，食品、水质、空气不再令人放心，环境也遭到破坏……不少本性善良的农村青少年在城市这个大染缸里迷失了方向，走上了犯罪道路甚至是不归路。当年我考上大学时，很多同龄伙伴都为我高兴，我离村去大学报到时，很多人都两

毛、五角地给我支持。后来，我每次回到家乡，都难得看见他们，也不知道他们在城市的棚户里生活得如何。我感叹世界发展变化之快，也悲悯那些美好事物消失之速。

所以，山明君才会想到要拿起笔来记录下那些曾经美好的东西。它们正在现实生活中逐渐消失，那就至少让它们在文字中留下一点印记吧。

这一切，于山明君，于我，于大多离开故乡到城里谋生的漂泊者，感受其实都是一样的，正所谓山川同域，心有戚戚焉！

四

山明君有个微信公众号，叫“闲潭云影”。曾在里面看过他不仅写老家，也写整个永州的文章，像《意象潇湘》《四季阳明》之类，然后感叹，山明君在公文会海中浸淫多年，还有如此清丽纯净的文字，真是难得。然后跟他说，曾跟罗弟子说过，暑期可以来个潇湘文化之旅，然后一起来写写永州。山明兄说，创意很好，让我有空的时候，可以回永州一起议一议。其实，对我来说，这就是一个“回乡”的借口。写湘大，那是母校情怀，而故乡，于我，就是心里的一份永远的牵挂。

许多年后在永州湘江边的浯溪相聚

山明兄说，如果没有高考，在乡下，他可能会做一个泥瓦匠、手艺人，然后娶个村姑，生一窝孩子。

结果，穿着一双车轮胎做的凉鞋，挤着绿皮火车，上了大学。

然后，读研，留校；

然后，从政；

然后，又想回到故乡……

他说："事到如今，我已知道自己不是从政的料，如果历史可以重来，我会去尝试一下做学问，也许会有所成就，也许也不是做学问的料。只是，生活中没有那么多的'也许'"。

而在想象中，人生又可以有许多的"也许"。尽管生活不可重来，但想想，不也挺好吗?!

程兴国：江湖里不老的传说

程兴国，就是湘大江湖里一个不老的传说。

有程兴国的地方，就会有江湖；有江湖的地方，如果你不知道程兴国，你就不算江湖中人。

江湖而能不老，做完“前浪”做“后浪”，自己把自己拍在沙滩上，然后向世界宣布：我要在陆地、大海、蓝天的交接处，用乌亮的礁石，造一个男子汉和大海的雕像。

程兴国的职业形象

一

程兴国的出生，就是个传说。

常德洞庭湖边，在一条渔船上，他妈已经接连生了九个女儿。没有男儿何以“家”为，第十个又怀上了。邻家的妇人左看右看他妈凸起的肚皮，断言：肯定又是个女孩，不然，我从大腿上生一个。他爸生气了，他妈生气了，还在娘肚子里的程兴国更生气了，一阵拳打脚踢，大声叫唤：“妈，生，肯定是个男孩！”

就这样，程兴国来到了这个世上，他以最嘹亮的哭声宣示：

我骄傲，我是男子汉！

在姐姐们的怀抱中长大，这儿，那儿……他的小手指向哪里，姐姐们就把他抱到哪里。“男子汉大丈夫就要当兵”，他通过了飞行员考核、体检，却被公社书记的儿子顶替。他说：“中国就此失去了一个优秀的空军飞行员。”

当子弟兵无望，只好在牛屁股上，用黄泥巴写上：解放军万岁。

然后，发愤考大学，第一年没考上，在常德七中复读，没有文科班，上化学课的时候看历史，物理课上背诗词，终于考上全国重点：湘潭大学。程兴国说，那是空前绝后，因为那个中学，后来连高中部都没了。

二

洞庭湖的杨柳，迎风招展。

洞庭湖的麻雀，飞到湘大，就成了凤凰。

1980 年 9 月的一天，18 岁的程兴国站在洞庭湖边，遥望湘大：我，程兴国，一个真正的男子汉，驾着喝醉了的乌篷船，哼着渔光曲，迈着斗牛士的舞步，风度翩翩地，牛斗冲天地，深情款款地……来了！

在湘大中文系，程兴国说大学四年，把该出的不该出的风头都出光了，把一辈子能丢的丑也丢尽了。一口纯正的“德语”却能在诗歌朗诵会上迷倒一片；不识乐谱却敢参加歌唱比赛，把“姑娘啊姑娘”唱得荡气回肠；从来没踢过足球、打过排球，却成了学校的足球、排球裁判（如果有误判肯定不是“黑哨”，而是俺确实一时眼花没瞅明白）；外语高考得 8 分，入学考试得 2 分，结课补考为求过关，从家里弄来两只水鱼，其中一只却跑了，然后，满校园寻找：中国，我的“水鱼”丢了……

还有，班上组织学雷锋活动，帮老师去煤店拉藕煤。结果，为争抢传送带上输出的煤球，一位同学与某教工发生争执，他身为学雷锋小组组长，上去劝架。那位教工，刚从部队转业回来的，以为他是来助拳的，一个飞腿就往他的“命门”踢来，他一躲闪，一拳过去，把人家打得视网膜出血……结果，系领导让他写检讨，去赔礼道歉，他犟着不肯屈服：俺们是学雷锋做好事，哪知那什么……

还有，毕业实习，去张家界调研、采风，几位同学一起上天子山，在观景台边，一位同学正坐在那里入神地欣赏美景，程兴国觉得好玩，在背后抬起脚，做秋风扫落叶状……那位同学突然回头，一看此光景，急了，站起身，一拳就打了过来，结果，在没有任何遮拦的观景台上，两位“斗牛士”上演了一场全武行，幸亏被别的同学及时拉住……

程兴国曾经写过一首诗《男子汉寻找斗牛场》。宣称自己是个“斗牛士”，并不难；能够真的敢去斗牛，不简单；而敢在没有遮拦的悬崖边“斗牛”，真英雄。

并且，“斗牛场”不须去“寻找”，有程兴国的地方，就会有斗牛场。

程兴国说，就是凭借这“男人的血性”，再加一点“诗性的浪漫”，迷住了班上的文娱委员。于是，一个文娱委员，一个体育委员，“文体”不分家，两个人开始了一场轰轰烈烈的恋爱。

不知道这是不是程兴国山茶花一般的“初恋”（后来，从他的演讲里才知道，之前已经让一个“村姑”寻死觅活过）。他写《这里有你摘下的山茶叶》：

这里有你摘下的山茶叶
夹在我的日记本中
你该不会忘记吧！
她还不安地躺在这儿呢
和我的双手掀开我日记的每一页……
这里有你摘下的山茶叶
正像那只伸向我的红嫩小手
又想采又想摘
我只得闭上双眼
一颗悬着含笑的心
……颤抖着
愿你采，任你摘！

这大约是程兴国写得最纯情的一首“爱情诗”了。尽管他后来宣称：“我因女人而写爱情诗，这些诗在我看来与动物世界中那些发情的动物所做的啼鸣、号叫、卖弄风骚的展翅没多大区别。我的诗当属从原始的本能开始。”（《再忙也有相思的时候》后记《洞庭湖的杨柳现代的风》）。

既然是“从原始的本能开始”，至少保证了诗的真实、原生态、不做作。程兴国享受着这“爱情”，还时不时孔雀开屏，向全世界大声宣告：我在爱着。弄得不光中文系，好像整个校园都知道，程大诗人把大大的“爱”字写在了湘大的天空中。

那时，学校规定大学生不准谈恋爱，便有系里管学生工作的领导找他谈话。据说有一个晚上，他们在灯光球场，转了很多圈，辩题为：大学生是否可以谈恋爱。结果，程兴国说，他大获全胜：要爱就爱，想唱就唱，并且，爱要大声地说出来：

如果一个人没有了爱心和爱人
活着也仅仅只是活着
如同冰雕

毕业时，领导一怒之下，把他“发配”到了益阳师专。那时，湘大的毕业生很牛，据程兴国自己说，他是分得最差的。

三

毕业时，程兴国给同学留言：

洞庭湖的杨柳，他妈的倒插也长！

不知道这是不是他对自己的一种激励。

哪里有程兴国，哪里就会有江湖。

我们班的刘佬写诗说：给我一根杠杆，我可以撬动整个地球。对程兴国而言，有根芦苇秆就够了。

在益阳师专中文系，他教写作和演讲。他后来说，在他的人生中，还是要感谢两段时光，一是高考复读的一年，让他发奋学习，打下了一个比较好的基础；一是当老师的那几年，为了把课讲好，必须认认真真准备，扎扎实实备课，因为他不能忍受课堂上有开小差，有叽叽喳喳的声音。当然，不拒绝热烈的掌声和女生的尖叫。

曾看过程兴国在“功成名就”之后，在湖南星城监狱的一个演讲视频“走进心灵，走出监狱”。他自己将演讲主题概括为“传递价值，成就兄弟你我”。兴国兄在列举了自己的种种“成功”之后，又话锋一转，尽量把自己的姿态放低，以“兄弟”的身份，说他当年也差点成了“杀人犯”(大学时曾跟一“村姑”有过一段，后来分了。那“村姑”嫁了个男人，一年后却突然喝农药自尽了。那个比他更威猛的男人认为有前因，找上门来，一拳把他的眼镜打掉了，他满地找眼镜，屁股又挨了一脚)，程老师说：“好冤!”然后，他教牢里的那些“兄弟”如何忘怀过去，开启新的人生；如何做人，如何作为男人获得女人喜欢，如要真实、敢为、冒险、机灵，要有胸怀、风度，做深刻状等，还教那些“兄弟”如何浪漫，买不起玫瑰，就去地里摘几朵油菜花；如何幽默，成功了就谦虚点，失败了就骄傲点。出去喝醉了回来，老婆骂：“狗日的，你不喝会死啊!”你不要动拳头，只需回一句：“老子不是狗日的，是日狗的……”逗得下面的“兄弟”们哈哈大笑，掌声如地震一般。

程老师去监狱也不忘带上美眉，演讲中间，让长得像宋祖英她妹的唱《长大后我就成了你》《感动》《真情》……一个多小时的演讲，雷动的掌声据说达一百多次，不“雷动”的忽略不计。

看过这视频，然后可以大致想象程老师的课堂。他一边在讲台上激情与幽默齐飞，秋波共唾沫一色；一边冲出益阳，走向全国，举行“现代风”诗歌专场朗诵会，他去湖南大学，说很高兴来到了“母校”，因为湖南简称“湘”，所以“湖大”也是“湘大”；去某某师范，说自己尽管来自湘大，但“长在花园里的不一定是花，也许是野草”，然后，开始朗诵诗——《男子汉寻找斗牛场》《致海潮》《不哭的男儿》：

有了男人，太阳才是热的
有了女人，地球才是圆的
男人把女人变成带露的玫瑰
女人把男人变成石头
变成思想者……

于是，我们不再唱
“阿里巴巴是个快乐的青年”

然后，整个空气中，便会弥漫了雄性激素和雌性的尖叫。

程兴国说，他在全国共举办过97场朗诵会，还首开了诗歌朗诵卖门票之先河。

在益阳师专，他也很快组织起学生诗歌朗诵团、演讲团，把个“小城春秋”搅得热火朝天。然后，程老师便拥有了无数的“国粉”。据说有美眉晚上刚跟他谈过诗，第二天上课就会故意迟到，然后穿着高跟鞋，橐、橐、橐……大摇大摆地走过讲台。还有纯情的才女，把灵魂的告白登在了报纸上：

男子汉寻找斗牛场

望着那伤心的小白屋，
绕过了凉凉的池塘……

然后，住在“小白屋”里的程诗人，有些招架不住了，三十六计，走为上计，赶紧了，越过“池塘”，下海去！

四

程兴国说，其实他“早已下海了”：

早已下海了
在洞庭湖的乌篷船上
就尝到了大海的滋味
早已经下海了
受海那边的那片椰林
和椰林风的引诱
啜饮过太阳从湛蓝的大海中升起来时

那苦涩的泪水

唯有那远方的风帆依然爱我

在“洞庭湖的乌篷船上”长大的程兴国，早已觉得，自己就是“海之子”。海阔凭鱼跃，天高任鸟飞，这只洞庭湖的麻雀，觉得马上就要凤凰涅槃了。

但是，海里风浪很大，有时也难免要让他呛几口水。看准随着人们生活水平的提高，健康产业大有可为，他想给每户家庭送去幸福的“豆浆机”，结果，因为技术不过关，连“噪音”也一起送过去了，那“豆浆机”据说还成了家里的“夜哭郎”的“克星”，“机”一轰鸣，哭声立停。

然后，程兴国想起了“诗”，要让诗歌插上“金色”的翅膀，才能高高地飞翔。“一首诗也许一文不值，一句诗成为广告语也许就价值千万。”

“把真实的事情艺术地告诉大家”，这“艺术”在程兴国那里就是“诗”。程兴国开始涉足广告业，“再忙也有相思的时候”，让郴州卷烟厂的那只“相思鸟”飞入千家万户男子汉的怀抱；“鹤舞白沙，我心飞翔”，让“白沙”那只站在沼泽地里怎么也飞不起来“鸟”，飞得又高又远；“真龙”“真龙”“你就是真龙，你就是英雄”，也让南宁卷烟厂的那只“真龙”实现了腾飞。而芙蓉成“王”，酒鬼成“鬼”，还有茶之“湘妃”，聚首而为湖南礼品“三绝”，也成颇具“诗性”的创意。

诗人大多是敏感的，敏感往往就能得风气之先，所以不少诗人又成了商人（我们七九中文班也是）。程兴国以他的诗人的智慧，成就了北京高端传媒、湖南东文实业，成就了“湖南省十大杰出广告人”的荣誉。“诗”让程兴国“功成名就”，他说，他就像写诗一般在经营自己的人生，诗有起承转合，人生有创意、实施、转化、收束。然后，他在“诗”与“人生”之间游刃有余。

程兴国说他是贫下中“渔”出身，渔，渔樵耕读的“渔”，一个真正的“渔民”。“渔民”与“山民”相比，更具“水”性、柔韧性、灵活性、包容性。而在他成了读书人之后，又将“智性”与“诗性”高度融合，同时注入“情性”，再掺一点“痞性”，四“性”合一，由此练就“吸星大法”和“化骨绵掌”之神功，借此纵横江湖，威震武林。鲁达曾写程兴国《大款原来是“超男”》，说有一次他住院，程兴国提着一个装着牙刷和换洗衣物的塑料袋来了，说要陪他一起打点滴，一起讨论诗歌，让长得五大三粗的鲁达感动得差点梨花带雨。

那天，我和曹辉兄在程董事长的办公室小坐，程董说，他在有钱人面前谈“诗”，在诗人面前谈“钱”，所以总是赢家。我开玩笑，说：“在我等既非‘诗人’又非‘有钱人’面前，那就既谈‘诗’又谈‘钱’吧，哈哈！”

五

2017年5月，彭燕郊老师的诗文集出版，湘大为此开了一个“彭燕郊创作研讨会”，程兴国在会上朗诵了一首诗《诗想》：

任时光
你这不死的老人
把我的躯体碾成灰
任欲望
你这永远的荡妇
吸干我所有的精髓
任小偷大盗
窃走我所有的财富
我只请求
留下我的诗——这人世间
奸商也不愿收购的灵魂的骨灰盒

程兴国说，诗是灵魂在和自己说话。诗也是在为自己的灵魂寻找寄托，营造自己的天空，精神的家园。而当一个人离开这个世界，肉体的尘灰可以装在骨灰盒里，而灵魂呢，就安放在了你的诗中，你的文字中。所以，诗便成了诗人灵魂的骨灰盒。

2008年，彭燕郊老师去世，在彭老师的追悼会上，程兴国说，他更深切地感受到了这一点。

而很多时候，诗都是从苦难中诞生的。程兴国写《黑鸟》，他说，那是在彭老师人生的一段晦暗的时期，有一天，雨中，他看到彭老师穿着一袭黑衣，打着把黑伞，在校园里独行：

记忆这棵树的颜色很深
常有一只黑羽毛的鸟在树上栖息
这黑鸟从不愿把翅膀交给黑夜
归巢的途中张开羽翅
让一只蜗牛走上一段安全旅程
面向穷途
写下一路闪光的足迹

一只黑鸟，哪怕在黑夜中飞行的，他也希望能用羽翅为独行的蜗牛遮起一段安全旅程；翅膀被风雨“濡湿”，也不忘从洞庭湖边捎回一只屈原吹过、香妃吹过的“芦笛”；面向穷途，在“逆光”中，也要写下“一路闪光的足迹”……诗，就是你的内心的呐喊，你的生命之光。

一个人，你可以以“诗”的名义去获“利”。但本质上，你需要诗，是因为“再忙也有相思的时候”，再风光也有孤独的时候，再坚强也有脆弱的时候。

程兴国把自己的诗集命名为《再忙也有相思的时候》。前天，跟中文七九刘佬、桂佬，八〇段兄，八一老于几个哥们小聚，大家说起程兴国，说无论如何，程兴国是湘大江湖中不可或缺的人物，一个独特的“这一个”。桂佬孟泽说，有一次，聚会时，他听到程兴国说再忙也有“想死”的时候，不知道是不是听错了。程兴国本质上是孤独的，特别怕寂寞。桂佬说自己是“这个时代的漏网之鱼”，而程兴国却需要永远挺立潮头，做时代的“弄潮儿”，江湖不老，我们不散。所以，在聚会时，他会以主持人的姿态，拼命地说各种段子，营造气氛，让大家快乐，让“高潮”持续得更长久一些。而“高潮”过后，席散时分，在他转身离去的那一刻，在他的背影里，你会感受到那份无奈与孤独……

都笑了，都在连声哎哟哟地叫，
都在忙着用小手绢揩眼泪
剧场里乱糟糟的，笑声鼎沸，
不笑的，只有他自己。

——彭燕郊《罪泪》

散场了，嘣的一声，闸门打开，“再也忍不住的泪水夺眶而出……”

这个时候，就最需要诗。因为，没有诗人没有“哭”过，没有“相思”得“想死”过。

当你说你是诗人的时候，我想笑；

当你说我是诗人的时候，我想哭。

程兴国说，很多时候，他的嘻嘻哈哈，其实是装的。

看程兴国的标准造型，一杯酒，一根雪茄、一缕青烟、一个硬汉……

这也许是程兴国的“职业”形象，因为他的广告业务大多跟烟酒有关。

而这“形象”，也可能映照了程兴国的“内心”。

酒能让人清醒，让人醉，让人癫，让人狂；烟呢，中国人名之为“相思草”“草中妖”，西人称她是“尼古丁女郎”。英国诗人吉普林有诗曰：

有上百个麦琪愿意与我共结连理
女人不过是女人
而我的烟斗
却连着我的魂

所以，程兴国需要女人，需要烟斗，更需要诗。女人连着肉体，而烟斗和诗，在渺渺的轻烟中，连着他的魂。

浮士德在痛饮生活之杯，享受完青春、酒色、名利、财富、权力后，又永远在追寻人生那永恒的美的瞬间：你真美啊，请停留一下。

欲望红尘，有的时候，诗就成了你人生的最后一道防线，有诗，就有魂，有光。所以，程兴国说：“我要感谢诗。假如，我没有诗人的那点气质；假如，我没有了诗；假如，我以后的生活中没有了一点诗意，亲爱的朋友，程兴国还是程兴国吗?”

六

关于湘大，程兴国有三条著名的“语录”：

> 洞庭湖的杨柳，他妈的倒插也长。

后来，有湘大人说，不需要“他妈的”，我们也能长。于是，“洞庭湖的杨柳倒插也长”，就成了湘大学生的一种精神标识：刻苦、耐劳、顽强、生猛。

成了湖南“文化产业杰出人物”之后，程兴国说：

> 湘大是我们的骄傲，更重要的是我们能使湘大感到骄傲！
>
> 我不知道天有多高，地有多大，我只知道我的母校是湘大！

然后，就想做个好人，做点好事，回馈母校，报答老师。程兴国曾在文学与新闻学院设立奖学金；曾携价值10万的酒鬼酒为母校五十周年祝寿；曾为张铁夫、曾簇林、刘庆云等老师学术著作的出版慷慨解囊。张铁夫老师七十寿辰，学生们为他出了本文集《理想的守望与追寻》，程兴国资助出版，并写了个序《我只记得》：

> 我只记得，我是父母生产养育的附属产品，我是老师培育出的少有精品！铁夫老师至少让我初识了两个国家，一个祖国，一个俄国……我只记得：我是父母生出来的，我是老师教出来的。

那天，在程兴国的办公室，我问他，为什么对铁夫老师会有一份特别的感情。他说，每次上课，铁夫老师都会带一本诗集给他，就这样他差不多读完了铁夫老师家里所有的诗集。就这样，他成了诗人。

在张铁夫老师七十寿辰的纪念会后，除了文集，程兴国又主动为纪念活动出了本精美画册。出文集之前，张老师给程兴国打电话，程兴国问：“张老师，你就说出书要多少钱吧，需要多少都没问题!”张老师没好意思多要，说：“3万。”行，一言为定。后来，程兴国跟人说，他的心理价位其实是10万。也许，正因为如此，他要再出本画册，似乎不如此不足以充分表达感恩之心。

程兴国曾经说最喜欢自己的一首诗《不哭的男儿》：

不要用生硬的笔将我们雕刻
不要把我们放在板结的背景里
我们是黑色森林中痴飞的白鸟
乌亮的眼睛中
也无须挂上一串晶莹的泪
我们是不哭的男儿
我们是一代不哭的男儿
女排夺冠
我们挥动红袖衫和彩色旗
男排失利，足球滚不出山顶洞
滚不出亚洲
我们躲着女儿
在小河边捶打着前胸
捶打着地球
脚边的小狗玛丽哭了
我们没哭

程兴国说："装的，连小狗都哭了，我们怎么会不哭。"

2012年11月的一天，张铁夫老师走了。追悼会上，来了各个年级的许多的学生。见到程兴国，我们点点头，算是打过了招呼，然后，相对默然。

我作为学生代表致辞，说了一声："张老师，我们亲爱的父亲，走了!"就已经要哽咽了。

兴国兄站在那里，对自己说："男子汉，不哭!"

鲁达：从湘里到海天

鲁达（右一）还有邱佬、桂佬、罗弟子、名乐兄、
剑波兄等一群装时尚的哥们

一

鲁达姓聂，名雄前。被叫鲁达，一方面与那智利诗人聂鲁达有关，表示其有文才。另一方面，因为长得五大三粗的样子，令人想起《水浒》中那花和尚鲁智深，拳打镇关西，扬威五台山，倒拔垂杨柳，大闹野猪林……这书生作“鲁达”，也就让人觉得平添了几分豪气。

鲁达本科湘大中文八一级，双峰人氏。那双峰本属湘乡，最著名的就是曾国藩和他的湘军。湘乡、双峰处在湖湘与古梅山文化交汇之地，说话据说是古音，极难懂。那以湘乡人为班底组成的湘军，大家都一口湘乡话。我们大学有个老师，双峰人，教写作，一个学期下来，我们基本上是连蒙带猜，似懂非懂，尽得“不着一字”“意在言外”之妙。

不过，双峰人讲普通话，也有好的。就像桂佬孟泽，就“背叛”得比较彻底。而鲁达，却永远是乡音难改。据说是因为他是家里的满崽，母亲四十得子，对他极为宠爱，一直舍不得断奶，一直到六七岁，吸奶把舌头也吸大了，导致发音含混。鲁达曾有一篇《是乡愁，也是乡音的忧愁》，说到大学的经历：

> 我16岁那年到湘潭大学中文系读书，曾在语言上感受到巨大的危机，第一学期上“现代汉语”课，几乎每堂课都被一位姓梁的女老师叫起，为一个发不出音的韵母，我至少起立过五六堂课，到普通话考试时，别的同学要么是朗诵北岛、舒婷的诗，要么是高尔基的《海燕》歌德的《维特》，善良的梁老师为了让我蒙混过关，指定我读夏明翰的《就义诗》。可就为了“砍头不要紧，只要主义真，杀了夏明翰，还有后来人”这四句，梁老师还专门辅导了两回。因为羞愧，我很是认真地学普通话，有小半年时间我把自己粗声大气的讲话习惯改了，语音语调也改了，还请后来当了湖南电视台名主持的施华耕室友纠错，但小半年时间熬下来被双峰籍室友王斌辉下了“洋不洋，土不土”的结论，绝望之余，我只有放弃自己的“普通化”过程。记得第二学年快放暑假之际，贵为国家粮食部部长千金的梁老师要调离湘大，同学们都说是我气走她的，我也觉得对不起她，就认认真真给她家打了两天包，把家具和行李装上卡车之后，我独自一人在南阳村体育场的台阶上坐了很久，真有些伤感的意思。

不过，万事有弊也有利。六七岁还在吃母乳，把鲁达养得高大强壮。大学里，凡是需要身体的活，他便有了优势，球场，就是他的用武之地。用他的话说，“同学们用嘴巴交流，我用肢体交流”，篮球、排球、足球，样样我行、我能，鲁达同学也从中找到了自信。

大学我七九，本来与鲁达并无交集，后来熟悉是在球场上。我大学打排球，后来打到了中文系排球队，司职二传。大四的时候，学校排球比赛，中文系排球队，我们七九级两人，我和许学忠（毕业后回了岳阳），八〇级一人，彭振国（后来做了湖南省计生委副主任），八一级两人，鲁达和于磊焰（也是二传，后来做了新华社湖南分社社长），还有八二的一位学弟，名字记不起来了。鲁达是主攻，尽管技术粗糙一点，一传也常常不到位，但进攻时，那一锤子下去，颇有点铁榔头的味道，常常赢得看球的女生的尖叫声。

鲁达也很得意，傲然而立，为之四顾，为之踌躇满志，大有我是王者我怕谁的气概。

1985 年我回湘大读研，鲁达正好大学毕业，也考上了研究生，师从萧艾先生，虽然一个是世界文学，一个是中国古代文学，但宿舍相邻，然后就有了很多交流的机会。

不过，印象最深的还是在球场上。研究生排球、足球都是学校的强队，排球还是我二传，鲁达主攻，有一次差点拿了学校学生排球比赛的冠军。我们一致认为，是因为裁判不公，才屈居第二。

后排右一鲁达，左一罗弟子

读研时，我还迷上了足球，练了一年，竟也进了研究生足球队。那时的研究生足球队，鲁达是前锋，罗毅罗弟子（与鲁达同室，也是古代文学研究生），我是后卫。鲁达的技术属于粗犷流，但临门一脚势大力沉，经常在球场上慢悠悠地等待机会，也少盘球，但 90 分钟，只要偶尔灵光一现，猛虎出笼，可能就是致命的。鲁达在球场上有句经典的名言：射门千万别追求什么角度，就对着守门员踢，反正会踢偏的。哈哈！

鲁达长得像那黑旋风李逵，黑得粗犷，却如那鲁智深，看起来大大咧咧，却粗中有细，心思缜密。毕业前，把历史系的一位女老师，在北山青年楼堪称“楼花”的勾上了，大家都大吃一惊，连连感叹：需要重新认识看起来忠厚老实、笨嘴拙舌的鲁达同志。情场上，不知他使的是什么招，难道是球场上的威风，还有那一手好文字，终于抱得美人归，然后雌雄合剑，一起仗剑走天涯。

二

鲁达交游广阔，哪个系的研究生、年轻老师，他都认得，早已经是学校的“名人”了。1988 年，研究生毕业时，系里想让他留校，鲁达想起自己的那口话，赶紧逃离，用他自己的话说，真是吓死宝宝了。

鲁达选择的第一站，是长沙，湖南省文联理论研究室。不用坐班，一年到头也不开会，对他来说，可谓如鱼得水。可在 1990 年初夏，单位的学习突然多了起来。念文件，有不怀好意的潜在的竞争对手，推荐他主念，本来想出他的丑，可不料，他却念得声情并茂、慷慨激昂，深得领导认可。至于大家听懂多少，反而不重要了。此后，让小聂念社论，成了文联、作协的保留节目。因为只要小聂一念社论，开会的气氛就会“由严肃变得活泼，由沉重变得轻松”。小聂同志感觉好极了，在那个文学创作热潮持续高温的年代，作为理论研究室的才子，有了用武之地，各种创作班都要请他去讲课，面对济济一堂的红男绿女，自我感觉真是好极了，原来我也能、也行啊！

但文联毕竟是个清水衙门。90 年代初，随着市场化潮流的到来，全民经商，万众下海。鲁达也经受不住时代的热情的感召，1992 年，到了改革开放的前沿阵地——深圳，加盟著名的《女报》杂志社。初来乍到，鲁达急于一露身手。据说有一次从报纸上看到一则关于深圳义工的报道，他去采访，结果那来自潮州的女孩，面对正宗的双峰古音，一句话也听不懂，还怀疑这“记者”有诈，虽然最终验明正身，但还是无法交流。鲁达情急之下，把问题写在纸片上，就这样一“问”一“答”……最终报道写出，在《女报》头条刊出，鲁达就此一炮走红，在杂志社站稳了脚跟。

虽不善言，以文补之，虽无背景，勤能补拙。凭借自己的才华、勤奋、热情、机智，鲁达不断进步，平步青云，坐上了报社总编辑、社长的宝座。

春风得意之下，鲁达一度也想换一个更大的舞台。把请调函送到杂志社上面的领导那里，领导一脸沉重地说：“小聂，不是我不放你，而是你要想想你的短处。你年纪轻轻的就当了老总，到别的单位谁听得懂你的话呢。”

哈哈，知我者，英明的领导也。在《女报》，传说聂社长招人，第一个原则就是：听不懂我的话的，免谈。有一次，他来长沙，到中南大学来（那时我还在中南），找到桂佬和我，说让推荐几个研究生。也许，还是“湘军子弟兵”好用啊！

海阔凭鱼跃，天高任鸟飞，在深圳这片天空下，没有最高，只有更高。鲁达最终还是去了出版行业，出任深圳出版发行集团公司副总经理兼海天出版社社长，后来又升任集团总编辑、党委副书记。

从此，鲁达也由“小聂”变成了“老聂”（老聂在那围棋界，可是鼎鼎大名的“棋圣”），出版界的“老聂”，也时不时会在他的微信里，推荐海天新品，欢迎鉴赏。还不断隆重推出各式文化名人……然后，我在心里感叹一声：“这个弟子真的出息了。”

有次，老聂给我电话，说起“一带一路”的话题，问何云老可有什么好的创意。我说：“让我想想。”

好久没联系了，放下电话，那直到现在还让我听着费劲的“双峰普通话”，犹在脑海中久久回荡。

三

曾经看过鲁达的一篇文章《故乡，生命的底片——写给15岁的儿子》，好像是《女报》策划的，由上一代人写给下一代，叫治愈系书信集之《写给你》。

鲁达说：

> 从故乡到深圳，整整隔着八百公里河山。我是16岁从故乡走出来的，每一步走得都像王家新的诗里所描述的那样咬牙切齿，那样刻骨

铭心。每走几步，都会回望，充满痛苦充满深情充满决裂。我写过，活在城里，如果发达了我或许会衣锦还乡显摆一两次，如果混得不好，即使死了我也会成为游荡在城市上空的冤鬼绝不还乡。我相信，这是我们这一代从乡村进城的人中普遍的情感。

故乡对于漂泊的游子，永远是“生命的底片”，可于下一代人，却可能只是父母曾经生活过的地方，是小时候能够自由奔跑、忘情玩耍，长大了却逐渐陌生了的地方：“你 15 岁了，还是没心没肺地活，看不出你有理想，看不出你有热爱，连早晨起床上学也没有一次不靠我们叫醒拖起。我就想，这狗东西怎么这样不懂事，这样没有责任心，老子读书从来没人叫，老子高中两年每天要走八里路上学，从没迟到过……你自得其乐、人模狗样地在王品牛排、名典咖啡吃西餐，我坐在对面，坚决只吃回锅肉饭。”

也许，这就是第一代进了城的“乡下人”的宿命。

对于很多人而言，故乡是他的出生之地，而大学母校，作为精神的成长、再生之地，则往往成了他的第二故乡，真正的精神的故乡。

看过鲁达写他的导师萧艾先生的一篇文字《萧艾师在 1989 年的除夕夜》。萧艾先生是湖南宁远人，就在我的家乡新田的边上。但无论大学还是研究生，对萧先生都是敬而远之。对先生的《甲骨文史话》《王国维评传》《世说探幽》等，也只是耳闻，未曾拜读。只从鲁达的文字中，了解了萧先生的大致的经历，那心里的“痛”，那“一个也不饶恕”的决绝。1989 年那个除夕，是萧先生 70 岁生日，先生回想自己的一生：16 岁上大学，抗战时组织过湘南游击队，19 岁出版第一部专著，27 岁成为西江学院副教授，33 岁任湘雅医学院院务秘书长兼马列教研室主任，1955 年莫名其妙卷入胡风冤案，坐冤狱，然后下放湘北农村，25 年之后，来到湘大，焕发学术的新的生命……也就在那个晚上，先生挥笔写下了挽联：

集战士作家学者于一身，全无是处；
举残年余痛痴情皈三宝，尚复何言。

独立独行，安贫乐道，一日三省，嫉恶如仇的萧先生，似乎早已将生死置之度外了。而那个除夕夜，也留给了陪伴他的几个弟子永难磨灭的印象。

除了母亲，从来没见鲁达，如此刻骨地回忆过一个人。如果说，故乡，是一个人“生命的底片”，而老师，那曾指引了你人生方向的导师，就是一个人“精神的底片”吧！

鲁达作硕士论文《试论山林文学的兴起》，写人生的第一部著作《中国隐士》，也许，魏晋士人的任诞、不羁、归隐，是鲁达内心的一种情结。而“人生如履薄冰，我们永不下沉”，那刻在《女报》杂志社电梯间的文字，也许又成了鲁达一生奋斗的信念。当年毕业时，姜书阁先生题赠给他的话就是：

> 在任何时候，任何情况，都要做生活的主人，要做强者，要体现人生的价值。

也许，这也是八十年代的一种时代精神。

从八十年代走到今天，从小聂到老聂，从湘里到海天，归隐也好，奋斗也罢，故乡、母校、老师……永远是人内心深处的那根最柔软的弦。

罗弟子：吃货原是文化人

大学时代的罗弟子

跟罗弟子，互相都自奉为“师”，称对方为“弟子”。几十年下来，竟也难以改口。以致外人听了，经常犯迷糊：你们究竟谁是“师”，谁是“弟子”？

我说，为师的当然是我啦，身为大学师兄，研究生虽同届，辈分不可造次，作为师兄自有指引、开化、训导之责。

罗弟子则时时炫耀：“为师当年教何弟子下棋、踢球，可是倾囊相授，呕心沥血，人神共睹，天理昭昭，哈哈！”

得，三人行必有我师，那就同学相长、互相促进吧！

一

罗弟子名罗毅，湘大中文系八一级，武冈人氏，据说当年是以邵阳地区文科第一名、湖南省前六名的成绩来到湘大。我七九，大学的时候并无交集。83 年大学毕业，工作了两年，回湘大读研，罗弟子则以全班综合成绩第一名，直接免试升级读研。我们就这样成了研究生同学，一起住在北山青年楼，宿舍挨着，又成了邻居。

不过我读的是世界文学专业俄罗斯文学方向，导师张铁夫老师。他师从湘大中文四老之一的萧艾先生，读中国古代文学。两个不同的专业，难得有一起上课的时候。交往多在课后。比如吃饭时的串门，没事的时候闲聊，打牌的时候，或为对手（世界文学队对古代文学队），或成队友（中文系对外作战）。还有，读武侠小说，然后切磋武功，嘴上使招，都以师自许，无私传授弟子招式，自命武林宗师，独孤求败。

因为同读文学，虽有不同侧重，大家读了什么好书，也会互相推荐、交换。不过，有一次，罗弟子神秘兮兮地抱来一摞线装书，来不及藏起来，凑上去一看，哇，天下第一“淫”书《金瓶梅》啊！早就听说有这奇书，问：“书从何处来?”答：“系资料室。”然后要求资源共享，结果罗弟子忙不迭地说：“不可，不可，导师特批的，说只可做研究之用，不得外传。”罢，罢，罢，俺们研修外国文学的，想“批判地借鉴”亦不可得，只好悻悻而去。

罗弟子敢在何云老面前称“师”，主要因为两样东西，一为围棋，二是足球。身为中国首位“围棋博士”，平生最遗憾的是当年“遇师不淑”，几个围棋入门“老师”，都是臭棋篓子，比如我们世界文学专业的班长老龚，比如罗弟子。刚学棋时，对他们的棋艺如大海巨浸，视之弥深，崇山峻岭，仰之弥高，不承想一个月就把他们打得落花流水，结果他们后来还一直以“师”自居，说当年如何如何“倾囊相授”，后来才知道，那“囊”里本来就没什么货啊！

还有就是足球。我大学打排球，练了两年就进了中文系排球队，司职二传。读研时排球平时不打了（只在比赛时，代表研究生队征战沙场），天天在青年楼前面，放几块砖头做球门，练足球。练了一年多，竟也进了研究生足球队，当后卫。记得那个时候的研究生足球队，鲁达（聂雄前）踢前锋，罗弟子司职中场。我作为后卫，盘球、传球技术显粗糙，主要是防守。当时何云老有两大绝招，一是球过人不让过，一是头球。头球主要用于破坏对手的高球，但己方一有角球，队友马上会招呼我赶快上去。可惜一直没有头球破门记录，引为平生憾事。

那时的研究生排球队、足球队，都算学校的强队。曾经打遍北山无敌手，拿过“北山杯”足球赛（湘大北山文科各系参加）的冠军。有一次学校组织“湘潭大学足球精英赛”，北山文科联队、南山理工联队、教工队、子弟学校队、研究生队，五个队踢循环。研究生队虽然踢不过本科生联队，但与教工、子校踢得难分难解。

踢完球，大家聚在小酒馆里喝酒。那次为庆祝“北山杯”夺冠，一帮人兴高采烈，邵阳大曲不知干了多少瓶，罗弟子喝得脸红脖子粗，话语滔滔，回到宿舍兀自兴奋不已，为示亲热，掐着我的脖子，畅叙革命友情。我得时时架开他的手，防他热情过度，提心吊胆了大半夜，最后终于散了。

第二天，问罗弟子可记得昨晚之事，罗弟子摇头，说：“不知。”不知是不是佯装“不知”，已经无从考证。

我大学打排球，研究生踢足球，研究生快毕业时学围棋，自认都还有点天赋。关键是胜负心强，学习认真、执着。罗弟子却一直自认他是我足球道路上的引路人（跟他同室的鲁达弟子也被他带坏了，动不动就号称“掌门人”什么的）。

前些时在公众号上发了些回忆湘大的文章《湘大八记》，在其中一“记”中，他留言说：

> 何云老白面书生，有潘安之貌，排球、篮球玩得溜，围棋文化书出了几本。可一上足球场，就总觉得他肢体不协调。偏偏当年的研究生足球队打遍北山（文科）无敌手，把青年教工队也踢得落花流水，人气爆棚，围观的女孩也多。何云老于是舍长就短，死乞白赖要入队。看在隔壁舍友份上，我这个研究生会体育部长好歹把他收留了。看球的学妹更多了，不知是看他还是看球。

我看了，马上发表严正声明，“辟谣”说：“围棋文化书是后来才出的，至于何云老的球技，那可是苦练内功，自学成才，在球场上赢得广大女生的喜爱，都是凭球技，而非颜值，哈哈！”

二

毕业了，罗弟子去了株洲，在一家新办的《新闻图片报》任职。

我回长沙铁道学院，继续教书。他便时不时来约个稿子。于是，在他的报纸上，便不时会有《文学：审美的沉沦》《〈我们〉：一个寓言》之类的张扬偏激的文字，竟也赢得一片叫好声。

后来，那张报纸终于没能善终。一段时间，听说罗弟子闯海南去了，后来又因为那海南的“浪”太大，把他“浪”回来了。浪子回头，在省城长沙的一家媒体任职，我们也渐渐断了联系。

后来，微信时代，不知什么时候，想起过去，互相加了微信，这断了的线，又算接上了。

可在微信里，经常看到的，是他在微信里晒吃。早上一碗米粉，晒一下，中午给儿子弄了个“罗氏蛋炒饭”，也要晒一晒，要是什么时候整了一桌的菜，就更要显摆了：

> 今日菜单：粉蒸肉、黄焖鱼块、醋熘土豆丝、清炒大白菜。看到粉蒸肉蒸出油了没有？金牌菜非它莫属。
>
> 罗大厨唯一的长处，就是把一手烂牌打出好结果，把有限的食材做出多变的花样。
>
> 本周末只休一天，外地员工都不回家。今晚请分社兄弟姐妹到我宿舍吃饭，就地取材，做了几道家常菜。那两桶小龙虾是“加盟”的。
>
> 酒酣耳热说文章，不到潇湘，何处觅酒乡？

如果在哪里碰到好吃的，特别是还有美女，就更要强烈推荐了：

> 中国最好吃的排骨，出自湘潭县易俗河天城家厨美女老板巧巧之手。今晚第二份了，只顾吃，等到想发朋友圈时，已经吃动了。

晒美食还要晒美女，食色兼备，这是要让人在水一方，羡慕嫉妒恨的架势啊。连带家人，也被他广而告之：

妹妹简直是位被电影事业耽误了的湘菜大师。血浆鸭、板栗蒸土鸡、武冈卤菜拼盘、猪血丸子、芹菜炒牛肉、红枣蒸南瓜、糯米肉丸、蒸蛋饺、清炒莴笋片、清炒洋葱，一桌菜，快手快脚就做出来了。老罗开一家餐馆的夙愿，看来要靠妹妹来实现了。店名就叫“兄妹餐馆”，如何？

还有，读研的儿子要去学校了，他做一桌儿子喜欢吃的菜，要晒一晒，以示父爱如山。偶尔，“罗小厨”下一回厨，“罗大厨”顿时喜极而泣，欣慰终于有了传人。我说，罗弟子，你简直就是个吃货啊！

而这“吃货”，仗着读了些书，还大有吃出大雅、吃出诗意来的架势：

五一长假过去一半，5 顿正餐、3 顿早餐，罗大厨从采买、剁切、洗净到烹饪，莫不躬亲而为，而且正餐菜式绝不重样。

大舅从湘潭石潭带来老鸭时鲜，河杂鱼为门前小溪所捞。今天中午菜单：卤牛肉下锅，黄焖河杂鱼，韭菜炒卤香干，石灰水蒸蛋，清炒时蔬，清炒韭菜（剩菜不列）。

真可谓：

株洲厨房阔兮，
可以逞吾艺。
永州厨房陋兮，
可以斫吾鱼。

陪大舅略酌几杯，酒酣耳热，话多音高。忆石潭小溪流水，乃吟诗一首：

水清水浊问何许，
雨洗藕莲晴钓鱼。
若得亲朋将酒至，
醉乡光景仙不如。

读了这“吃”出来的诗，给罗弟子去信，说：弟子身为媒体人，看你吃得如此得意，油而不腻，俗中见雅，为师甚慰。下次回永州，弟子若能亲自下厨，为师就再授你几招作文之道，当能纵横天下，独孤求败矣，哈哈！

三

几十年来，罗弟子辗转于湖南各大纸媒，从《湖南经济报》《长株潭报》，到《湖南日报》，负着不大不小的责。去年，终于当上湖南日报社永州分社社长，不知道什么级别，总算是正儿八经的“头儿”了吧！

从此，罗弟子时不时会跟我报告一下来自故乡的消息，或者见了老家的什么“官”。他的微信中，除了“吃”，也就多了各种永州“新闻”。看得出，他对永州也越来越有感觉，“酒酣耳热说文章，不到潇湘，何处觅酒乡？”永州人热情、纯朴、好客，加点“蛮气”，为人质朴、厚道的罗弟子，大约在那里，找到了一点“故乡”的感觉吧！

罗弟子家乡是邵阳武冈，看他念念不忘的各种“吃”，就有浓浓的武冈猪血丸子和香干子味。他还为家乡的米粉“站台”：

武冈南门口王师傅米粉店，将代表武冈参加全省米粉大赛。今晚试制，特邀老罗品鉴。

原味和辣味，各上一碗。吃撑了。

罗弟子写他的中学老师，名《厚味厚文》，说：

古城的厚味，源于“厚文”。就像腐乳给米粉提味，文化人就是让古城提升境界、赋有意蕴的人。

罗弟子，大约也是这样一个吃出“厚味厚文”来的文化人。一度，他还主持了《湖南日报》旗下的《大湘菜报》，策划“湘菜”去法国、美国的展览，将我“大湘菜”推向世界，竟也弄得风生水起。在这过程中，结识了一批湘菜大师，自己也俨然成了“美食家”，自号“罗大厨”。罗大厨时时晒他的手艺，谢哥评价，其特色就是什么都是黑乎乎的。我说，那就是武冈猪血丸子和血鸭的颜色，哈哈！

罗大厨时时也不忘记为“第二故乡”永州吆喝：

据说永州“胖子卤粉”在长沙九所宾馆举行的“湖南米粉擂台赛”上风光无限，每天卖出1400多碗。今天试味，果然名不虚传。粉质劲道，油辣椒特香，卤汁很入味，是我在永州吃过的最好的米粉。不服来辩！

看罗弟子对永州如此上心，前几天，我给他发个短信，说：“罗弟子，假期我们策划一个永州文化寻访系列，有可能的话，来一个《永州新八记》怎么样？题目如：不到潇湘岂有诗，寻访潇湘源，九嶷山上白云飞，周敦颐的濂溪，南有新田，阳明山寻幽等。”

罗弟子马上说：“好主意，我们好好策划一下。”

写完《湘大八记》，也许哪一天，就真的有了《永州新八记》，想想，就很令人期待啊！

好吃的罗弟子如今成了这般模样

四

清明节那天，突然看到罗弟子的一则短信：

父亲去世一年多后，我流着泪写了一篇怀念文章。

母亲去世两年多了，至今无法为她写一篇文章，想起她就心如刀绞，几欲绝倒。

到永州工作一年多了，母亲几次来到我身边。我又喜又惊，最后总是哭醒。母子连心，哪怕她从没到过永州，也会寻着儿子的气息找到我的。我深信！

一夜大雨，在我和伯父、妹妹、外甥女、两个堂弟一家来到后山时停下了。两行老泪，却如春雨一般洒了一路……

曾经看过罗弟子回忆父亲的文章《又到清明》，他说，父亲在时，回去扫墓，和煦的春风中，更像是一次家人的春游。父亲不在了，儿子长大了，也成了那个顶天扛山的父亲，意味着所有的酸楚只能独自吞咽，回家的脚步也变得沉重。父亲好烟：

清明回家，口袋里必备一包烟。点燃两根放在父亲的碑上，让思绪如袅袅青烟般绵长。

然后，伴着对父亲的思念，迎风流泪……

每每看到这里，想起自己的父亲，我的心会梗在那里，好一阵才能平复。

这一次，在微信里，又看到罗弟子“如春雨一般”的“老泪”，我又“梗”了好一会，然后说：“弟子，什么时候写写母亲吧！”

他说：“好。”

不一会，又看到他的微信：

刚到永州，晚上散步，在家人群里发了个微信定位。妹妹一下子发现了：“哥，你在妈妈路上。”仔细一看，原来那条路叫翠竹路。即刻顿悟了：我是命中注定与永州有缘。

是的，也许有的缘分是注定的，无论怎么也化不开。就像罗弟子心心念念的故乡，还有现在工作所在的永州，还有母校湘大，那曾经的求学的时光。

五

罗弟子曾写过一篇名为《杨叔》的文章，亦师亦友的杨叔曾送他一首词《少年游》：

春心在，汛潮卷岸，豪气欲吞牛。

可叹双鬓，好风不染，随梦少年游。

在那“少年游”的梦里，有故乡，有父亲母亲，大约也少不了母校湘大吧！我的《湘大八记》发出来，他时不时会冒出来，留个言，说30年过去了，何云老的湘大系列回忆文章，每每勾起他的怀旧情结。确实，曾经的湘大有我们的许多共同记忆。有一次，他还在中文系校友张雷的一篇文章中留言：

张雷师弟的文章，让愚兄想起了许多湘大往事。湘大中文系几老做的对联自是极好的。但记得1985年冬湘大搞了一个校园春联大赛，上联基本上是中文系老师拟的，第一名作者竟然是一位车队司机！请看：

数点梅花，报春天消息

半间书屋，藏秋水文章

上联很平实，下联却如静水深流。《秋水》出自庄子，非中文系师生恐难体味到这副对联的对仗之妙，浑然天成。

连司机也这么富有文才，也许，这就是曾经“阔”过的湘大的底蕴吧！

一个人也罢，一所大学也罢，有底蕴，有骨气，哪一天，不小心，也许就又会“雄”起来的。

曹辉兄：爱校成痴

一

曹辉

认识曹辉兄，是2008年。那时他是湖南日报社主办的《新闻天地》杂志的副总编辑，据说刚走马上任不久，雄心勃勃要将刊物弄出一个新气象来。刊物弄了一个栏目，叫《湖湘文化人物心路历程》。采访湖湘文化人物，追踪他们的心路历程。第一个做的就是湘大知名校友王鲁湘："我是一个读书的种子"，第二个也是湘大的校友，中文88级的校友黄晖："编剧我就是个野路子"，其时黄晖编剧的电视剧《恰同学少年》正在热播。然后，曹辉兄给我打电话，说想做个访谈。我说，我就是一个普通的教书匠，没什么"看点"吧！他说，你是中国第一个"围棋博士"，又曾是湖南省最年轻的文科教授之一，值得广而告之。

于是，在一个秋日的上午，曹辉兄带着几个记者，来到中南铁道学院，吭哧吭哧爬上我当时蜗居的教工宿舍七楼，满脸的汗水。寒暄几句，几个记者便忙于拍照、访谈。忙乎了一个上午，成果就是《新闻天地》2008 年第 12 期的那篇《何云波的黑白人生》。

就这样算与曹辉兄认识了。因为互相都已“久仰”，也就一见如故。我知道，我等被列入“湖湘文化人物”，更多的还是沾了湘大校友的光。之后，《新闻天地》又陆续推出了胡刚（浮石）、罗和安、胡旭晟、张铁夫、陈惠芳、刘启良、杨怀保、胡敏……大有将湘大各色人物一网打尽的架势。有人戏称，这“新闻天地”难道改了名，成了“湘大天地”？

对曹辉之为湘大“铁杆校友”的“美名”，早有耳闻。但是，爱得如此痴迷、如此“变态”、如此不计“后果”，却是真正认识了之后，才有更深的体会。曹辉兄在和同学们聚会时，曾经说：

> 这辈子也许尽我一生的努力也成不了杰出校友，但从我进入湘大三道拱门那天起，我就成了绝对的铁杆校友。同学们笑笑，说那是，这点我们都佩服你，校友当到你这个份上，真是不简单。

是的，爱一个人并不难，难的是永远爱她，不计功利、回报地爱她，在她处于逆境、受尽磨难、被人漠视的时候，仍然甚至更加爱她……

二

其实，当初“恋爱”的时候，曹辉兄首先“心仪”的，并不是湘大。

曹辉故乡双峰（过去双峰、湘乡是一家），这个地方真是人杰地灵，前有曾国藩及其“湘军”，后有禹之谟、蔡和森、蔡畅。而“湘大人物志”前面写到的桂佬孟泽、鲁达，也都是双峰人。曹辉兄称之为“双峰并峙”，他自己乃一“小峰”。这“小峰”成长起来，也许哪一天就“三足鼎立”了。

曹辉老家湘乡棋梓桥，1958 年修建水府庙水库，祖辈父辈迁居双峰杏子铺。1991 年参加高考，以 1 分之差，与大学失之交臂。然后复读。那时规定复读生不能在公办学校就读，他好不容易“混”进去，却遭人举报，只好回家，自己复习。苦心人，天不负，一年的苦读，终于有了回报。1992 年高考，跃居娄底地区文科第一。他想上北大，却发现那年因为湖南省高考改革过于偏科（文科不考数学，理科不考语文），北大不在湘招生。他只好退而求其次，第一志愿填了中国人民大学中共党史专业，第二志愿湘潭大学。结果，据说当年人大不招收复读生，让他徒有羡鱼之情。还有一种可能，就是那时湘大的余威还在，招生时，被湘大“抢婚”了。

命运弄人，就这样，曹辉兄不情不愿地来到了湘大。他说，一度还想“悔婚”，明年再寻一个更好的“人家”。可想想自己的家庭，父亲不过是一个普通的小学校长，家底并不殷实。并且，来了湘大，发现湘大的老师、环境也还不错，那就认命吧！事在人为，好好努力，是金子在哪里都会发光的。

可是，现实并没有为这位地区“文科状元”铺就“金光大道”。在迎新文艺晚会上，班上让他来个配乐诗朗诵，选了首名为《追求》的诗，费了老大的劲准备，结果班上审核时，因为内容被认为太“老套”，未能入围；一次参加演讲比赛，因为到得稍晚，急匆匆上去，中途忘“词”，只好拿出稿子来帮助恢复记忆，懊恼之下，演讲完就离开了现场，路上一好心的师姐开导他，无论如何，还是要听听别人是怎么表现的，让辉哥顿时“开悟”；还有，班上第一次选班干部，希望为国为民操劳的辉哥，竟难觅用武之地……

来湘大时，他的高中班主任临别赠言：百年风骚谁先领，万里鹏程惟斯人。这也成了曹辉激励自己的警语。接连的挫折，没有让辉哥怨天尤人，而是更刻苦地投入到学习中，通过不断的修炼提高自己，图书馆就成了他最常去的地方。同时，苦练写作，慢慢地，开始有豆腐块见诸校报，这更激发了他发奋写稿的热情。并且，他的文字，不是那种青春年少常有的见花落泪、睹物伤怀，而是更关注现实问题，希望以新闻、纪实的方式去记录生活，这也为他以后从事新闻事业打下了基础。

1995 年暑假，曹辉有了去刚创办的《三湘都市报》实习的机会。这个时候，他就动了利用“工作”之便，尽可能多地宣传湘大的心思。当时报纸上有个“平凡人”的栏目，他为此写了篇关于中文系著名教授姜书阁的文章《笔墨不知老将至》。尽管姜先生早已“不平凡”，为了湘大，也只好委屈一下姜老了。

《三湘都市报》是1995年6月30日创刊的，当时学校图书馆并没有订阅。实习期间，他便有意识地，每天收集一份报纸，等到暑假实习结束，他将两个月完整的《三湘都市报》带回学校，交给湘大图书馆馆长向熙廷教授。向馆长拿到报纸，大为感叹，这样的学生真是太难得了。

这个“难得”的学生，一直以他的老乡曾国藩为榜样。他从1992年上大学时开始每天记日记，30年从未间断，至今已成38卷1000多万字，令人叹为观止！

三

毕业，辉哥如愿以偿，来到湖南日报社所属的《三湘都市报》，成了一名职业的新闻人。

新闻的职责，就是记录生活，揭示真相，心系民生。曹辉兄曾因为长沙黄兴镇化工企业污染问题，2002年，孤军深入，调查采访，写过系列报道，引起强烈反响，得到时任国务院副总理温家宝的批示，当地村民多次上访、悬而不决的问题，终于得到顺利解决。当黄兴镇成功实现产业转型升级，18年后，时任湖南日报社长沙分社社长的曹辉兄再踏上那片青山绿水，曾经视他为“仇敌”的人，握住他的手，相逢一笑，回忆过去，共话未来。

曹辉兄还有不少类似为民请命的“英雄”壮举。不过，他更为人所知的是，作为湘大的“新闻发言人”，时时刻刻处处，抓住一切机会，为母校发声。彭国甫、刘启良入选新世纪学术带头人，袁亚湘获青年科学家奖、成为院士，湘大学生发现微软五大漏洞，文花枝获中国十大杰出青年，杨怀保获全国道德模范，湘大省部共建，获批出版社、国家重点学科、博士一级学科、博士后流动站、长江学者、重大项目……只要母校发展有了成绩、有了新闻价值，他都要不遗余力、大力报道。

2013年，曹辉调任湖南日报社湘潭分社社长，有了更方便地为湘大服务、助推湘大发展的机会。为了让湘大深度融入长株潭一体化的进程中，他写内参，呼吁将长株潭轨道交通设支线延长到湘大，最后成功被采纳，列入规划中；他在内参中建议恢复宋代碧泉书院，由湘潭县碧泉村与湘大共建，湘大组建作为教学与研究机构的碧泉书院，也被采纳并具体实施……

四

2018年，曹辉的新闻作品精选集《与名流面对面》出版，12月在湘大图书馆举办了一个新书发布会。会上，当年曹辉所在班级的班主任王洁群教授发言，说：

> 在我的印象中，曹辉追求事业、成就事业的热情和行动，用他自己常用的一个词来说，就是“变态”。曹辉虽然生活中一点也不“变态”，但一做起事来，确实有点“变态”！换句话来说，也就是大家熟悉的“吃得苦、耐得烦、霸得蛮”。

他就是这样，读书的时候“变态”地学习，工作的时候“变态”地工作；“变态”地用新闻业绩服务社会，“变态”地用实际行动感恩母校。

《与名流面对面》共51篇文章，曹辉兄说，其中21篇与湘大有关。他在介绍了一些作品的创作过程后，发表感言，说：

> 出于对母校那种刻骨铭心的爱，我把母校的声誉看得比自己的生命更重要。
>
> 我见过许多刻意回避自己湘大背景的校友，也见到过更多的对湘大“恨铁不成钢”的校友，但我还是想保持着对母校憨憨的爱，纵然天荒地老，即便海枯石烂。
>
> “为什么我的眼里常含泪水，因为我对湘大这2600多亩土地爱得深沉。”

下面坐着的湘大领导、老师、同学，听着便有些动容。

对母校憨憨的、深厚得有些“变态”的爱，这成了曹辉的一种标识。我说，那你从当初的不情不愿，到接受，到爱得“变态”，爱得海枯石烂，总得有个契机吧！曹辉兄想了半天，列举了一堆当年大学里的琐碎，我听了竟也不得要领。也许，爱一个人，有的时候是不需要太多理由的吧！

我问，你现在有两个孩子，他们长大了，还想继续让他们去湘大读书吗？他说，绝对不让了。我问为什么，他说太操心、太累了。我便笑，说，一般的孩子，离开了父母，偶尔回来看一下，吃餐饭，封个红包，就算尽了孝心。而你这“儿子”呢，却把“母”校当作了“子”校，把父母、岳父岳母、爷爷奶奶、外公外婆的心全操上了。“子”校成绩稍有进步，排名上去了一些，你喜气洋洋；发展慢了一点，你着急上火；谁谁说了几句不太中听的话，你立马跟人急；听说别的学校要建医学院了，湘大还没有，你又太监比皇帝更急；你当了长沙分社社长，拼命地宣传长沙，可看到这边风光了，成了网红，又担心那边跟不上，差距被拉得更大，于是心急火燎张罗着，也要帮着“母校”在长沙弄一块根据地……先“母校”之忧而忧，看来这劳碌操心的命，是没有尽头了。

一个人“劳碌”还不够，曹辉兄还建了一个名为“长沙·羊牯塘印记”的群，把长沙的一些知名校友，还有湘大的领导，请进群里，不分白天黑夜，一起来“操心”湘大的生存，谋划湘大未来的发展。曹辉兄说，只要湘大的师生、校友拧成一股绳，就将汇成一股巨大的力量，逢山开路，遇水搭桥，无往而不胜。

那天晚上，吃饭的时候，在长沙一位湘大校友的公司里，曹辉兄把省里各部门的一帮校友也请来了，大家一边喝酒，一边说着湘大的过去与现在，一会深情款款，一会慷慨激昂，一会唉声叹气，一会充满期待……一餐饭吃得五味杂陈，我一边吃着，一边心里感叹：这铁杆校友都快成“金杆”了啊！

五

湘大六十周年校庆前的一天，我正在电脑前码字，曹辉兄发来一条短信，说：今天是张铁夫老师的 80 岁生辰，请代为向师母曾老师问好。我一查，6 月 3 日，果真是张老师的生日啊！而此时，铁夫老师已经去世快六年了，一个曾经的本科的学生，居然还记得老师的生日，而我这个本科、硕士“双料”弟子，自命老师最器重的“弟子”之一，竟忘得一干二净，心里不禁大叫惭愧！

然后，跟曹辉兄说，正好刚写了篇关于湘大、关于老师的文章《南山南北山北》，发你看看吧！其实不过想暗示，无论如何，学生还是记挂着老师的。曹辉兄收到文章，当即就在“新湖南”发了出来。结果反响出乎意料，3 小时点击就过了 10 万，一天过了 20 万。我想，不是这文章写得有多好，而是表达了一种湘大校友共通的母校情结吧！

就像曹辉兄之深爱母校，首先恐怕也是因为湘大曾经的老师们，让他心心念念，无限追怀。他在湘大复校四十周年校庆时，曾写过一篇文章《先生之风　山高水长——追忆中文系姜书阁羊春秋张铁夫何益明诸先生》。他曾经回忆一次与姜先生邂逅的经历：

> 刚进大学，就听到师兄师姐们经常说起中文系三老：姜书阁、羊春秋、萧艾，每每谈及，必是一脸的崇敬。时隔不久，和一师兄在学校后面的招待所散步，迎面走来一位鹤发童颜的老人。他拄着拐杖，西装革履，颇有仙风道骨之气。师兄立即侧立一旁，驻足而候，向他行注目礼，直到他的身影消失在小径的尽头。师兄告诉我，这位老师就是大名鼎鼎的姜老。我责怪他怎么不早告诉我，让我失去了一个景仰的机会。但我终于第一次切身地感悟到了“大学之大在大师”的真谛。

一个大学，有大师，便自带光环，自有底蕴。曹辉兄还回忆贸然去羊先生家拜访、受到热情接待的经历；讲到毕业后如何带记者去张铁夫老师家采访，去追踪一个“守望和追寻理想的人”的心路历程；还有何益明老师作为他舅舅的老友，如何对他不留情面，严格要求……

韶峰苍苍，湘水泱泱，先生之风，山高水长。正是湘大的老师们，让作为学子的曹辉兄念兹在兹。他说，湘大历届和现任校领导，还有很多老师的生日，他都记得。在某个特殊的日子，曾经的学子，发去一声问候，便饱含了一份浓浓的温情。

有爱，有温暖在，一个大学的生命便在。

而曹辉兄自己，他说，一种精神让湘大香火永续，每看到母校的一点点进步，他都会泪流满面……

发哥：母国只有湘大

发哥之于湘大，最著名的就是那句：母国，只有湘大。

那是在2014年，发哥在湘大本科生毕业典礼上的发言，结束时，他化用普希金写给母校皇村中学的诗句：

> 无论命运会把我们抛向何方，
> 无论幸福把我们向何处指引，
> 我们——还是我们：整个世界都是他乡，
> 对我们来说，母国——只有湘大！

这毕业致辞广为传播，然后，“湘大人”从此就记住了：母国，只有湘大。

跟“都教授”一样帅的发哥

一

1979年5月，一个小男孩在安徽庐江诞生了，宋爸给他取名德发，不知道是不是寄予了又有“德”又大“发”的希望。

1979年的那个春夏，何云老正在准备高考，9月，走进了湘潭大学。

1996年，17岁，长得像芦苇秆的发哥到长沙电力学院中文系，成了一名羞涩而内向的大学生。

1996年，33岁的何云老，在与长沙电力学院相隔不远的长沙铁道学院，破格做了教授。

2000年，发哥以第一名的成绩考上湘大比较文学与世界文学专业研究生，师从张铁夫先生。然后，成了我的师弟，时间相隔15年的师弟。

2002年，发哥因成绩优异，提前毕业，成了中文系的一名外国文学老师。

2001年，何云老去四川大学读博，写了篇关于围棋的博士论文《围棋与中国文艺精神》，后来发哥也去了川大，做博士后，然后，我们又拥有了一个共同的博士、博士后导师：比较文学界著名学者曹顺庆老师。

因教学科研优秀，发哥破格晋升教授。那年，2012年，发哥也是33岁。

那时，我也回到湘大，我们便成了同一个专业的同事。

人生真是有许多的机缘，成就了冥冥中的巧合。

张铁夫老师门下留在湘大的几个弟子，发哥、神仙姐姐沈云霞、外国语学院院长胡强，加上何云老，一起开了门全校性的通识课程《西方文学欣赏》（后来又增加了童真教授、袁娜博士两位美女），经常是发哥打头炮，他会把各位任课老师一一隆重吹嘘一番，等到第二次课何云老“闪亮”登场，我问，宋老师是怎么介绍各位老师的？学生答，第一，都出自同一导师门下。第二呢？都很帅，颜值超高！我听了，便哈哈大笑。原来，我们也跟着宋男神，一起帅过啊！

二

2002年，发哥当老师教的第一批学生，就有后来因创办旋梯书苑而广为湘大人所知的张雷，江湖人称雷哥。

因为原来的班主任因故离职，发哥又兼任雷哥的班主任。

雷哥在《北苑7栋503》中描写过发哥，说有男生说他长得像罗大佑，女生讲他长得像周润发，无论如何是明星像，然后就拥有了许多的“发丝”。发哥喜欢在课堂上讲故事，绘声绘色，栩栩如生，把阿基琉斯称作“地中海第一猛男”，海伦则是“希腊半岛的岛花”“引得无数英雄豪杰趋脚拍桌子爆笑折了腰”。

研究生期间，发哥为了自己也成为“希腊猛男”，开始苦练篮球，他写过一篇《篮球与人生》，讲述自己如何从“豆芽菜”炼成强壮的“黄瓜”的经历，他说，美男是先天的，型男是后天的。运动和善良一样，都是最好的护肤品和手术刀：

> 如果打篮球和写论文发生冲突怎么办？
>
> 那就先打篮球。
>
> 然后呢？
>
> 然后就提前一年毕业了。
>
> 因为自从打篮球后，头不蒙了，腰不疼了，腿不酸了，走路有劲了，吃饭更香了。写论文自然也就文思泉涌、一气呵成了。

就这样，从中文系的“儒雅、文弱”的男生，练就成“北山第一控卫”，“文武双全”的“威猛、彪悍”的“型男”。还组织了文新院教工篮球队，名“兄弟连”，发哥亲自担任队长。他说，平生最看重的就是这个“职位”。也是，这些队员如今都是教授、书记、处长级的，做他们的“头”，不知道该算什么“级别”了。这“兄弟连”还到处去挑战，跟学生，跟兄弟院校，直到有一天，挑战校女篮，被打得满地找“牙”，才深刻体会到“好男不跟女斗”的真理。

发哥想把自己成功的经验传给学生，便发动学生都打篮球，还发掘出了“勒布朗·张雷”等一干“明星”。雷哥毕业后，还在校园里混了一段时间，在发哥做队长的“兄弟连”篮球队做外援，顺便“钓”上一个看球的女生。雷哥离开学校去找工作时，发哥借了他 700 块钱，相当于一个老师一个月的工资。

三

刚认识发哥时，觉得他就是一个青涩腼腆的大男孩，闷闷的，也谈不上什么幽默感。

直到有一年，去某地参加一个比较文学教学研讨会，一天晚上，有个教学观摩示范课堂活动，发哥作为“示范”者，“表演”了半个小时，内容有趣，表达极具“喜”感，不时引发平时严肃正经的学究们的开心一笑，主持活动的北师大王向远教授评价，来自湘潭大学宋德发老师的课，在中国任何一所大学，都是“一流”的。

这一“课”也让我对发哥刮目相看。后来回到湘大，才知发哥的教学，在湘大早已名声在外，得过学校教学比赛一等奖，还有湖南省普通高校青年教师教学能手称号；《湘大校友》上专门有学生写的访谈《教学达人是怎么炼成的》。发哥说，大学里的老师，可以分为四类：

（1）既不擅长科研又不擅长教学的。

（2）既擅长科研又擅长教学的。

（3）擅长科研而不擅长教学的。

（4）擅长教学而不擅长科研的。

发哥自谦地说，自己或许就属于第四类，即相对于科研天赋而言，自己或许更擅长教学一些。

大学里，大家都重科研轻教学，早已成了传统。因为在现有体制下，科研突出，可以让人在拿酬金、评职称方面拥有巨大优势，所谓名利双收，上课优秀但科研不突出的，则可能步步艰难。发哥说他尽可能在两者之间追求一种平衡，但内心里真正能够激发他的激情的，是做一名优秀的老师。“没有什么可以阻挡我对‘讲台’的向往”，发哥在最新出版的著作《故事中的人生：西方文学中的生命哲学》“后记”中如是说。

上大学的时候，发哥就立志要做一名优秀的老师。一旦有了上讲台的机会，他会先写出讲稿，把他背熟，然后对着镜子反复演练十几遍，连某个“包袱”放在什么地方，都准确设计，这样不厌其烦地“磨课”，到了讲台上，自然信心十足，口若悬河，看起来像即兴发挥，让学生欢声笑语之余，佩服得五体投地，用雷哥的赞词：

发哥的课来了，一氧化二氮旋风卷积着祥云和狂笑……

治疗太阳穴酸痛的万金油？缓解脸部肌肉拉伤的云南白药？止腹

肌抽筋的红花活络油，准备好了吗？

这正应了那句话：只要功夫深，铁杵磨成针。也让何云老大为叹服。说实话，我自己的课，仗着读了点书，肚子里有点货，基本上都是一个提纲，然后即兴发挥。所以，我跟发哥说，如果是主持什么论坛，需要临机应变，即兴总结的，你可能不如我。但要是做演讲，或者在本科生的课堂，发哥下的功夫，我等真的自愧不如。

不光是新课，哪怕是讲过多次的课，讲课前，发哥也要做充分准备。有次，全校性的“西方文学欣赏”课，由于事先安排的一位老师以为下周才开始，快上课了，那位老师不在学校，我也出差，让发哥去顶一下。他说他上不了。我说：“这课你不是讲过很多遍了吗？”他说：“不行，今天没准备。”只好临时再换一位老师去“救场”。这事也让我大为感叹：“发哥上课，真是太较真了。”

为了上好课，发哥还海纳百川，广泛收罗一些讲课高手的视频，反复揣摩学习，以求推陈出新。易中天、王立群、钱文忠、迈克尔·桑德尔以及诸多同行的课，便成了他追赶和超越的目标。

发哥在湘图讲坛

他还说，上课还需要向民间高手学习，如做导游的，主持婚庆的，主持消防讲座兼推销消防器材的，卖菜刀的，卖老鼠药的，在他看来，都有值得学习的东西。甚至搞传销的，为什么可以让假的、丑的、有害的东西深入人心，他差点就想要去卧底一探究竟了。在福建旅游，他花200元钱，买回一把“三无产品”的菜刀，在他看来，值了。因为他从卖菜刀的人身上，学到了沟通的艺术，语言表达的艺术。

随着网络时代的到来，发哥又开始征战网络，2014 年，主持了国家精品视频公开课《故事中的人生——西方古典文学选讲》。他还行走江湖，“上”至北京大学、北京师范大学、浙江工业大学、西安建筑科技大学等高校，“中”至中学，“下”至小学，“老”至老年大学，还有各种社会机构，讲授课之道，讲文学与人生，讲演讲与口才，大有老少通吃、十八般武艺都能吆喝的架势。

由教学而研究，作为文学研究者的发哥，写过《厄普代克中产阶级小说的宗教之维》《19 世纪欧洲作家笔下的拿破仑》等书，与此同时，他又俨然成了教育学研究专家，拿到国家社科基金教育学规划课题《大学名师教学研究》，出版《做一个受欢迎的外国文学老师——西方文学的口语传承》《文学名师谈教学》《如何走上大学讲台——青年教师提高讲课能力的途径与方法研究》《大学的痛与梦》《大学的睡与醒》《大学教学名师研究》《站稳讲台：大学讲授学》《故事中的人生：西方文学的生命哲学》等，还获得了“芙蓉教学名师”的称号，在教育学那个江湖，竟也闯出了一片天地，说不定，什么时候，不小心就成了“宋氏掌门”。

四

发哥说，教育学就是迷恋他人成长的学问。所以，他最在意的，是学生在课上和课后的反应，欢迎批评，当然，有“吹捧”最好。一个学生在作业中说：

> 发哥是一位独特的教师，语言也很有魅力，……人生漫漫长旅，也许我们不会再碰上发哥这样的人了。但是没关系，已经有一盏灯，亮在人生里了。

发哥说，这让他激动万分，乃至热泪盈眶。然后，突然体会到，一个老师的快乐是多么简单的事情。还有《西方文学欣赏》课上的学生，听课报告写随感，有一工科生，说通过课堂，悟出的一点就是：搞文学的女老师，都很“纯粹”，男老师则是“骚气”十足。胡强老师的“骚”是“接地气”的“骚”，每次像个学生似的背着书包来，然后课间跟学生搭讪：“你们是什么专业的?”跟女同学则效仿西方绅士来一句：“Lady first。”而发哥呢?

在我看来，这是一个“骚气”到极致的男人，他不用说话，仅需一个动作，一个眼神或者是一个神情之间，那种属于文人的“骚气”就喷涌而出。另外印象最深刻是他每次讲完一个故事之后的那种介乎于夸张与真实之间的神情，或悲愤或无奈，或激动或平静，都有着一种被我称为“骚气”的独特魅力。

至于何云老，这学生说：

比如何云波老师，他给我们讲基督教的《圣经》，给我们讲西方文学精神，虽然他讲述的内容是充满禁欲系的正经内容，但我还是在他身上感受到满满的“骚气”，因为每一个故事，每一段文字，每一句话，他都是笑着讲给我们听的。他笑着讲课的样子，他开玩笑的样子，都像是一个可爱的天使，看上去有那么一点儿慈祥，又有着那么一点孩子般的纯真，哪怕他讲的故事有关于死亡，可我在他身上感受到的，是属于文人的仁慈，这也是一种“骚气”吧，一种富有满满的魅力的“骚气”。

哈哈，托发哥煽起来的“骚风”，原来何云老也可以“骚”得如此“可爱”与“纯真”啊!

“发教授”常常自比“都教授”，可让冰、彬、子、怡们“仰”而“慕”之。他一边在课堂上享受着学生对“男神”的崇拜，一边去学校教务处做个副处长，体验一下当“官”的感觉，一边行走江湖，在各种讲堂兜售讲课秘诀，还有能“暖胃”又“暖心”的“心灵鸡汤”，顺便赚点小钱。那时的发哥，感觉一定好极了。

在朋友聚会的场合，发哥经常会感叹：“读读书，写点书，上上课，吃吃喝喝，玩一玩，能过上这样的日子，一辈子，值了!”虽然这样一来，肚子见长，腹肌不再，“型男”逐渐“油腻”，他会说：“这就是成功男人的标志，哈哈！”

发哥小时候的理想，是有一餐饱饭吃，就好了。

曾尝过他们安徽庐江的特产：腊鸭，咸得掉牙，那大约就是过苦日子时候的最好的东西。

小时候少甜食，一度的理想，就是甜食随便吃，就是共产主义了。

结果，当了老师，终于可以吃所欲吃了。据说他们家的冰箱，一度塞满的是各种雪糕，并且永远供不应求。一次，我们两家去凤凰古城，逛街，各种店子里的姜糖、麻糖，被他一路试吃过去，最后还买回几大包。看他那满足的样子，然后觉得，幸福真的很简单啊。

还有，每年拿点薪水，挣点外快，他时时都会以“温饱”为“小康”，以“小康”为“暴富”，找到一种有钱人的感觉。人问：“这件衣服，这餐饭，价值几何?”他答：“还好，不到十万，也就三五百吧！”这成了著名的“宋氏幽默”。

还有，无论买什么东西，或者出门租车，他都觉得便宜，绝不讨价还价。有次，我们在凤凰，在店子里吃饭，看到上菜的漂亮的苗家小妹妹，他恨不得加倍付钱。如果你不识趣还要求打折，他立马会跟你急，哈哈！

发哥就是这样一个单纯、容易满足的人。也许，人生难得的，就是那份简单中的快乐。

对湘大，发哥也是情人眼里出西施。地处偏僻的湘大，在他眼中是“天人合一”。在他看来，湘潭大学才是真正国际化的，因为她不是坐落在繁华嘈杂的都市，而是像牛津大学、剑桥大学一样，静卧在一片原野之中。站在教学楼的楼顶，就可以看见真正的田野、真正的山坡、真正的牛羊、真正的农民和真正的村姑，真好！

发哥读研才来到湘大，他说：“我没能在最美好的时光来到湘大，因为来到湘大，才是我最美好的时光。”

美好的，就会珍惜！

人生如此，对母校，大约也是这样吧！我是湘大人，我为湘大代言，因为，对我们而言，母国只有湘大！

旋梯张雷：我有一个梦

一

张雷的名字，是与旋梯联系在一起的。“旋梯”首先是彭燕郊老师的一首诗：

> 因为它高出云表，刺入蓝天深处
> 翘首仰望时，总有烟雾缠绕
> 拔地而起是为了上升、再上升
> 视野便越过烟雾而控制了全景
> ……
> 上升，螺旋形没有后，没有前，取消前后
> 上升，从六个角度抛弃前后
> 上升，只有高和更高，取消低
> 螺旋形的规律是：终点也不是结束

张雷：起点就是上升

然后，七九中文班的几个诗人，在八十年代理想主义氛围的感召下，热血化为诗歌。毕业时，他们想把这些“诗”印出来，算是为大学时光留

下一点痕迹。起个什么名字呢？苦思之下，想起彭老师的这首诗，于是，“旋梯”便成了一部薄薄而厚重的诗集的名字。

这部名为《旋梯》的诗集，不仅有七九中文几个发起人刘演林、曾思艺、严福金的诗，也有桂佬孟泽、解永先的诗和七九外语张少雄（欧沙）的诗作和译作，还有八〇的程兴国、陈惠芳、龚惠玲、瞿明刚及其他系的一些作者的作品。

“旋梯”到了八〇的手上，就成了一个“诗社”，陈惠芳做社长，陈惠芳后来成了湖南新乡土诗派的“三驾马车”之一。

之后，中文八一的沈国清继任社长。

作为诗社的“旋梯”，在八十年代中国大学的诗坛，颇具影响，成了“大学生诗派”的重要诗歌社团之一。

世纪之交，湘大历届的旋梯诗人们，还出了一套“《旋梯》诗丛”，程兴国任总编，刘晓雄主编。共十本：程兴国《再忙也有相思的时候》、陈惠芳《场外任意球》、陈集亮《蛙鸣集》、刘晓雄《等待暴风雨》、黎锦华《散步的现实》、李杰波《恍若隔世的故土》、王嘉《黑暗中的微笑》、田征文《出巢的小狗》、彭公穆《没有翅膀的天空》、唐举梁《生活素描》、李桐《到海上收割麦浪》。彭燕郊老师还为之写了个《总序》：

> 这里充满的是敏锐的感性，单纯得有如小孩不断伸手抓起糖果，不断向嘴里送去般的幸福的直观，理所当然地怡然自得。青春的诗不回避官能，更不回避审视自己的观念世界，能够离开“我”而把“我”当“非我”解剖，达到完全的赤裸而让有意识、潜意识、无意识大大方方地展示。于是，个性的轮廓逐渐明显。于是从青春的诗里释放出来的能量和力度准确地、现实主义地表现（而不只是描述）青春的心态，你能领悟：这里，年轮在生长，岩层在形成，生命在行进。

彭老师给了“旋梯”很高的评价与期待，称这些校园诗人是新诗运动中的勇士们，并断言：旋梯这一名字必将在“五四”以来中国新诗运动史上留下光辉灿烂的篇章。

“我们出发时/阳光也出发了”，这是彭老师为旋梯诗社创刊时写的诗句，沿着螺形的旋梯上升，尽管中间也有起伏，有艰辛，但永远在盘旋着上升，这代表的也是湘大的一种精神。

二

2002 年，一度沉寂的“旋梯”，恢复出刊。

也是在这一年，一个有着古铜色皮肤，身材修长、匀称、健硕，用发哥的话说，还“性感”的男孩走进了湘大，他叫张雷，人称雷哥。

那年，雷哥 21 岁了，来湘大前，已经上过一个大学：长安大学，读土木工程。却因为痴迷踢足球，两门功课挂科。中学时成绩一直很好、心高气傲的他，反正理工也非他所爱，毅然选择了退学复读。他的家在昆明市嵩明县，父亲是小学语文老师，他不敢告诉家里，只能白天去复读班上课，晚上住在云南大学同学的宿舍里，然后再一次走进高考考场。填志愿，填的专业全是中文，学校呢，看到湘潭大学是重点大学，却在非省会城市，看介绍也还不错，那就选了吧！

我问他，既然喜欢文学，为什么当初选择理科呢？他说，那是因为老师的建议。他成绩好，成绩好的都学理科，说上重点大学的机会也更大。他便信了，从了。其实，他中学就开始写诗，诗还入选了全国中学校园十佳诗人的一本诗集，公开出版。来到湘大读中文，终于遂了心愿。报到那天，一个人走进湘大的三拱门，看到那如原野一般宽阔的校园，特别是一进校门就是足球场，一下子就喜欢上了。

大学四年，除了上课、读书，很多时间就泡在了球场上。那个时候中文系的足球很强，光在校队的就有四人。除了雷哥，踢前腰、后腰，还有上一级的罗廷钰，据说有甲 B 的水平，还有守门员丁敬群、后卫洪峰，中文系足球队自然在学校独孤求败。雷哥还代表湘潭大学踢过“飞利浦”大学生足球联赛。而篮球，雷哥也是绝对主力，为院队打入“湘大杯”四强立下汗马功劳。那时，发哥（宋德发，后来成了湘大的“男神”教授）研究生刚毕业，给他们班上外国文学课，兼代理班主任。发哥读研时，“野蛮其精神、强健其体魄”，自己从“豆芽菜”练成了人见人爱的“黄瓜”，然后把这套理念贯彻到学生教育中，时时带着他们打篮球，一班和二班对打，或者对外征战。

后来，张雷出了本书《北苑 7 栋 503》，写寝室同学的大学生活，发哥还写了一个序《古希腊人张雷》，说当下中国人体育与智育严重脱节，或者四肢发达，头脑简单，或者弱不禁风，手无缚鸡之力，能够做到体育与智育完美结合的，只有古希腊人了。而雷哥，就是这样一个“古希腊人”，一个“非典型的当下中国人”。

因为打球，毕业后，雷哥还被老师们邀请回来，参加全省文学院教工篮球赛“文新杯”。球场上骁勇善战的雷哥还俘获了场边做啦啦队的一位学新闻的大一女生的芳心。

我问张雷，那你学习成绩怎么样？他说，男生的成绩都一般，前十几名拿奖学金的都是女生。但他还是读了很多书，坚持写日记，不是每天都写，碰到值得一记的事，读到有趣的书，就记下来。这些“札记”，就成了《北苑 7 栋 503》的“雏形”。想起桂佬孟泽曾经说过的，大学就应该提倡“六十分万岁”，不要把所有的时间、精力都浪费在教科书和考试上，而是自由自在地多读点书，才是最重要的。信然！只是，这只能是一种理想了，现在的大学，老师每年按照课时、科研成果记“工分”拿“酬金”，学生按照成绩拿“奖学金”，哪有工夫自由读书。

毕业了，雷哥去了珠海，在一家生物科技公司谋得了一份职业，做销售。一年后又单干，做原所在公司的净水器销售代理，挣得了第一桶金。一边做生意，一边不忘书生本色，大量买书。后来，净水器市场慢慢饱和，并且，在他看来，做销售，更多的是看他人脸色，处处求人，没有价值感，想起曾经有过的开一家书店的梦，正好有一次碰到上海的一家书店歇业清仓，他把这家书店大部分文学类的书盘了下来，然后申请一个品牌“旋梯”，没想到，在偌大的上海，“旋梯”，他想到的第一个名字，就顺利地获得了注册。

书店开到哪里呢？自然要让“旋梯”回归母校。当时女朋友在上海，他跟她商量，如果就这样结婚，他内心会不快乐，也许两个人也不会有好的结局，还是让我去闯闯吧！

就这样，2015 年 5 月，他回到了湘大，为了一个梦，文学之梦，旋梯之梦，也是因为一份湘大情结。

三

2002 年，张雷上大学的时候，彭燕郊老师已经退休，住在长沙，但张雷在《北苑 7 栋 503》中写道，86 岁高龄的彭老师有一次曾回到湘大，“湘大召开武林大会！武林盟主重出江湖，各大门派高手云集，热闹非凡”。彭老师还朗诵了他的新诗《无色透明的下午》，然后，“我也被净化了，在那个无色透明的下午”。

旋梯书苑内景

彭老师的诗歌，衰年变法，越老诗越好。而他那不断地往人生的高处攀登，往深处挖掘，那撞墙般的决绝与勇气，又成了一种精神，激励一代一代的后人。2008 年 3 月 31 日，彭老师去世。学生袁铁坚在追悼会上说：

> 彭老师在我们心中的位置，很难用言语来形容，我们只能说，当年我们校园里的欢乐和痛苦，都曾经与彭燕郊这个名字有关；
>
> 我们只能说，我们青春时代的激情和梦想，都曾经与彭燕郊这个名字有关；
>
> 我们只能说，尽管我们分布在大江南北，分散在各行各业，我们都会为彭燕郊这个名字而骄傲。
>
> 因为彭燕郊，我们心底深处永远都有一块属于诗歌和文学的

天地。

张雷说，每读到这段话，他都会激荡于胸，甚至泪流满面。旋梯书苑的存在，竟和一位大师有了一种情感的渊源，心灵的契合，精神的传承。他就是想做这样一个“传承者”，他说：

> 安静的时候，我经常会想：比我有钱的人，多如牛毛，比我有知识的人，不可胜数，为什么偏偏是我来开办这个书店？高尚一点讲，是情怀！通俗一点讲，我不过是一个唐吉诃德式的小人物，骑着瘦马，提着长矛和盾牌，毅然走上了行侠之路，我甚至连唐吉诃德都比不上，因为我自己，一个农村走出来的孩子，仆人桑丘没有，骑士的背影更没有！
>
> 一言以蔽之——无知者无畏。

就是这样一个精神上的骑士，骑着瘦马，一个人走上了“行侠之路”。除了一般的书籍，他大量收集湘大前辈、在任教师和湘大校友的著作，希望建立一个“湘大文库”，至今有了书籍一千多册。他收集跟毛泽东主席有关的各种文物，如著作、书画、像章等，光《毛主席诗词》就有二十世纪五十年代至今，2268 个版本，既有正式出版的，也有各种珍稀的油印本、手写本；还有各地书法家所写的毛主席诗词书法作品 300 余幅；与毛主席相关的书籍画报一万余册。

他还到处收罗湘大的各种老照片及其二十世纪中期的各种民间日记、笔记本，使之成了那个时代普通人生活的珍贵史料。我时时感叹，可惜精力有限，不然利用这些第一手民间资料，就可以做出很好的“学问”。而旋梯书苑也由此被人称为“湘大第二校史馆”。

我问，你收集这些东西，大概花了多少钱，他说七八十万吧！另外，像一幅《向井冈山进军》的油画，原画收藏于中国军事博物馆，他花了十几万，请原作者王孝柏先生再画了一幅。类似的收藏，他经常为此不计成本。

在这过程中，旋梯书苑也得到许多湘大人的大力支持，如湘大老师、校友自己的书，基本上都是捐的；湘大中文系退休教师吴恭俭把自己家的藏书都捐了出来；还有七九中文铁杆校友王德亚，在任岳麓书社副社长、总编辑的时候，就利用“职务之便”出版了许多湘大老师的学术著作，2019 年，又向旋梯书苑捐赠了共 241 种、1132 本岳麓书社出版的精品书。

还有，在旋梯服务的，基本上都是做义工的学生，有学生说：“天堂就是书店的样子，书店就应该是旋梯的样子。”他们一边帮工，一边在这里看书、互相交流，得到的是心灵的阅读、精神的熏陶。

是的，“旋梯”已经成了湘大一些学子心目中的精神乐园，一个文化高地。2002 年，曾经是诗社社长，后来做了文新院老师的郑长天为复刊后的第九期《旋梯》写了一篇序《写诗是一件艰难的事情》，说：

> 记得某年某月的某天晚上，一个中文系八七级的挚友回学校来，我们坐在泽园草地上喝了很多啤酒。他看着夜色里的文科楼，说看着像布达拉宫。这个学校以后看着像什么，取决于你在这里是怎么度过的。大学四年，这位朋友写了四年诗，我相信正是这段诗性的时光让他能在文科楼上看到自己心中的布达拉宫。
>
> 于世俗中见神圣，这大概正是诗歌存在的意义，也正是旋梯存在的意义。

这是作为诗社的“旋梯”存在的意义，也是旋梯书苑存在的意义吧！一个大学，没有一个好的书店，很难说是真正意义上的大学。张雷不光办书店，他收集湘大大师们的资料，用自己的心去感悟曾经的大师，包括湘大的一山一水，一草一木，他的文字《旋梯书苑纪事》《旋梯：一个诗社与一所大学》《我们的湘大：野史无文自苍茫》《我们的湘大：令人向往的课堂》《我们的湘大：美丽的琴湖》《新翻乐府追汉卿，忍听沧桑话公羊——羊春秋先生正传》等，感动了许多湘大人。他还自费拍摄纪录片《书卷山河》，湘大人的著述如绵绵河水、巍巍山峦般被展现出来，让人激情澎湃，感动莫名。如今，他又在参与拍摄彭燕郊老师的纪录片，为《寻找彭燕郊》，到处采访。他还在开学季、毕业季和学校的各种重大活动中，自己扛着照相机，去捕捉湘大人的那“听得见声音”的“影像”。有一年新生开学报到，他拍了很多送孩子上学的“父亲”们的照片，一张张看下来，让人觉得，这才是一个有温度、有温情的大学，该有的模样。

四

在旋梯，很多学生习惯于在这里静静地看书，还有许多文化沙龙、学术讲座都在这里举办，甚至有老师把硕士、博士的课堂也移到了这里。

我对张雷说，场地免费，你不能连茶水也免费啊，不然书店怎么维持呢！他便不好意思地呵呵地笑。书店边上有间咖啡店，他也活脱脱把它弄成了一个湘大红色文化展览馆。还有“旋梯食苑”，满墙都是湘大老照片，文化味、湘大味十足，但张雷自己戏称：环境一流、饭菜二流、上菜速度三流。湘大的老师，特别是文新院的老师，为了支持旋梯，经常有意识地会把饭局放在这里来。但情怀终究架不住商业逻辑，“旋梯食苑”这么好的一个码头，也是以“店”养“店”的最好方式，却因为缺少一个能干的经理人，始终不温不火，甚至难以为继，可惜了。

我跟张雷说，你本质上是文人，还是把“旋梯食苑”盘给更合适的人来经营吧，因为光有“情怀”是不够的，他说好。

也许，张雷就是这样一个充满“情怀”的“唐吉诃德”，但是“骑士”的时代已经变了。

张雷说，他的目标就是要打造一个以“旋梯”命名的湘大原创的文化品牌，他为此差不多已经倾尽所有。他说，在“付出”的同时，其实已经得到了很多，而这些是无法用“钱”来衡量的，也是光有“钱”远远得不到的。而以“功利”论，他所收藏的这些“物”，本身就已经是一笔宝贵的财富，所以，他已经不像以前那么焦虑，已经更淡定、从容了。

如今，他还心心念念，谋划要下一盘更大的棋：在琴湖边上，建一个湘大博物馆群，包括毛主席诗词陈列馆、湘大学术馆、湘大影像馆、教授书房名师纪念馆、杰出校友展览馆、湖湘文化博物馆、古陶博物馆，还有一个旋梯诗歌纪念塔，一面拓荒者之墙，刻上湘大复校时来自全国各地的622 名教工的名字，筚路蓝缕，以启山林，他们就代表了湘大的历史。

想想，这“七馆一塔一墙”依山傍水，与琴湖山水和谐统一，构成一个园林加文化的统一体，既是湘大第二课堂教育基地，又是对外宣传和交流的一个窗口，还是一个观光休闲的文化主题公园，一个既有颜值，又有底蕴、有内涵的大学，就应该是这个样子啊！

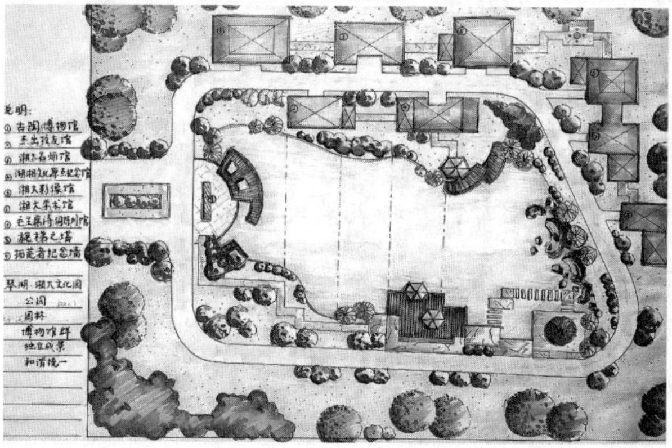

琴湖博物馆群规划图

那天，张雷把琴湖博物馆群的规划图拿给我看，一一介绍每个馆的功能、已有收藏。我问资金从哪里来？他说可以成立一个“旋梯基金会”，已经有不少校友表示支持。博物馆建成后，捐给学校，包括他自己的收藏，基金会只参与管理。

张雷说，这就是他的旋梯之梦，湘大之梦，他说：

> 湘大复校之初，荒山建校，筚路蓝缕，举全国之力办新型大学，应者云集，有凤来仪；大师荟萃，屠龙技成；于今学风醇正，虽非百年，但已形成独特的精神气质：仰望星空，傲气在胸，脚踏实地，自由生猛。国与大学同，首要者是精神，精神日新德日新，纵观五湖四海千余名府黉校，吾湘大，殊为罕见！
>
> 旋梯诞生于此沉沦和崛起之时，……诸多大学奉成功学为圭臬以培养精致的利己主义者之骄躁风气盛行，我则扬言母校是一股清流，偏居一隅，形同牛津，若能坚守，自成体统。况优秀之寒门生源十之六七，淳朴写在脸上，理想藏在心间，朴实无华却又奋发向上，心地善良更有胸怀无边，未来诚可待也！

听着张雷的描述，我也被感染了。在功利主义盛行的时代，唐吉诃德式的理想主义，也许更有了他的可贵之处。

> 攀登者把过程留给脚下的梯级
> 它们正殷勤地在转折中进行有节奏的退却
> 无限远的远距离里，上升，上升
> 无限广阔里闪动着眩晕的微光
> 团团烟雾不断缠绕、聚集、消散
> 旋梯，沉醉于上升，转折点紧接转折点
> 每一个转折点，闪光。云层里的霞光
> 雾海上的航标，在闪光
> 上升，上升，已经看得清清楚楚了
> 那尖锋，那无垠的碑碣
> 那发着冷峻的光的
> 最亮点

——彭燕郊《旋梯》

我也仿佛看到了那“光”，那精神之“光”，理想之“光”，宇宙之“光”，在无穷尽的远处和高处，熠熠生辉。

棋友张波的“三维”人生

张波和他的3D打印

一

真正认识张波，是有一次湘潭棋友组织去碧泉潭，一为交流棋艺，一为了解湘潭的人文文化。那天除了棋友，还有湘潭地方文化研究专家何歌劲、刘安定等先生。宋代的胡安国、胡宏父子曾定居碧泉潭，创碧泉书院。那天，看过碧泉潭和碧泉书院遗址，何歌劲先生说想去看看堆子山文化遗址，它是湘潭三大新石器时代文化遗址之一，不远，让大家自由选择，或者下棋，或者去访古，寻思着，棋哪里都可以下，和湘潭的地方文化研究专家亲近、讨教的机会却难得，我和张波便选择了弃“棋”从“文”。

张波开车，一路上听他说起湘潭的地方文化，竟也头头是道。他还说起曾去过胡安国、胡宏父子归葬之地隐山，说看过隐山，便会对湘潭文化之“隐”的一维有深切体会，使我大感兴趣。用过午餐，在我的提议下，几个人棋也不顾了，直奔隐山而去。瞻仰了胡氏父子的墓，体验了隐山之“静”气，然后又去寻周敦颐后裔留下的“周氏宗祠”，探访左宗棠曾在周氏妻家居十三年的桂在堂，在隐山八桥流连，一路上听何歌劲、刘安定先生娓娓道来，我和张波也兴致勃勃，深感不虚此行。其间张波也不时插话，侃侃而谈，之前也见过张波，知道他好棋，是做企业的，但对“文”如此热衷，却是第一次体会。

回去的路上，张总说，其实他也是湘大的校友。我问张总的企业是做什么的，他说3D打印，直接可以在“打印机”上“打印”出各种物件来。在我的概念中，打印者，就是在一张纸上“打”出文字、图片，而这“3D”打印机，居然可以“印”出咱们吃的、用的东西来，实在是不可思议。然后，张总便跟我讲解“二维”“三维”之类的概念，“3D”之为“三维”的成“形”技术，我等“科盲”，还是听得云里雾里，不得要领。张董见我如此愚钝，难以“教化”，说：“何教授，欢迎你有空的时候，来公司指导。”我说：“好，指导不敢，有机会一定去学习，长长见识。”

二

这机会来临，已经是半年以后了。

张总的公司，名湖南萌境智能三维技术有限公司。那天，一个人开车，去湘潭高新区，公司在一个产业园区，园区里据说有各种与高科技有关的产业。找到“萌境智能”，张总热情地迎上来，坐下来还没寒暄几句，他便开始热情地拿出“3D”打印出来的各类“宝贝”向我展示，有各种礼品牛、麒麟、宝葫芦、人体塑像等，还有医用的人体脊椎模型，说是用于脊椎手术前的模拟示范。还有为各类围棋比赛提供的个性化奖杯、奖品，每个奖杯、奖品都有比赛名称和获奖者的名字。

张总介绍，3D打印的最大优势就是个性化制作。不需模具，无须批量生产，特别是内部结构复杂的，传统“模具”无法生成，3D按电脑系统里的设计图，都能精确地“打印”出来，且全自动，无人操作。想起传统的机器制造，这“3D打印机”就像一台可造“万物”的机器，真的很神奇啊！

然后，我便迫不及待地要去看看这台神奇的魔术师一般的“机器”。走进工作间，没有机器轰鸣，没有一般工厂车间常见的热气腾腾、热闹非凡的景象，而像是来到了一个计算机房。这台“机器”比普通的二维“打印机”大了许多，据张总介绍，3D打印技术可称为“增材制造”，它根据计算机指令，输入原料，通过层层堆积原材料制造产品，也就是说，各类产品就是通过这样一层层地“打印”、累积材料而成的，他改变了传统通过切割原料或通过模具成型制造实体物品的方式，被认为拉开了新的工业革命——第三次工业革命的序幕。

终于大致知道了何为“3D”，正好，在张总的办公室，有一本美国学者写的书《3D打印：从想象到现实》，书的封面便有一段颇吸引人的文字：

> 揭开3D打印神秘面纱：让传统制造瞬间过时，规模经济的铁律从此被打破，跨越虚拟世界与实体世界的鸿沟，一场产品和设计的革命即将开始，它将颠覆我们的物理世界。

书中还列举了3D打印的十大优势：

1. 制造复杂物品不增加成本；
2. 产品多样化不增加成本；
3. 无须组装；
4. 零时间交付；
5. 设计空间无限；
6. 零技能制造；
7. 不占空间，便携制造；
8. 减少废弃副产品；
9. 材料无限组合；
10. 精确的实体复制。

据说，未来的3D打印，不仅可能打印无生命的物质，还可以实现“活墨”生物打印：打印人体器官。从活细胞、活性软骨，到心脏瓣膜，到时让你拥有60岁的年纪20岁的心脏不再是梦。那生物打印如同神秘的“青春之泉”，想想就令人心跳加快，无限期待啊！

三

那天跟张总闲聊，问他为什么会走上这“3D”之路，他说：“说来话长啊！”1978年，16岁的他就进了湘潭的大企业江麓机械厂，做装配钳工。因为喜读书，爱钻研，后被调到厂科研所，从事绘图工作。因为工作突出，厂里推荐，1987年考入湘潭大学成人教育图书情报专业，半工半读。1990年回到厂里，从事信息情报工作。后来，挑战自我，又到厂里的民品工程机械总公司做销售工作，并且主动请求去新疆开辟新市场，从1997年到2006年，一待就是10年，从营销员到销售经理、片区经理，从零起点到上千万的销售额，成为戴着大红花上主席台领奖的销售模范，可谓一时风光无限。

三D打印出来的围棋罐

可这时，产品制造领域一样新的技术引起了他的兴趣，这就是3D打印。2010年，他离开江麓，到长沙，在一家民营科技公司——湖南华曙高科技有限公司，做市场部主管。自己一边做实务，一边一头扎进与3D技术相关的项目研究，如快速成型技术及其在无人机上的应用；新型工业级

3D 打印设备智能交互界面的设计；基于高温复合材料 3D 打印的送料机构研发；一种选择性激光烧结快速成型设备……这些研究，有的已经拿到发明专利。

经过多方调研，2014 年，张波跟湘潭大学、湖南科技大学、湖南工程学院的专家合作，成立了湖南萌境智能三维技术有限公司，担任总经理，公司不仅承接“3D”产品的生产，更将主要精力投入在“3D 打印机”的制造中，研发工业级 SLS 选择性激光烧结设备，并一举获得发明专利，填补了湘潭产业链中的一个空白，也由此引起湘潭各家媒体的关注。

3D 打印作为新兴技术，既得到国家和省市产业政策的扶持，也面临人们认知上的接受、市场的培育开拓的问题。张总的公司，也一度面临发展的瓶颈。他曾写到 2016 年那个寒冷的冬天，从头九开始，天空就一直是灰蒙蒙的，之后又是阴雨，可谓“寒冷之极”。他说，12 月初去上海，参加 3D 打印产业大会暨首届 SASM 国际论坛，如饥似渴地吸取信息，各种新设计、新业态、新产品，令人耳目一新。上海之行，也让他内心的压抑得到释放，冰一般的情绪被不断加热，直到火山喷发。他说：

> 谁不向往美好？谁不向往春天？向往就得到吗？未来永远在迷雾之中，你看不清世界，你看得清自己！还得感谢这个寒冷的冬天，给了我一堆冰冷的时间，让我看清自己。
>
> 也许自己还需要等待，等待其实就是一种磨砺，就像那凛冽的寒风，不停地向自己迎面扑来，不知道，不知道春在何时何地？此时此刻的我，就像是一位在雨中的少年，孤独地唱着如诉如泣的恋歌“有没有人曾告诉你我很爱你，有没有人曾在你日记里哭泣……”那歌总会在风中渐渐消散，留下的是一串泥淖中的脚印。

就是凭着在“泥淖”中一步一步艰难行进的毅力，“萌境智能”一路走到了今天。“萌”者，萌芽，萌动也，“境”者，境况、境界也。“萌”还有新潮、可爱之义，而今的“萌境智能”，在三维技术领域，也有渐入佳境之势，萌萌的，成为湖南继华曙高科之后的一匹黑马。这正应验了诗人雪莱的那句诗：既然冬天已经来了，春天还会远吗？

四

那天，参观完张总的公司，“口谈”结束，我们又一起去闲云阁手谈。张总说，他在二十世纪八十年代初，在江麓的时候，就学会了下棋。厂里有一批棋迷，老中青济济一堂，时时在工余坐而论“道”，一本《吴清源名局精解》，仿佛武林秘籍，“葵花宝典”，被他们翻得稀烂。他们不时有内部的“比武”，“小张”还曾拿过第三名，遂成“张三”，并代表江麓与其他产矿、学校交流，而与湘大的交流是最多的，双方经常杀得难解难分。后来，这棋兴便一直保留下来，也不时参加市里的围棋活动，虽忙碌中无暇花太多的时间钻研棋艺，这“黑白”却也给人生增加了不少的色彩。

那天晚上，一帮棋迷聚会，话题仍然离不开围棋。席间谈到拟成立的湘潭市围棋协会的筹备情况，张总又主动提出，虽然由于太忙，无法在围棋协会中挂职，但他愿意先出一笔经费，作为围棋协会的启动资金。我们便祝他的“萌境智能”早日壮大起来，让“三维技术”为围棋发展提供更强劲的动力，哈哈！

饭后继续围棋，兴尽而散。

第二天，张总又发来他写的一些文字。除了那篇《在这寒冷的冬天里》，还有一篇《图书馆随笔》。说当年在长沙的一段日子，经常喜欢去湖大建筑院图书馆看书，既长知识，又让躁动的心得片刻的宁静。临要离开长沙时，他再一次来到图书馆：

> 那小山边俊秀的片片竹叶，依旧随着微风在窗前晃来晃去，温柔的阳光从叶间挤了进来，斑驳散射在书页上，陪伴我一起读书，不肯离去……
>
> 深秋了，连日小雨，突然晴了，人精神了，竹林也精神了。能有时间在我喜欢的小图书馆看书，是多么惬意呀！多喜欢这座山呀，多喜欢山下这座小图书馆呀，翻着翻着书页，我就走神了，我什么时候还能再来呢？真是有点依依不舍。

看着这文字，想着张波兄在职场、商场打拼多年，内心还保持着一颗“文心”，有着一种书卷气。就如他公司的名字，“萌境智能”，“三维技术”，还有他的爱好：文学与围棋，这是科技与艺术的结合，传统与现代的联姻。这正所谓：

一身文气，两色黑白，三维人生。

黑白无间道，原野正苍苍

第三届全国高校教职工围棋邀请赛在中南大学举行

围棋也是一个江湖。

围棋被看作是一种战争的游戏，为生存空间引发的争斗。

古往今来，多少英雄豪杰，在这片“江湖”里，黑白对峙，血雨腥风，快意恩仇，“痛”且“快”也。

杀完大龙，然后再去修各自的胜业，棋声流水，从此岁月静好。

湘大是一片原野，人称“黄土地”，在这片原野上，英雄豪杰，荒山论剑，竟也代有传人，生长出江湖里种种的传说。

一

1978 年，一位自认身怀绝技的“棋侠”刘哥晓渡来到了湘大中文系。

他一进校，便从自己的寝室西一 307 开始，进而全班，广收门徒，一时棋声丁丁，刀光剑影中，光 307 就杀出七条汉子，名谭松林、张振宇、刘刚强、黄文学、周建新、李奉保、谢伯端，他们自认人人握灵蛇之珠，家家抱荆山之玉，在棋上有不凡造诣，自号“江南七侠”，为了排座次，为一个“大师兄”的名号，争得不可开交。并且，都好为“人师”。谢哥曾描写过他们“争斗”之场景：

> 当年，我和周建新下棋，全寝室都围过来观棋，寝室空间小，人压人。每个人都自比吴清源，指指点点，甚至抓几颗子，代替我们两个下。我和周建新实在被压得受不了了，从桌子底下钻出去走了，那盘棋还在继续，也不知谁输谁赢。

还有，我在写谢哥的那篇《纹枰碧水悟钓禅》中提到他有一次被关门外，如何隔窗指指点点，所谓观棋有语真君子，隔窗指导大丈夫，然后就有多位旁观者作证，生出好几个版本：

版本一：张爱国（七九中文，曾任湘大团委书记、宣传部部长）：

> 伯端兄借把椅子放在走廊窗子外，站在椅子上，手拿竹竿（晒衣竿）指点大半个晚上……

版本二：姜老弟子闫彩平：

> 谢哥趴窗户上指点那一幕，犹然如在目前：下棋的是谭松林和刘刚强，不让谢哥进，是想看谢哥怎样急。谢哥果然急了，用长竹竿捅谭、刘，够不着；喊他俩开门，不应。谢哥悻悻然，在门外转圈，边转还边骂谭、刘。

最后跟谢哥求证，谢哥答：“因为这样的事不止一次。”

原来如此！

在这些“棋侠”之外，还有曾作为“外交使节”进驻我们七九宿舍的吕明，当时并不会棋，毕业后据说成了“高手”，有一次回来，挑战何云老，因要赶路，成了“一盘没有下完的棋”，据他说，战况不明，大可一战，哈哈！还有，后来成为我硕士师兄的老龚，在七八群英谱中，叨居其末，大约属于人家上阵他在边上吆喝之列。他后来自认为何云老的围棋

“启蒙教练”，我已在写老龚与罗弟子的文章中辨明，属于“遇师不淑”之列，这里按下不表。

单表1979，我进校那年，围棋江湖中一个真正老大级别的人物走进了湘大。

这位“大侠”进了湘大，遍寻对手。那天，正好遇上“江南七侠”，七侠每人有一套武功“绝学”，临敌对阵，都是一人先出马，别的指指点点，不行就一块上。这大侠一袭黑衣，淡定地站在那里，说：“要不你们直接一块上吧，先让你们四招。”

这四招，就是在棋盘上，先摆上四子。“七侠”一听，世上竟有如此狂妄之徒。气愤之余，连“报上名来，刀下不斩无名之徒”之类客套也忘记说了，只一句“看招”，“七侠”便一拥而上。哪知四招过后，那“黑衣人”一出手，便弄得他们手忙脚乱，顾此失彼，不到百手，便败下阵来。

“七侠”输得心服口服，连问英雄姓名，出身何门？

“英雄”这才慢慢道来，鄙人姓易，容易之“易”，名向凡，平凡之“凡”，长沙人氏，本不解棋道，在长铁一中念初中时，正值“文革”，大家轰轰烈烈罢工停课闹革命，革命之余，却也有了大把闲暇时间。何以消日，唯有下棋，然后趁机学会了围棋。陶醉在黑白无间道里，虽无名师，功力却也日益精进。1974 年，参加长沙市职工围棋比武大会，跻身八强。现在攻读哲学，那棋，虽为“形下之器”，却也通于“形上之道”，有形而无形，无极而太极……今日以棋会友，不为胜负，冀同道中人，齐心合力，扬湘大之校威，开围棋之新风也。

众人听了，大为叹服。齐声赞曰：“英雄易七公是也。”

从此，易公专事授业，跟人下让子指导棋。环顾校园，难觅对手，独孤求败，有时手痒，便去市里过过棋瘾。1982 年，曾在湘潭市围棋比武大会中，独占鳌头，为“湘大门”扬名立万。

大学毕业，易公回到长沙，由江湖入庙堂，进了湖南省委政策研究室，后来又调到省科技厅，做了 17 年的处座。2010 年 57 岁时升为副巡视员，成了“易厅”。宦海之余，有时也忙里偷闲，“不务正业”，在黑白世界过一把棋瘾。1989 年，他参加长沙市最强棋士战，获 4 段组冠军，挑战 5 段组冠军杨云杰，以 2 比 1 挑战成功，圆了冠军梦。1991 年，又获长沙“金鸟杯”围棋赛冠军。他还曾几次参加湖南省“九星杯”围棋赛，屈居次席。2014 年退休，有了“自由”之身，他又重新回归江湖，曾获全国红色城市围棋赛和湖南省首届名人围棋赛厅干组冠军。他还组织湖南名人围棋帮，自任帮主，帮里有儒商、教授、公仆、关长、律师、乐师等，都是社会名流、5 品高手，枪挑各路英豪，一时风光无限。这正所谓廉颇不老，最美夕阳红，老当益壮，再谱新篇章。

二

1983 年，易帮主毕业离校，另一个在湘大围棋史上具有开拓之功的人——罗约克，大学毕业来到了湘大。

且说那罗少年，1978 年，16 岁进中国科技大学化学系。那里藏龙卧虎，像宁铂之类的神童，也是围棋高手。罗少年就此入道，1983 年来到湘大，俨然已是高手。

这个时候的湘大围棋，虽然在老师和学生中不乏爱好者，也有一些好手，像学生中机械系 83 级的卢益民，教师中化学系的徐州益、子弟学校的老师超春辉，还有来自台湾的王廉伯教授，据说曾是台湾的职业棋手。但基本处于“无政府”状态。随着交流增多，1984 年，学校围棋协会成立，在那棋界江湖，开宗立派，算是有了正式的湘大一门。

湘大门的“掌门”由罗约克担任，徐州益任秘书长，来自台湾的王廉伯教授任总教头。

这“湘大门”一立起来，便有隔壁的江麓机械厂上门挑战。有观战者描写当年的战况：

> 罗约克是湘大老师中第一，学生第一是卢益民。我记得湘伟的大哥湘军带着江麓厂队来湘大厮杀，湘军和罗约克单挑，结果罗老师被军哥一招挑下马来。
>
> 当时他们杀得那个哟，搞得我们在边上看得大气都不敢出……

这大约是罗掌门江湖生涯的一次重大的“滑铁卢”，前些时与罗掌门做访谈，他历数其生涯大大小小的“决斗”与“战果”，却未听他说起这事关“湘大门”荣誉的生涯一战。

据说后来江麓与湘大又有多次交锋，罗掌门与军哥杀得难解难分，始终难分高下，久而久之，倒有了些英雄惺惺相惜的感觉。

1988 年，海风劲吹，罗掌门辞去教职，闯荡海南。在那片曾经的荒岛上，在围棋比武大会中一览众山小，就此像那桃花岛主黄药师，成了罗岛主。

后来，罗岛主不甘寂寞，又转战武汉、苏州、长沙，在商海中打下一片天地，最终在长沙扎根，做房地产，筑依星苑、建奥克，造观园，成为“大观园主”。他一边纵横商海，一边围棋一局。时不时邀棋友去罗公馆一聚，无意间便成了名人帮的副帮主。参加炎黄杯世界围棋华人名人围棋邀请赛，曾拿下炎帝组（企业家组）冠军，我们便纷纷祝贺，恭祝副帮主荣获“世界冠军”，参加深（深圳）、川（四川）、湘（湖南）企业家擂台赛，作为擂主，横刀立马，唯我罗大将军；他还赞助各种比赛，如江湖杀猪大会之类。

那天，名人队来湘大交流，为了做《围棋与湘潭》，还有《口述史：我的围棋往事》，我跟罗掌门做一访谈，听他海阔天空，在职场的打拼，本来就有很多故事，一谈到围棋，更是眉飞色舞。想当年，金戈铁马……

罗掌门曾经在微信朋友圈里发《职场 30 年有感》：

海南闯荡多艰辛，步步登高凭坚韧。
薪涨职升丰阅历，围棋桥牌省冠军。

转身长沙房地产，自嘲落叶当归根。
风云变幻十一载，苛求智慧悟人生！

他说，过程复杂，充满跌宕起伏；道路曲折，不乏甜酸辣苦。而如今，年跨知天命，淡看江湖争，意求超自我，心重亲友情。这人生之“悟”中，大约便包含了一份围棋之“智”与“慧”。2017 年，罗掌门退出职场，开始一心一意享受围棋之乐。有一年，我们一起去新加坡参加炎黄杯，他请我们湖南的一帮棋友吃饭，说去吃湘菜。我说，来到新加坡，为什么不品尝一下当地的美食呢。他说吃不惯，已经好几天没吃饱过饭了。想起曾听他说起，本来有一段时间已经定居那“加什么大”的番邦，去了又回来了。在苏州办厂，本来挺顺的，结果还是回到了长沙，问何故？答：“主要是吃不惯。”他说，人生其实非常简单，一盘辣椒炒肉、三五棋友，酒半盏，棋一局，就够了。

顺便说一句，罗岛主的公子在番邦学艺，也善棋，跟那蓉妹妹一般精灵古怪，下棋时，一边嘴上念念有词，不妙不妙，坏了坏了，一边出手如电，招招见血……哈哈！

三

二十世纪八十年代中后期，中日围棋擂台赛战火弥漫，东风吹，战鼓擂，前几届擂台赛的胜利，引发一股全国性的围棋热潮。那时，也是湘大学生围棋活动的一个黄金时期。当年的一张照片，几个学生在宿舍走廊下棋、观棋的场景，从中可以想见当年围棋的盛况。

八十年代学生宿舍围棋一景

1987 年，一位预考时位居全县文科榜首，高考时却遭遇“滑铁卢”的学生，被录取到连志愿也未填的湘潭大学。他说，在湘大北山那片荒凉的“黄土高坡”上，他不紧不慢、不喜不忧、不冷不热地读着“我的大学”，直到有一天，遇到了围棋。那是 1987 年冬，一次偶然的机会，住在隔壁寝室的两位学长，正在饶有兴致地对弈，这让他“一见钟情”，马上由“初恋”而“热恋”，从此大学生活像打了鸡血一样，重新焕发了激情和光彩。

可是，热情有余，功力不足，连战连败。为了尽快提高技艺，他到处搜罗武功秘籍，什么《定式大全》《布局大全》《手筋大全》《死活大全》，以及《吴清源名局精解》《坂田荣男名局细解》《小林光一名局详解》，还有“美学大师”大竹英雄、“天煞星”加藤正夫、“宇宙流”武宫正树的著作等，每本都研读了两三遍以上，棋力随之水涨船高，成了系里棋坛的佼佼者。到大学毕业时，笈中棋书竟有两米多高。

他后来在一篇题为《思维的力量》的文章中回忆：

> 大学的围棋时光，令人难忘。担任班长以及校（系）学生会宣传部（股）长之后，乘着擂台赛连胜余威，我与其他同学一道，把围棋爱好者召集起来，煞有介事地开展校园围棋相关活动。在完成正常学业的基础上，或组织死活题型问答，或组织学棋讲棋互动，或组织班系对抗交流，徜徉在充满辩证思维和传统智慧的黑白世界里，找寻着所谓的真理以及些许的满足。在临近毕业的时候，我深有感触地写下一首诗，以此纪念大学四年快乐的围棋时光。其中两段是：秋天里来了/却从夏天里走/来时秋菊含苞/枫叶未红/走时龙舟竞渡/千里江风……曾记否/纹枰论道/赛场争雄/好歹也鏖斗了几个白昼/“燕山夜话”又已开头/那山那人那狗……

毕业后，他分到湘潭税务系统，又幸运地在单身宿舍遇到了几个湘大和其他学校毕业的棋友。后来，他在事业上蒸蒸日上，成了湘潭市地税局的领导，而围棋也伴随了他的一生，围棋也成了湘潭税务系统文化活动的一张名片。

他叫陈湘涛，棋友平时叫他陈局，与湘潭国税局的宾头（宾洪君副局长）一起，成了湘潭税务系统围棋的“双子星座”。

陈局（右）与宾头在比赛中

也是在1986年，一位名叫肖军的学生走进了湘大，后来成了学生中的诗人、围棋冠军，围棋协会的会长，他在看了我写湘大的一篇文章后留言：

好感人，勾起了许多温暖的回忆。我1990年从湘大毕业，也近三十年了。当年湘大正是围棋热、诗歌热，社团活动非常活跃。我是88、89年两届校围棋冠军，也是校围棋协会的学生会主席。……我们组织了校围棋队赴长沙，举办了和几支长沙市甲级队的队际交流。记得一个是长沙市肉联厂队，一个是国防科大队，我校棋队都取得了不俗的成绩。我们曾邀请过易和平、易向凡、傅冰等省城名手来校指导交流比赛。您文中提到的旋梯诗社也一直在延续传承，在我们那届，前任社长是中文系的黎锦华，当任社长是郑长天（现湘大中文系任教），我当年是郑长天的副手，编过一期旋梯诗刊。当年诗社活动也挺多的，我记忆中曾到长沙去探望过您文中提到的彭燕郊老师。他是大家，当时有“北艾青南燕郊”之说，但我一直不知道是否是湘大文人自封的。

负责任地说，彭燕郊老师的诗，是实至名归。

而对一所大学、一个学子而言，有名师，有诗，有棋，真好！

还有九十年代在湘大图书情报系就读的欧阳遏舟，人称“欧把子”，据说是因为喜欢给人装“刀把五”之类的套子。也可能是“欧粑子”，棋黏黏糊糊的，看起来滞重无奇，却韧性极强，常常后来居上。毕业后不务“正业”，做起了围棋培训教育，兼围棋裁判，还在棋类协会负责围棋事务，张罗各种赛事、活动……湘大学生围棋，也就在湘潭市开枝散叶，筑起一道道风景。

四

在湘大，有一段时间，提起围棋，人们首先就会想到物理系的唐翌教授。

1990 年，在南京大学物理系读研的唐翌，毕业后在深圳闯荡了半年，然后来到了湘大。

1986 年，在南大就读的唐翌本科毕业，选择了继续在南大读研。也就是在研究生期间，他学会了下棋。据说，在学棋的那段时间，他的棋艺进步神速，很快成了南大物理系“四大金刚”之外的“第五金刚”，后来又成了南京大学学生围棋协会的会长。他说，那时，南大物理系的围棋，就代表了南大的围棋。

刚到湘大，唐翌就获得了湘潭大学教工围棋赛的冠军。他还作为主将参加了湘大教工与学生围棋的擂台赛。据说学生队将主将放在先锋的位置上，一鼓作气，打到教工主将的帐下。面对有可能被一杆清台的险境，唐翌潜心准备了半个月。那盘主将对先锋之战，从下午 2 点下到晚上 7 点，终于将来势汹汹的对手击退，之后又再胜四盘。虽然最终教工队败北，还是为老师们挣回了一些面子。

那段时间，据唐大侠说，他跟湘潭市的一流高手刘前斌、腾军等对战，开始竟也连战连捷。虽然最后后劲不足，显出差距，但毕竟曾经风光过。

2007 年，我来到湘潭大学。何云老当年曾因为一篇写围棋的博士论文《围棋与中国文艺精神》，虽然拿的是比较文学学位，却被冠以中国第一个“围棋博士”。于是，我所在的文学与新闻学院，与唐教授所在的物理学院，开始了一年一届的“文物杯”（文新院与物理院）双边交流，交流既有围棋，也有象棋，还有桥牌、扑克牌等，以记总分的方式决定优胜方。

我跟唐教授作为各自的围棋主将，从此开始了棋里棋外的交往。

为编《围棋与湘潭》，曾经想单独为唐教授“立传”，题目都想好了：《人生自是有棋痴》，后来见湘潭棋院唐述平院长写《湘潭棋友趣闻录》，第一个就是唐教授：

> 教授对局时态度非常认真，记谱复盘，探讨得失，胜则神采飞扬，像个孩子似的眉飞色舞，输了就闷闷不乐，我劝他不必太在意，他可能认为我们对围棋不够执着。
>
> 一次他与人对局，对手中盘死了大龙，推枰认负，并随口说了句如果大龙不死应该是细棋，他不乐意了，觉得一定是大胜！而且颇为孩子气地坚持一个人收完单官数子，居然以250个子大胜，然后兴奋地大叫：“我是二百五，我真的是二百五！”满棋室笑喷！
>
> 又一次比赛，他对上一个业六，一个漏算大龙愤死，大好的局面被对手捡漏，可能他觉得虽败犹荣，见人就说这盘棋，宛如祥林嫂，那天我刚到棋室，见他又把这盘棋摆了出来，摆到大龙被屠处，招呼棋友们过去看：“大家快来看，看我是怎么死的”！

唐教授就是这么可爱。身为湘大的二级教授，还曾担任光电与物理学院的副院长，本来在专业领域大有可为。后来，他却将许多精力投到棋上。作为湘大教工围棋协会会长，湘大教工围棋队的“主将”，他有极强的荣誉感，立志要潜心钻研，成为湘潭围棋高手，为棋队争光。之前他不断拜师，AI出现，又言必称“AI”，恨不得将“AI”的招数全部变成棋盘上的胜率。他将胜负看得极重，有一次，湘大与中南交流，我说可以多去几个湘大的老师，他却坚持只去几个主力，再加两个湘大校友做外援。我说：“不就是大家交流一下，权当训练嘛！”他说：“这是比赛，还是要郑重对待。”无论什么比赛，唐教授赢了兴高采烈，输了，就会连连叹气：“本来大优的棋……唉！”我只好安慰：“你把棋看得太重了，如果看淡一点，平常心反而容易发挥水平。”他唯唯，但下次依然如故。

湘潭有个棋友聚集之地：闲云阁。为了长棋，唐教授成了那里的常客，来者不拒，与棋迷大众打成一片，其乐融融。并且为了适应比赛气氛，每年市里、省里的比赛，他也积极参与。湖南冒出个杀猪大会，后风靡江湖，大家“杀”得不亦乐乎。唐教授每届必到。“杀猪”分品，从一品到九品，一品最高，按品决定对局的棋份（贴子数）。有一次，教授本来被认定为“从6品”，他认为有低估其棋力之嫌，坚决要求升为“正6品”，哪怕这样一来，成为被杀之“猪”的可能性更大，他也宁折不屈，“猪”可杀不可辱，哈哈！

五

1988年，在中日围棋擂台赛的鼓舞之下，我学会了围棋。

那年，何云老已经是25岁的高龄。

作为看起来温柔其实好胜之人，一度也曾苦练功夫，立志在江湖扬名立万。奈何入道太晚，打败了老龚、罗弟子之流，又有谢哥、邱佬之属，好不容易超越了，成了5品棋士，又有易帮主、罗岛主、欧把子、唐门之类的“侠客”挡道（第一次挑战易帮主，眼看就要大功告成，可一招不慎，被他翻盘，从此再交手，气势上便落了下风）。想想，即使打败了他们，也成不了湘潭的顶尖高手，何况湖南，何况中国……一山总比一山高，何时是个头？

得，咱们改弦更张，“手谈”不行改“口谈”，君子动口不动手，从此潜心研究各门各派的路数、招式。那三十二般武艺：

> 有冲，有斡，有绰，有约，有飞，有关，有劄，有粘，有顶，有尖，有觑，有门，有打，有断，有行，有立，有捺，有点，有聚，有跷，有夹，有拶，有嶭，有刺，有勒，有扑，有征，有劫，有持，有杀，有松，有盘……

还有各家路数的套路来历，比如那什么“双飞燕”“金井栏”“大压梁”始于何时？有多少变招？各派武功分分合合，有何渊源、如何演变，体现了什么样的思想理念，还有那番邦的武功如何……集成围棋思想史、文化史、世界通史之类，还编各种“围棋宝典”，图文并茂，俨然武林秘籍之《道德经》《金刚经》一般，巍巍乎，森森然，玄之又玄，众妙之门。

从此，何云老独创一门，顶着“围棋博士”的头衔，行走江湖，据说因此成了“名人”“大腕儿”，门下弟子众多。他们在“何门”学艺，最重内功修为，要出师门，须呈上研究报告，什么围棋之“气”“虚实相生”，苏东坡“胜固欣然败亦可喜”，金大侠武侠与围棋，还有番邦之围棋等等之类。如有江湖中人上门挑战，遣门下弟子出马，为了不伤及无辜，只“口谈”比招式，不用内力。结果，对手一出招，这“倚盖”何人首创，有多少变招，那“相思断”何时可用，有何后续等等，一一道来，顿时“吓得人一滚”，让对手知难而退，从此，何门高枕无忧，独孤求败，妙哉妙哉！

“湘大门”也从此成为江湖的一个传说。

那官家，看这厢围棋弄得热闹，恩准成立校级“围棋文化研究中心”，中国围棋协会也批准挂牌“全国围棋师资培训试点单位”。从此江湖好汉云集，羊牯塘论道，这正所谓：

黑白无间道，原野正苍苍，来的都是客，铜壶煮湘江。

不服的，欢迎上门，以棋会友，咱们比画比画，哈哈！

绿茵场上的青春

1985年的湘大研究生足球队

一天晚上，罗毅弟子跟我打电话，说湘大几个校友在长沙聚会，说起何云老的“湘大八记”和“湘大江湖志”，江湖志里写他和鲁达，提到当年的研究生足球，勾起了大家的许多回忆。

过不久，罗弟子传来当年湘大研究生足球队的一张照片，中国足球队常披的战袍：中国红。据罗弟子说：这套队服是身为研究生会体育部长的老罗到学生处研究生科“化缘”弄来的。老罗当年司职右前卫，一场比赛下来总要跑上万米，人称“跑不死”。记得当年高丰文任主教练的国足，一场比赛能跑动七八千米的队员已经非常难得了。

罗弟子说：“给这些照片起个什么名字好呢？岁月？芳华？”

岁月芳华，这张照片勾起人许多的记忆，绿茵场上的那一段一去不复返的青春……

一

我1979年进湘大，1983年毕业，1985年重回湘大读研。那些年，有两个球，时时牵动着我们的心。一是排球，一是足球。

中国女排时时带给我们的是惊喜，是狂欢。一次次地夺冠，一次次让我们流下激动的泪水，然后上街，宣泄那一份巨大得像要爆裂般的快乐。

而足球呢，正在为“冲出亚洲，走向世界”而努力，曾经，我们已经到了“世界”的“门槛”，在巨大的期待之下，却总是临门一脚，功亏一篑。

1982年，世界杯亚洲—大洋洲赛区外围赛，从小组赛中冲出的四个队：中国、新西兰、科威特、沙特阿拉伯争夺两个出线名额，六场比赛3胜2负1平积7分净胜5球的中国队，本以为笃定出线，仅积3分排名第三的新西兰还剩与沙特的2场比赛，结果沙特队连负2场不多不少“放”了5球。已经放假的中国队，匆促间重新集合，与新西兰队加赛。然后，在1982年1月10日的那个冬天，中国队倒在了通往西班牙世界杯的门槛前。

什么叫极顶的欢乐，然后是跌到谷底的悲伤，那一刻，中国的球迷，包括我们这一代学子，算真正地体会到了。

然后，1984年，中国足球雄起了一回，拿了亚洲杯的亚军。

1985年，中国足球又一次开始了“冲出亚洲”的征程。可就在小组赛上，与香港，客场0比0，主场打平即可出线，中国球迷却需要一场胜利，一场大胜，结果，重压之下，1比2，黑色的“5·19”，酿成了一场球迷骚乱事件。

快乐是浪，悲伤是浪里的潮。

后来成了名教授的孟泽，在一篇《艺术·游戏·宗教——关于足球的精神梦游》的文章中写道。他把足球称作是自己的一场“精神梦游”：

很多年里，我常常不知是梦是醒地想象着场内如潮水般奔涌的情景，想象着自己钟爱的球队行云流水般的攻防，想象着那最终被定格的神秘如命运、偶然如游戏、残酷如战争的比赛结局，直到呼吸紧促、手掌潮湿、心旌摇动、不能自已。

想象中的“热恋”，大约也是如此吧。可是，那肆无忌惮想要享受一次足球的“风月”的梦想，总成泡沫。

一场游戏一场梦。

后来回忆起来，给人无限的快乐、期待、失落与悲伤的八十年代，竟是中国足球最好的一段时光。

二

1985 年，在黑色的“5·19”之后，我又一次踏进了湘大的校门。然后，就在青年楼前的草坪、篮球场的水泥地里，开始学踢球。

球门是两块砖头，或者就是篮球架，如同那古代的“蹴鞠”，球在两个杆子间飞驰而去。

经常要去得早才有“地”，或者，哪怕去得早，占了人家的篮球场，打篮球的来了，难免出现“领地”之争，有时和平解决，有时战事升级。

研究生足球队汇聚各个系的人才，在北山文科各系中算强队。有一次还拿了“北山杯”足球赛的冠军。

那张照片，也许就是在某次比赛之后的合影，可惜还没有我。

然后，更加刻苦练功，终于，在研二的时候成了球队的一员。印象最深刻的一次，是湘大足球精英赛，与北山文科联队，南山理工联队、教工队、子弟学校队，在一田，踢得尘土飞扬，硝烟弥漫。

球队前锋之一聂雄前（鲁达）的故事在“湘大江湖志”之“鲁达”篇中已有详述，他之名言：“射门千万别追求什么角度，就对着守门员踢，反正会踢偏的”，已成“足球宝典”。这叫“正”打“歪”着，对于粗犷、力量型前锋，尤其实用，时时有意外之喜。对着站在球门正中的守门员踢，球却可能非常怪异地飞进了某个死角，妙哉，妙哉。

而另一前锋高蕴昕，蒙古族人，像匹烈马，速度快，过人技术好，经常被对手重点照顾，搞得人仰马翻，火暴脾气的他，爬起来就要打架。本科生被他一吓，往往就灰溜溜跑了。高前锋也有一弱点，仗着技术细腻，颇有专业风范，射门常常要追求最好的时机、最佳的角度，有时难免贻误战机。结果，在场上胶着时，反而经常是球风粗放、猛打猛冲的鲁达打破僵局，得胜回朝。人们由此感叹：这叫性格即命运。

研一时的足球队，中场核心是数学系的李波，穿 10 号球衣，技术好，假动作多，动作幅度小，大局观强，而且他踢得特别不费力，仿佛闲庭胜步，谈笑间，前方已高奏凯歌。

到研二时，数学系来了二曹：曹定华、曹风雷。曹定华踢中场，年纪比别的队员大，体魄成熟，相撞时经常碾压本科生。而曹风雷，球如其名，速度快，个子高，头球好，大有取代鲁达，和高蕴昕组成前锋“双煞”的架势。鲁达就不高兴了，有时，比赛前，撒娇式“扳俏”，要大家哄着，捧着，“球星”才肯隆重登场。曹风雷还是踢中场，作为隐形前锋，经常插上去构成三前锋。

球队的中场还有两位，右前卫罗毅弟子能跑，据说拿过学校运动会的万米跑冠军，技术也不错，就是太“袖珍”，经不起撞，有时，这“技术”发挥便难免打折扣。

左前卫学的是哲学，据说还是“文艺青年”，曾是校园十佳歌手，入驻学校文工团，那“雄”而不“浑”“刚”中有“柔”的带磁性的声音，曾迷倒美女帅哥一片。在球场上，虽身高不占优势，但下盘稳，爆发力强，粘得住球，能盘能带，视野开阔，大局观好，常能传出好球，颇有中场灵魂的风范。他有两个绝招：一是趟球，把球往前一趟七八米，然后飞快赶上去，一般本科生赶不上；二是盘球，自认盘得如鱼得水、炉火纯青，哪怕本来已经过人了，只要不是“盘带”过去的，有时还要带回去重新过一遍。哈哈，这叫快乐足球，我行，我能！

至于何云老，与刘哲、喻海元等组成后防线，司职右后卫。因为出道太晚，技术虽显粗糙，但认真执着，奋不顾身，球过人不过，合理冲撞，常常以瘦弱的身躯去堵“枪眼”，遂有“天安门城墙”之誉。

还有数学系的邓建华兄，本来不踢球，但为了兄弟感情，经常主动在场边看衣物、拎包、送水、送弹药，就这样成了“领队”兼“教练”。庆功酒上，大家都夸“教练”指导有方，劳苦功高，哈哈！

三

“湘大江湖志”关于罗弟子的文章贴出，罗弟子转发时补充了一段文字：

何云弟子初长成，

不忘为师培育恩。

其实湘大教授何云波是我正宗师兄，中文系七九级的，我八一级。不过同一届读研，是隔壁舍友。都痴迷于金庸、梁羽生武侠小说，于是都以“掌门人”自居，都以“弟子”称呼对方。

虽然这么说，我确实曾经有“恩”于他。当年湘大研究生足球队打遍文科无敌手，得了“北山杯”冠军。何云弟子排球玩得溜，一上足球场就笨手笨脚的，队友都“嫌弃”他。还是当体育部长的我顶着压力、力排众议才让他入队。这份“恩情”，要让他欠一辈子！

其实何云老还有没写到的，当年他在铁道学院任教，我在株洲、海南打流，一到长沙就到他家那一室一厅里混吃混喝混睡，浑不以为意。

32年过去，相看两不厌，唯有何云老。好兄弟，一辈子！

我回复说：

对罗弟子的好，为师已习以为常，大多忘了。反过来，罗弟子对何云老的那点“恩情”，总被他无限夸大，对何云老出神入化之球技，竭尽诋毁之能事。当年“遇师不淑”，“交友不慎”，当戒之戒之！

然后，便开始了两个人的斗嘴：

至于何云老的球技嘛，自我评价很中肯：球过人不过。人若想过，一脚钩倒。

什么东西一到罗弟子口中就变味了。是球过人不过，人若想过，用我看似瘦弱的身躯组成天安门城墙，让对手望墙生叹，徒呼奈何？

何云老的球技出神入化，是研究生足球队的“杀手锏”（照前面两个字理解就对了）。谭哥是青年教工队的中场核心，经常被他踢得人仰马翻。以至于我们在踢前不得不承诺，不率先使用何云波。

罗弟子竭尽诋毁之能事，一点不虚。俺们可是文明踢球，用身体合理冲撞，所以被誉为“天安门城墙”，城墙是不需要用脚勾人的。

其实，跟罗弟子的斗嘴，在读研时就是家常便饭。1986 年的墨西哥世界杯，中国队“国内练兵，一致对外”，却终于没能迈过“5・19”那黑色的星期天，恨其不争，于是，大家便都把一腔热情倾注到了心仪的外国球队身上。于是，平时“一致对外”的研究生足球队，也分裂成了不同的派别。当阿根廷与英格兰对垒，那仿佛就是两个民族、两派球迷之间的一场战争。当八强赛法国与巴西交锋，法国派与巴西派也在电视机前互怂，为各自的球队呐喊。当桑巴舞的足球被无情地淘汰，拥巴的罗弟子们流下了悲伤的泪水。然后，我跟罗弟子说：“怎么样，还是迷途知返，跟着为师，乘着高卢的战车，高歌猛进吧!”

后来，高卢战车也翻车了。那晚，我也跟着无眠。

孟泽在那篇关于足球的文章中说：

伤心总是难免的，足球是悲剧的艺术。需要记忆、想象和投入，容纳舛错、偶然和宿命。

你必须进入到那种集体催眠的情境之中，你必须让你的情感无保留地倾注在你偏爱的对象身上，一分倾注便有一分激情，最枯燥寡味的比赛也会让你血脉偾张。而冷漠与中立将使你成为局外人，所谓成人的理性、理智和功利将使你觉得那是荒唐的闹剧，是歇斯底里，是无谓的疯狂。于是，你体会不到那种极致的情绪：快乐或者悲伤到不知今夕何夕，不知生死，不知男女。

那绿茵场上的黑白之“舞”，也就有了我们青春的欢笑与眼泪。

后记：在最美的年华，遇见你

2018 年，湘潭大学满 60 岁。六十一甲子，校庆也似乎隆重了许多。9 月之前，便有一系列热身活动，其中一项是校工会组织的迎校庆教职工文艺晚会。以教职工为主体的韶峰文学社准备弄一个朗诵节目，问我能不能为此写点文字。从 1979 年进湘大中文系，1983 年毕业，在长沙铁道学院外语系教两年书，1985 年又回到湘大读研，上课的教室和住的宿舍，也从南山到北山。在七年的求学生涯里，湘大的山水草木、亭台楼阁，都在我心中留下了许多记忆。之后在长沙工作 30 年，2007 年，来湘大做客座教授，到 2014 年，离开中南大学，彻底回归湘大。几十年的时光，聚散离合，南山南北山北……无限的感慨，也就自然而然流注到了笔端。

文章刚写完，6 月 3 日早上，中文系校友、时任湖南日报湘潭分社社长的曹辉学弟（现任长沙分社社长）发来一条短信，说“如果铁夫斯基还在，今天就是他的八十寿辰”，还发来 2012 年 11 月 16 日张铁夫老师去世时他写的一副挽联：

扎根湘大传道授业卅六年铁胆忠心君育桃李满天下；
航行学海劈波斩浪七五载夫复何求我问苍天哭故人。

我一看暗叫惭愧。刚在《南山南北山北》中写到张老师，我们这些硕士弟子却把他的生日忘了，难得被称为湘大“金杆”校友的曹辉学弟记得如此清楚。然后我跟辉哥说：“正好有一篇关于湘大和铁夫老师的文章，发你看看。”没承想，他没告诉我，就把文章发在了湖南日报新湖南客户端“湘大频道”上，短短 3 个小时，点击量就过了 10 万，然后，一天就过了20万。

据说那段时间，这篇文章在湘大校友中疯传。不是我文字有多好，更多是因为湘大人都拥有着一份共同的记忆与情怀吧。后来写《湘大人与湘大精神》，正是校庆前夕，点击又是20多万。我想，这20多万里，一多半应该都是湘大校友，母校情深，爱校心切，湘大的每一步发展，包括暂时的挫折，都牵动了无数校友的心。

大学精神，或者说，一个大学的传统，首先在人，有大师才能成就大学之“大”。曾经在中文专业大四的课堂上，提到中文系的姜书阁、羊春秋、萧艾、彭燕郊、王勤、张铁夫诸位先生。一问，铁夫老师，听说过，其他的，不知道。我很是失望。本来，在入学教育的时候，每个学院最应该做的，就是让新生知道所学专业、所在学院的传统，还有曾经的大师们。以学校而言，就是整个大学的历史和学术传统了。只有这样，学生才会为自己的学校、学院、专业自豪，才会真正地爱校、爱院、爱专业，然后奋发图强，努力让自己日后也成为这“传统”中的一员。

大学的记忆，常常是和老师联系在一起的。于我而言，在任课老师中，对我影响最大的，莫过于彭燕郊和我的硕士导师张铁夫老师了。彭老师的诗，彭老师的课堂，都曾经深深地感染过我们。彭老师，在我们的眼中，就是一个精神标杆。而张老师（我们私下都叫他铁夫斯基），桃李不言，下自成蹊，潜移默化，多年师徒成父子，他的一言一行，早已融化到我们的血液中。而大学，也就这样完成着他的精神的传承。

母校，于每一个学子而言，就是父母一般的存在。沐浴在一言一行的关爱中，当日后想起，要形之于笔端，反而不知从何着笔了。2006年，在大学毕业23年后，才有了关于母校的第一篇文章《我的大学》。以后陆陆续续写了点关于老师的文字。直到今年年初，一场疫情，被关在家里，望着一墙之隔的校园，竟生出一种绵绵的乡愁，然后有了《湘大，那一抹乡愁》《一叶一世界》，有了《湘大八记》。《湘大八记》结篇时，我附了个“致谢”：

“湘大八记”断断续续地写完了。落下“一生一世”这最后几个字，竟没有完成一件事后的轻松，反而有着种种的失落与不舍。跟一个心仪的人独处一段时光，然后要暂时分离了，大约就是这样一种感觉吧！

因为一场疫情，这个假期竟分外的漫长，从寒冬到初夏，几个月的时光，大部分时候宅在屋里，偶尔去校园里走走，竟分外地觉得新鲜、亲切，让人珍惜。就像那个长年跟你在一起的人，分别一段时间，再见时，突然发现，在那一蔬一饭的厮守中，原来有那么多的地久天长啊！

一个初春的下午，去久别的秀山走走，看满树的新绿，把手机镜头凑过去，发现，每一片叶子，哪怕是米粒大的花蕾，都隐藏着一个无限丰富的世界。它们可以是灯，是船，是少女的笑靥，是飞向天空的风筝，飘在海里的白帆……真是一叶一世界，一树一菩提啊！

从此，时不时都要去校园里走走，寂静中，一山一水，一池一亭，一楼一园……都可以让你流连许久。有时，坐在秀山上的游息亭里，吹着风，发着呆，好像这个世界只有我一个人，还有的，就是这山、这树（哪一棵可能就是我亲手栽下的），一晃就四十年了。

四十年，酿一坛韶华不醉酒；

四十年，温一壶青春不老茶。

四十年的邂逅、分离、回归、厮守，足以让我写点关于湘大的山水、楼阁、人事的文字了，当然，那里也有我那一去不复返的青春。

这些文字陆续发出来，竟也得到不少朋友、同事、校友、同学的喜爱。也许，他们是从这些文字中看到了他们曾经的自己、曾经的对湘大记忆；或者，对在校的湘大学子而言，这些文字勾起了他们对早已习以为常的校园的想念：我的湘大，好久不见；而对于没有湘大背景的朋友们而言，谁又没有自己的初恋、自己的母校、自己的乡愁呢？有本来跟湘大没有瓜葛的读者说：

知道湘大，是因为一个梦。去年某一天，做梦梦到女儿考上了湘潭大学，梦醒后，百度了一下，原来真的有一所叫湘潭的大学。不知道四年以后，女儿能不能来到这所可以坐在亭子里，汲风云雨露，伴

日月星辰，在松风中遨游书海的读书的好大学呢？

也许，这就是缘分吧，命中注定的缘分。真想四年后，再看看那位母亲的“女儿”是否真的来到了湘大。有名为“梦想成真”的校友留言：

何教授对湘大一往情深，拳拳之心籍一行行生趣盎然的文字力透纸背，让湘大毕业学子重燃美好回忆，更添前行的动力。细品文字，犹如重回饱含温情的湘大课堂。我们需要冠以湘大之名的学术科研论文，那是湘大立足于名校之林的底气和担当，我们也需要听到发自湘大的低头吟唱，一如朱自清《荷塘月色》之于水木清华，这也是湘大魅力的力量之源。

谢谢这位校友还有其他许多人的留言、鼓励；谢谢读过“八记”的所有读者；谢谢登载这些文字的“湖南日报新湖南客户端”“湘潭大学新媒体中心”“湘潭大学校友总会”公众号；谢谢朱向群、邓楚贤、唐旭丹、彭万里等老师还有旋梯书苑张雷、一七聚郭斌等校友提供珍贵的湘大老照片；当然，也要谢谢我自己，在这个功利的时代，竟然还有心思写写这些看似“无用”的文字，不知道这算不算是“初心”。

在这个据说因为“三观”不合在不断产生撕裂的社会，其实总应该有一些共同的坚守，比如爱自己、爱他人、爱母校、爱国家、爱人类。仇恨使世界分裂，也许只有爱，能够给这个世界带来一点温暖。

有细心的读者，从这些文字中听到了“八十年代的歌”，那就把这些文字献给我的母校——湘大，还有曾经的让人难忘的八十年代。

确实，每个人与湘大都有不同的遇合的方式，都有自己心目中的湘大。在湘大度过童年，如今已是中国人民大学教授的陈方说：

谢谢何教授把我的留言写进自己的美文！关于湘大的每一篇都认真看了，那些黑白照片上的影像与我记忆中的湘大更加吻合，每次我都恨不得拿放大镜来仔细看，希望能找到多年前在那儿生活过的蛛丝马迹。在何教授的文章中，湘大是一个孕育才子、散发灵气的地方，而对于我，她是我的童年，是遥远而又快乐的乌托邦，虽然永远都回不去了，但一想起来，心里就会充满暖意和那种叫作幸福的感觉。

幸运的是，这些文字不仅得到湘大许多校友、学子的喜爱，与湘大没有关联的朋友，也从这些文字中找到了共鸣。北京大学俄语系的查晓燕教授曾留言：

> “湘大八记”都读了。爱读。虽湘大与我无任何关联，但八篇读完，爱上了你的湘大。你们的校园生活也与我无关，但文字中满含的八十年代的情怀，我懂，也与此共鸣。一起怀念……

是啊，谁没有自己的母校，没有自己的青春记忆，没有可以让人追怀的时代呢？写完《湘大八记》，兴犹未尽，又开始写“湘大江湖志”，那些熟悉的从湘大毕业的校友，还在湘大的同仁，每个人都是一个“江湖”，每个人都有自己的“江湖”故事，每个人也都有打动人、让人难忘之处。而他们共同的，就是对母校的那份情怀，那一种刻在骨子里的爱。湖南科技大学吴广平教授在转发文章时说：

> 何云波教授是湘潭大学文学与新闻学院教授，是一位优秀的博士生导师，也是一位围棋研究顶级专家，同时还是一位才华横溢的作家。其微信公众号“棋禅一味”推出的“湘大江湖志”系列散文，每篇写一位湘潭大学的老师或校友，将其所任教的湘潭大学的精气神表现得酣畅淋漓，每推送出一篇，都会在微信朋友圈疯传，都会在湘潭大学师生员工和广大校友以及众多读者中掀起一阵风暴。他俨然成了湘潭大学的形象代言人、表情符号，他的“湘大江湖志”系列散文也成了湘潭大学对外宣传的最出色广告。

谢谢吴教授的鼓励！他的溢美之词，于我而言，权当是对我的一种激励。非“湘大人”也能从文中找到共鸣，这让我深受鼓舞。“湘大江湖志”写的都是我自己熟悉的人，难免主要集中在中文系，真希望更多的各个院系的“湘大人”，都来写写他们心目中的“湘大”，而于整个中国而言，更多的人，都来写写他们心目中的“大学”。社会是由“个人”组成的，历史是由“个体”构建的，有“人”，有“人”之“思”，有“人”之喜怒哀乐、悲欢离合，一所大学，或者说一方社会、一个国家，才是真正有生命、有活力、有温度的。

每个人都有自己的“故乡”，自己的“母校”，每个人都会有自己的“故乡情怀”“母校情结”。我请“江湖志”中的人物之一桂佬孟泽写个序，他当即回答：“湘大是我们的情结，肯定乐意”。他说：

> 我的青春基本上都交给湘潭大学了，尽管我还就读过别的学校，取得过博士文凭，但不得不承认，说到母校时，我百分之九十以上的联想就是湘潭大学。所以，我自己觉得，我的心肯定永远在这里的，不太可能流落到别的地方去，身体当然可以“逐水草而居”，谋衣谋食，身不由己。

是啊，一朝踏入三拱门，此生都是湘大人，这是一种宿命。人在旅途，寻寻觅觅，吾心安处便是故乡。而母校，就是我们永远的精神的故乡，用宋德发教授的话说：母国，只有湘大。

在最美的年华，遇见你。

感谢湘大的老师、同学和校友，同为“湘大人”，就是一种命中的注定；感谢在我人生旅途中遇到的所有的人，无论离合，无论是非，相聚就是缘，无缘也是一种“缘”；感谢所有的读者，你们的共鸣，就是我继续码字的动力；感谢湘潭大学出版社对我一直以来的支持，从《比较文学：跨文化的文学想象》《围棋文化演讲录》《异域的风景：西方文学的精神之旅》，到国家出版基金项目《世界围棋通史》和这本散文集，算起来，这是湘大出版社为我出的第五本书了；感谢湘潭大学马克思主义学科、文学与新闻学院及学校各部门对本书出版的大力支持。无以为报，只愿这些文字，能为广大的读者，带来一些温暖与感动，能为母校的发展，奉献一点点的光和热。

何云波

——2020 年 8 月 6 日草于故乡永州阳明山中

12 月 10 日修改于湘大教师公寓